ANJOS DA NEVE

ANJOS DA NEVE

JAMES THOMPSON

tradução de CARLOS DUARTE e ANNA DUARTE

EDITORA RECORD
RIO DE JANEIRO • SÃO PAULO
2013

CIP-Brasil. Catalogação na fonte
Sindicato Nacional dos Editores de Livros, RJ

T39a Thompson, James, 1964-
Anjos da neve / James Thompson; tradução de Carlos Duarte e Anna Duarte. – Rio de Janeiro: Record, 2013.

Tradução de: Snow Angels
ISBN 978-85-01-09242-7

1. Ficção americana. I. Duarte, Carlos. II. Duarte, Anna. III. Título.

12-0866 CDD: 813
CDU: 821.111(73)-3

TÍTULO ORIGINAL:
Snow Angels

Texto revisado segundo o novo Acordo Ortográfico da Língua Portuguesa.

Editoração eletrônica: FA Editoração

Direitos exclusivos de publicação em língua portuguesa somente para o Brasil adquiridos pela
EDITORA RECORD LTDA.
Rua Argentina, 171 – Rio de Janeiro, RJ – 20921-380 – Tel.: 2585-2000,
que se reserva a propriedade literária desta tradução.

Impresso no Brasil

ISBN 978-85-01-09242-7

Seja um leitor preferencial Record.
Cadastre-se e receba informações sobre nossos lançamentos e nossas promoções.

Atendimento e venda direta ao leitor:
mdireto@record.com.br ou (21) 2585-2002.

1

Estou em Hullu Poro, ou A Rena Louca, o maior bar e restaurante desta parte do círculo ártico. Não faz muito tempo que o lugar foi reformado, mas o teto e as paredes ostentam uma forração de tábuas de pinho como uma antiga casa de fazenda finlandesa. Décor nouveau rústico.

Embora a tarde mal tenha começado, talvez haja umas duzentas pessoas aqui. O bar está lotado e barulhento. A temperatura lá fora é de quarenta graus abaixo de zero, frio demais para esquiar. O vento que desce da montanha causaria uma ulceração instantânea na menor parte de pele que estivesse exposta e desprotegida. Os teleféricos estão fechados e por isso todas as pessoas vieram beber.

Kate, minha mulher, é a gerente geral do Levi Center, uma cadeia de restaurantes, bares e um hotel com duzentos quartos e área de recreação com capacidade para quase mil pessoas. Hullu Poro é apenas uma das opções entre centenas que estão à disposição na maior estação de esqui da Finlândia, e Kate é quem administra tudo isso. Tenho orgulho dela.

Ela está atrás do balcão do bar levando um papo sério com Tuuli, a gerente da tarde. Estou de olho na conversa delas, porque sou policial e talvez Kate precise que eu dê voz de prisão a Tuuli.

— Acho que você andou mexendo no arquivo com a lista do estoque — diz ela. — Você forjou a transferência de bebida para outros pontos de venda, fez parecer que a mercadoria tinha desaparecido em outros bares, mas, na verdade, trouxe as garrafas de volta para cá, vendeu-as e embolsou o dinheiro.

Tuuli sorri e responde em finlandês. Com uma voz calma desencadeia uma torrente de ofensas implacáveis. Kate não tem a menor noção do que dizem os insultos de Tuuli.

Kate tem 1,77 metro distribuído numa silhueta esbelta. Está de calça jeans e vestindo um suéter de caxemira. Seus cabelos compridos, castanhos, estão presos num coque. Os homens que estão no bar lançam olhares furtivos em sua direção.

— Por favor, fale em inglês para que eu entenda o que quer dizer — diz ela. — Se você não tem como explicar onde foram parar as bebidas, está demitida. Estou cogitando dar queixa de você à polícia.

O rosto de Tuuli está indecifrável.

— Você não sabe o que está falando.

Kate é competente e tem muita experiência na administração de estações de esqui. Isso é tanto verdade que, quando os proprietários do Levi Center resolveram expandir o resort, há um ano e meio, foram buscá-la em Aspen e a trouxeram para a Finlândia a fim de supervisionar as mudanças que seriam feitas.

— Eu verifiquei as datas e as horas no sistema do computador — diz Kate. — As transferências de mercadoria batem com as datas e as horas em que você estava trabalhado. Ninguém mais poderia ter feito isso. Mês passado houve um rombo de 600 euros relativo ao estoque de bebidas. Faz três meses que você está trabalhando aqui. Quer que eu verifique os outros dois?

Tuuli faz uma pausa e parece pensar.

— Se você me pagar o salário da semana e me der uma carta de recomendação — diz ela —, eu me demito sem protestar junto ao sindicato.

Kate cruza os braços.

— Nenhuma indenização, muito menos carta de recomendação. E se você der queixa no sindicato, irei processá-la.

Tuuli pega uma garrafa de Johnny Walker na prateleira. O brilho cego de seu olhar me diz que algumas das bebidas roubadas desapareceram por sua garganta abaixo. Conheço os bêbados. Ela pensa em usar a garrafa para nocautear Kate. Olha para mim e eu balanço a cabeça. Tuuli solta a garrafa e parte para uma abordagem mais conciliatória.

— Vamos nos sentar para conversar sobre o assunto.

Kate faz um sinal para o segurança que está na porta da frente e ele vem em sua direção.

— A conversa acabou — diz ela. — Leve Tuuli para pegar suas coisas e a acompanhe até o lado de fora. Ela está proibida de entrar neste bar.

— Você é uma escrota — diz Tuuli.

— E você é uma desempregada. Além do mais, está proibida de entrar em qualquer bar desta empresa em Levi — responde Kate com um sorriso.

Ou seja, a maioria dos bares de Levi. Portanto, Tuuli acaba de ser banida da cidade. Ela trinca os dentes e aperta os punhos.

— *Vitun huora.* (Sua piranha desgraçada.)

Kate olha para o segurança.

— Tire essa mulher daqui.

Ele coloca a mão no ombro de Tuuli e a leva embora.

Kate se vira e olha pra mim, demonstrando uma frieza tranquila.

— Tenho algumas coisas para fazer no escritório, vou demorar só alguns minutos.

Fico por ali encostado no bar enquanto a espero. Um dos turistas pergunta a Jaska, o barman:

— O quão ao norte a gente está?

Jaska usa a expressão condescendente que reserva para os estrangeiros.

— Vocês australianos não são muito bons em... — não consegue encontrar a palavra adequada em inglês para geografia, e então fala em finlandês mesmo — ... *maantiede.* É só ir nesta direção durante um dia inteiro que se chega ao mar de Barents, o fim do mundo. — E aponta para o oeste.

— Nem todo finlandês é bom em geografia — respondo. — Nessa direção fica a Suécia. — E dou uma virada de noventa graus. — O Polo Norte fica para aquele lado — falo, apontando para o leste. — A Rússia fica mais pra lá. Estamos 160 quilômetros acima do Círculo Ártico.

— Eu e o Inspetor Vaara fomos colegas no ginásio — diz Jaska. — Ele sempre tirou notas melhores do que as minhas.

— Obrigado pela aula — responde o australiano. — É difícil se orientar num lugar que está sempre mergulhado no escuro. O senhor é policial?

— Sou.

— Deixe que eu lhe ofereça uma bebida. O que o senhor está bebendo?

— Lapin Kulta.

— O que é isso?

— Cerveja. Aqui no Ártico houve uma corrida do ouro, há centenas de anos, e o nome dessa cerveja significa "Ouro da Lapônia".

Jaska prepara os drinques e bate papo com os turistas sobre as condições do tempo para esquiar. É provável que amanhã a temperatura suba para 15 graus abaixo de zero. Ainda muito frio, mas seguro o bastante para que, com as roupas apropriadas, os esquiadores possam subir as encostas de novo.

Para mim é bom que os frequentadores do bar notem a minha presença, pois desencoraja os locais a confundirem diversão com encher a cara, provocar brigas e assediar turistas. Olho para o outro lado do salão. Lá estão os irmãos Virtanen, os primeiros candidatos a esse tipo de comportamento. Até o final da noite, sem sombra de dúvida, um deles irá puxar uma faca contra o outro. Qualquer dia desses um vai matar o outro, e o que sobreviver irá morrer de tanta solidão.

Jaska me passa a cerveja.

— *Jotain muuta?* (Mais alguma coisa?)

— Uma *ginger ale* para Kate.

Enquanto Jaska vai buscar a bebida, decido ir até a mesa dos Virtanen.

— Kimmo, Esa, como vão as coisas?

Eles parecem acanhados. Minha presença faz com que fiquem nervosos.

— Tudo bem, Kari — diz Esa. — Como vai sua linda esposa americana?

Meu casamento com uma estrangeira provoca desconfiança e desgosto entre as cabeças mais tacanhas de nossa pequena comunidade, além de certa inveja, devido ao sucesso e à beleza de Kate.

— Ela está bem. E como vão sua mãe e seu pai?

— Mamãe não consegue mais falar desde o derrame, e você sabe como papai é, sempre daquele jeito — diz Esa, e Kimmo meio bêbado só faz concordar.

Esa e Kimmo cresceram no mesmo povoado que eu. O que Esa quis dizer é que o pai deles está bêbado há semanas. Todo inverno é a mesma coisa, ele fica bêbado de tanto tomar um álcool medicinal russo barato durante o *kaamos*, o tempo da escuridão, até a chegada da primavera. E quando ela chega, sua sobriedade só pode ser avaliada se comparada ao coma alcoólico do inverno. Fico pensando se a mãe deles não consegue falar ou se, na verdade, está tão farta disso tudo que não tem mais o que dizer.

— Deem minhas lembranças a eles. E nada de confusão esta noite.

Kate retorna do escritório. Pego nossas bebidas e vamos para uma mesa na área dos não fumantes.

Coloco a *ginger ale* em frente a ela, na mesa.

— *Kiitos* (obrigada). — Ela ainda não consegue falar finlandês, mas tenta usar as poucas palavras e frases que aprendeu. — Uma cerveja até que cairia bem agora — diz —, mas acho que terei que esperar mais sete meses até a próxima.

Kate está grávida de nosso primeiro filho. Foi o que me disse há duas semanas enquanto comemorávamos nossos aniversários. Nascemos com dois dias de diferença num intervalo de 11 anos, em lados opostos do mundo.

Kate já não está mais se fazendo de durona. Está tremendo.

— Tuuli não é uma pessoa agradável — diz ela.

— É uma ladra. Por que não me deixou prendê-la?

— Recuperar o pouco que ela roubou não compensa a publicidade negativa que um roubo feito por um empregado geraria. Todo mundo iria ficar sabendo. Foi por isso que decidi demiti-la na frente de Jaska. Se alguém mais estiver roubando, vai parar.

— Amanhã você estará de folga, não é? — pergunto. — Está precisando.

— Eu vou esquiar — responde Kate com um sorriso sedutor.

Eu não queria que ela fosse, mas não encontrei nenhuma objeção razoável.

— Você acha que ainda pode?

Ela segura minha mão. Antes de conhecer Kate, eu não gostava de demonstrações públicas de carinho, mas hoje nem me lembro o porquê.

— Eu estou grávida — diz ela —, e não inválida.

Na verdade, estamos os dois um pouco inválidos. Eu de um tiro que levei, e Kate de um acidente quando esquiava, no qual fraturou a bacia. Estamos ambos sem energia.

— Está bem, vou pescar, então.

Por um momento ela fecha os olhos, deixa de sorrir e massageia as têmporas.

— Você está se sentindo bem? — pergunto.

Ela suspira.

— Quando cheguei à Finlândia para a entrevista de emprego, era verão. O sol brilhava 24 horas por dia. Todos aqui pareciam muito felizes. Eu conheci você. Ofereceram-me um monte de dinheiro para dirigir a Levi, uma grande oportunidade na minha carreira. O Círculo Ártico me pareceu um lugar exótico e excitante para se viver.

Agora, seus olhos se voltam para a mesa. Kate não é uma pessoa que gosta de reclamar. E fico sem saber em que ela está pensando e, então, a provoco.

— O que foi então que mudou?

— O inverno. Sinto como se o frio e a escuridão jamais fossem terminar. Acabo de perceber que agora as pessoas não estão mais felizes, só estão bêbadas. Isso me deixa deprimida. É terrível. Estar grávida na Finlândia me parece assustador, faz com que eu sinta saudades dos Estados Unidos. Não sei por quê.

São 14h30 do dia 16 de dezembro. Não iremos ver a luz do dia até o Natal, e assim mesmo será um lampejo, apenas. Ela tem razão. É assim que as coisas acontecem por aqui durante o inverno. Um monte de bêbados deprimidos congelados numa noite sem fim. O *kaamos* é difícil para todo mundo. Posso entender bem como deve ser difícil encarar uma gravidez neste lugar, e se sentir assim tão vulnerável e assustada.

Meu celular toca.

— Alô.

— Aqui é Valtteri. Onde você está?

— No Hullu Poro, com Kate. Qual é o problema?

Ele não responde.

— Valtteri?

— Houve um assassinato, e estou olhando para o corpo.

— Quem e onde?

— Tenho certeza de que é Sufia Elmi, aquela atriz de cinema negra. A situação é péssima. Ela está num campo no terreno de Aslak, a uns 30 metros da rodovia.

— Há mais alguém aí com você?

— Antti e Jussi. Eram os policiais responsáveis pelo turno.

— Há alguma coisa que exija uma atenção imediata, algum suspeito?

— Não, acho que não.

— Então isole o local do crime e me espere. — Desligo o celular.

— Algum problema? — pergunta Kate.

— Pode-se dizer que sim. Alguém foi assassinado num campo coberto de neve na fazenda de renas de Aslak Haltta.

— Você está falando do lugar onde a gente se conheceu?

— É.

Quando me olha, percebo sofrimento em seu olhar.

— Queria que você não tivesse que ir — diz ela.

Eu não tinha percebido o quanto ela precisava de mim agora, neste exato momento, e não queria ter que deixá-la.

— Eu também. Mais tarde nos falamos, está bem?

Ela concorda com a cabeça, mas aparenta tristeza quando me despeço com um beijo.

2

Saio do bar e mergulho no escuro. O frio queima meu rosto. Respiro fundo para clarear as ideias, sinto meu nariz congelar, olho para o relógio. São 14h52. Ligo para Esko Laine, o médico-legista, para comunicar do assassinato e pedir que me encontre no local do crime. Ele estava prestes a entrar numa sauna e me parece ligeiramente bêbado, e nem um pouco contente.

O carro patina no gelo quando deixo o estacionamento do Hullu Poro. Acendo um cigarro e, embora esteja quarenta graus abaixo de zero, abro o vidro. Nicotina e frio são uma bela combinação quando se precisa de ajuda para pensar.

A Finlândia tem uma população de apenas 5,5 milhões de habitantes, mas os crimes que acontecem por aqui costumam ser muito violentos. Se considerarmos a média per capita, a nossa taxa de assassinatos é a mesma de muitas das grandes cidades norte-americanas. A maioria esmagadora de nossos assassinatos tem ligação com relacionamentos íntimos. Matamos as pessoas que amamos — nossos maridos e mulheres, irmãos e irmãs, pais e amigos — quase sempre durante a fúria de uma embriaguez.

Desta vez é diferente. Num país tão sensível às insinuações de racismo como a Finlândia, o assassinato de uma mulher negra e famosa como aquela irá causar uma explosão nas manchetes dos jornais. Nunca aconteceu nada parecido até hoje. Se Sufia Elmi foi mesmo assassinada, estou diante de um problema e tanto.

Raça é um tema delicado para os finlandeses pois, em grande maioria, somos racistas enrustidos. Como expliquei uma vez para Kate, nosso racismo não é manifesto, como aquele tipo evidente com o qual, como americana, ela está acostumada a conviver, mas é um racismo silencioso. Ignoramos as manifestações e os protestos feitos por estrangeiros, que são tratados aqui com total desprezo e desdém. Comparo nosso racismo à política. Os americanos discutem sobre política, mas têm poucos eleitores. É raro os finlandeses falarem de política, mas cerca de oitenta por cento deles votam nas eleições presidenciais. Não falamos sobre ódio; odiamos em silêncio. É assim que somos. Fazemos tudo na surdina.

Já ouvi muitas piadas sobre Sufia, caipiras locais falando por cima de seus copos de cerveja sobre como comeriam aquela atriz negra, mas nada que fosse ameaçador. Se tivermos sorte, o assassino deve ser um turista e nós seremos poupados de qualquer saia justa cultural. Espero que seja um alemão. Herdei de meus avós o ódio desmedido que eles sentiam dos alemães por eles terem incendiado meia Lapônia durante a Segunda Guerra Mundial.

Durante a guerra, minha avó encontrou um soldado alemão morto e congelado na encosta de uma montanha e o arrastou até embaixo para que seus amigos o vissem. Ela me disse que aquele foi o dia mais feliz de sua vida. No meu trabalho, minha experiência é de que eles só causam aborrecimento. Turistas alemães sempre roubam algo. Prataria, galheteiros e papel higiênico.

O pouco que sei de Sufia, li nos jornais. Sua beleza e seu talento lhe renderam em igual medida uma carreira sem muita expressão como estrela de filmes finlandeses obscuros, e que ela veio passar o inverno aqui em Levi. A primeira vez que a vi não conseguir tirar os olhos dela. Primeiro fiquei envergonhado, mas depois notei que ela despertava essa mesma reação em todo mundo, até mesmo nas mulheres.

Sufia usava um vestido longo e não fazia a menor questão de esconder os seios espetaculares. A cintura dela era tão fina que eu poderia envolvê-la com minhas mãos. Sua pele negra era perfeita e o rosto angelical sugeria a completa fusão de juventude, beleza e inocência. Seus olhos eram negros como obsidianas e ela possuía uma aparência de perpétua alegria que encantava todos à sua volta.

Sufia é, ou foi, uma anomalia física tão bonita que parecia impossível uma criatura como ela existir de verdade. O que parecia uma dádiva pode ter despertado uma espécie de atenção maligna que a teria levado à morte. A primeira reação de muita gente desse mundo quando confrontada com a beleza é destruí-la.

Saio da rodovia e encosto o carro na entrada da fazenda de renas de Aslak Haltta, estacionando ao lado da viatura de Valtteri. Preparo-me para as horas que vou passar exposto ao frio, analisando o local do crime. Um uniforme de campo próprio para as baixas temperaturas do inverno está sempre à disposição no banco de trás do meu carro. É um macacão pesado da polícia, azul-marinho, forrado e acolchoado o suficiente para me manter aquecido enquanto faço meu trabalho. Eu o coloco por cima do que estou usando, isto é, a calça jeans, o suéter e a roupa térmica.

O povoado onde cresci fica do outro lado da rodovia a menos de 200 metros dali. Durante a investigação teremos que ir até lá colher alguns depoimentos. Não tenho dúvidas de que meus pais adorarão agir como se estivessem sendo acusados de assassinato.

De onde estou tudo o que posso ver é a neve. Os faróis do carro de Valtteri estão acesos para iluminar o local do crime, e também deixo os meus ligados. A luz que irradiam corta uma faixa através da escuridão, e consigo ver Valtteri de pé uns 18 metros à minha frente, com Jussi, Antti e Aslak. Deixo o conforto do automóvel aquecido, vou até a mala do carro e pego duas caixas de material de pesca onde carrego os equipamentos que uso para fazer o levantamento do local do crime.

Valtteri se arrasta com dificuldade em minha direção. A espessa camada de neve está congelada na superfície e solta como uma poeira grossa na parte de dentro. Isso o obriga a escalar com esforço a distância que nos separa até chegar à entrada da fazenda.

— Não vá até lá ainda — diz ele.

— Está assim tão ruim?

— Espere um instante e se prepare.

Valtteri é um devoto do laestadismo, é obcecado demais com essa releitura rígida do luteranismo para o meu gosto, mas é um bom homem e um bom policial. Se ele fica feliz de ter oito filhos e de ter que ir à igreja todos os domingos e quase todas as noites durante a semana, isso é problema dele. Acendo minha lanterna e tomo a direção do local do crime.

Quando chego a 5 metros do local, vejo um corpo nu incrustado na neve. Tenho certeza que é Sufia Elmi. Ao ver o que fizeram com ela, percebo a razão pela qual Valtteri me alertou. Já investiguei muitos homicídios, mas nunca vi nada tão cruel. Coloco as caixas no chão e paro um instante para me recompor.

A julgar pelas marcas deixadas na neve, parece que o assassino estacionou o carro e arrastou Sufia ou forçou que ela rastejasse até ali. A neve está com cerca de 90 centímetros de espessura e o corpo dela está afundado até metade disso. Ela ainda conseguiu agitar os braços o suficiente para desenhar um anjo na neve. Seu corpo negro está encoberto pela neve branca manchada de sangue vermelho. Em certos lugares, os respingos de sangue chegavam a uma distância de quase 2 metros do corpo. O cadáver começa a esfriar, e uma camada prateada de gelo se forma sobre sua pele negra, fazendo-a brilhar.

Na entrada da fazenda, um carro desliga o motor, e reconheço Esko, o legista. Os policiais em serviço, Antti e Jussi, estavam parados ali, tremendo de frio, embora estivessem agasalhados com seus uniformes de inverno, iguais ao meu, além de estarem usando gorros e luvas. A presença deles não tem utilidade e, além do mais, podem contaminar o local do crime, se deslocando de um lugar para o outro na tentativa de se aquecerem. Digo a Jussi que volte até a entrada da fazenda e procure por evidências que possam ter sido desprezadas. Se ainda houver alguma, será mais fácil encontrá-la com a luz de sua lanterna na neve ainda intacta.

Antti é nosso melhor artista. Pego papel e lápis de um de meus estojos e peço que ele faça um esboço do local do crime, o que não é uma tarefa fácil com esse frio todo. Ele enche as luvas com um produto químico destinado a esquentar as mãos para evitar que seus dedos fiquem duros, e então começa a desenhar.

Esko se aproxima e acena com a cabeça, mas não fala nada. Digo-lhe que dê uma olhada ao redor.

Tiro duas câmeras de uma de minhas maletas, uma convencional e outra digital, e mais dois flashes externos e um gravador. O inverno aqui é uma noite sem fim, mas a neve reflete qualquer ponto de luz existente e deixa tudo com uma cor cinza escura. Uso uma Leica M3 para fotografar os arredores. As máquinas antigas são ótimas e não precisam de bateria, e quase nunca falham por causa das condições geladas do tempo.

Fotografar na neve não é tarefa fácil. Se você usar luzes ou flashes num ângulo maior do que 45 graus, tudo desaparece sob o clarão. As fotografias têm que ser feitas com uso de filtros polarizadores, e sempre ao nível da neve. Entrego as câmeras para Valtteri.

— Você sabe o que fazer, certo? — pergunto.

Valtteri responde que sim com um gesto e começa a montar os flashes.

— Eu ia levar meus filhos para caçar veados amanhã — diz ele. — Agora não sei se terei estômago.

Eu também não teria.

— Fotografe com as duas câmeras — digo. — Quero a neve o mais intacta possível, de modo que as evidências sejam preservadas e, portanto, tente andar sobre as suas próprias pegadas.

Esfrego minhas mãos enluvadas, uma contra a outra, para tentar aquecê-las. É muito raro fazer um frio como esse, mesmo na parte mais baixa do Círculo Ártico, e isso provoca uma sensação estranha. Há um sentimento ambíguo de que nossos sentidos estão aguçados e, ao mesmo tempo, de que fomos privados deles. Primeiro, as partes expostas do corpo queimam, depois doem e por fim ficam dormentes. Os sentidos do tato e do olfato desaparecem. O frio faz meus olhos lacrimejarem e as lágrimas congelarem sobre a pele de meu rosto. Tenho que apertar os olhos e isso dificulta a visão. Nada se move. Nem os pássaros cantam.

Isso seria o silêncio total não fosse o fato de que o frio tem o seu próprio som. Os galhos das árvores congelam e se quebram sob o peso da neve, o que soa como tiros abafados. A neve congela e endurece tanto que sua superfície se contrai e fica com uma textura de pedra. E ela se quebra sob os meus sapatos, mesmo quando penso que estou imóvel.

Estamos num campo a uns 25 metros da rodovia principal. A pouco menos de 20 metros ao norte há um celeiro com um curral do lado de fora destinado a acolher as renas doentes ou que estejam por parir. O rebanho de renas de Aslak se conta aos milhares, o que lhe tem garantido uma boa vida. Sua casa, uma construção cara de tijolos com o estilo de rancho, fica uns 100 metros adiante no sentido nordeste. Em direção ao sul e ao oeste, só se veem campos áridos e florestas geladas.

A atmosfera é de isolamento e desolação. Parece o lugar ideal para um assassinato. Imagino o assassino no instante em que sai da rodovia principal, desliga o motor do carro, apaga os faróis e deixa que o carro deslize até parar mais adiante. O céu está cheio de nuvens, não há nem lua nem estrelas para iluminar a noite escura. Num dos lados, as casas mais próximas estão a uma distância equivalente a um campo de futebol. Do outro lado ficam ainda mais longe, uns dois campos de futebol. O assassino teve privacidade e tempo. Se ouvisse algum barulho ou avistasse luzes, tudo o que precisava fazer era ligar o carro e ir embora antes de ser visto.

Aslak olha para Sufia, se apoia na espingarda, e fuma um cigarro que ele próprio enrolou. Decido levá-lo até alguns metros do corpo, onde também acendo um cigarro.

— Viu alguma coisa?

— Não muito. Saí para dar comida aos cachorros e vi os faróis. Entrei para pegar minha espingarda — ele exibe sua Mossberg calibre 12 — e voltei para ver o que estava acontecendo. Cheguei bem em tempo de ver o carro ir embora. Foi então que a vi do jeito em que está. Eu estava com o celular na mão e liguei para a polícia.

— Qual era a marca do carro?

Aslak parecia imperturbável. Eu o conhecia desde menino. Ele é criador de renas, um autêntico *Saame* finlandês nativo da Lapônia, além de um velho cretino.

— Ele se afastou muito rápido, mas, ao que me pareceu, era um sedã.

— Há quanto tempo foi isso?

Aslak olha para o relógio.

— Cinquenta e dois minutos.

Olho para Valtteri.

— Você não colocou barreiras nas estradas?

— A única coisa que pensei em fazer foi ligar para você.

— E eu lhe perguntei se havia alguma providência imediata a ser tomada.

Primeira merda. Se este caso der errado, o culpado não será apenas Valtteri, mas também eu, já que sou o responsável. Ele fica envergonhado e eu não o pressiono novamente.

Valtteri e eu pegamos alguns galhos e os enfiamos na neve. Com um rolo de fita isolamos a área onde há marcas de pneus e delimitamos um quadrado de mais ou menos 10 metros ao redor do corpo. As pegadas se espalham por uns 4,5 metros entre o corpo e as marcas dos pneus. Circundamos também esta área, para que seja possível fazer moldes de cera das pegadas mais tarde.

Há uns dois dias que a entrada da fazenda não é aplanada, portanto, está coberta por uma camada de neve fofa de alguns centímetros de espessura. Sob as condições certas, as marcas de pneus são tão individuais e identificáveis como impressões digitais. Essas aqui parecem bem definidas para que se possa saber o fabricante e o modelo, mas não o conjunto específico de pneus. As pegadas estão fundas na neve e não darão muita informação, além do tamanho do sapato. Esko espera até terminarmos para só então começar seu exame.

Sufia não é mais aquela mulher bonita. O que restou dela conta a história de uma morte agonizante. Minha primeira tarefa é descrever esse horror em detalhes. Sinto-me triste e sem jeito, porque a única pessoa capaz de descrever um sofrimento tão profundo quanto aquele seria a própria Sufia. Valtteri começa a fotografar. A cada segundo o flash explode e ilumina o sangue, a neve e Sufia, e me sinto como se eu fosse parte de uma fotografia granulada preta e branca.

Ligo o gravador e Esko pega um caderno de notas e uma caneta. Farei uma descrição oral enquanto ele faz uma por escrito, pela mesma razão que Antti desenha enquanto Valtteri fotografa, para eliminar a possibilidade de que a documentação seja perdida. Ajoelho-me na neve ao lado da vítima.

— Me avise se eu me esquecer de alguma coisa.

Ele acena que sim com a cabeça. Faço correr o facho de minha lanterna de cima abaixo pelo corpo e começo a falar:

— Observações gerais. Um corpo feminino nu. A vítima é negra. Um fio — tiro minha luva e passo a mão para tocá-lo — de seda ou algum material sintético semelhante em volta do pescoço dela e a amarradura sugerem que foi usado para controlá-la. A neve apresenta alterações ao longo de uma linha de 4,5 metros entre as marcas de pneus e o local em que o corpo se encontra. Parece que ela engatinhou ou foi arrastada do veículo até o local em que está.

— Acho que foi arrastada — diz Esko.

— A neve está intacta ao redor do corpo e a trilha pela qual foi arrastado. Seus braços estão levantados num ângulo de 45 graus acima da cabeça. Suas pernas estão abertas e as marcas na neve indicam que ela se debateu enquanto seu assassino a atacava. Evidências de outras armas ou das roupas que a vítima usava teriam sido prontamente detectadas se estivessem presentes. Mas não estão. A vítima está mutilada. Seu rosto foi desfigurado, mas é possível reconhecê-la. Trata-se da atriz Sufia Elmi. As palavras *neekeri huora*, puta negra, foram escritas à faca em sua barriga.

Meu maior receio foi confirmado. Trata-se de um crime racial. É difícil acreditar que alguém possa tê-la odiado tanto. Apesar das palavras gravadas em sua barriga, a questão é o que pode ter provocado tanto ódio assim? Foi por causa de sua raça, sua beleza ou algo mais?

— Uma garrafa de meio litro de cerveja Lapin Kulta com o gargalo partido foi enfiada e girada pelo lado quebrado dentro da vagina da vítima. Não há sinais de cacos de vidro. A vítima foi agredida por um instrumento arredondado que causou uma contusão em sua testa.

Esko se abaixa do meu lado:

— Foi agredida duas vezes. Pode ter sido com um martelo.

Concordo com a cabeça.

— Provavelmente com um martelo, sim. Seus olhos foram arrancados talvez com a garrafa quebrada. Um fragmento superficial da pele de seu seio direito, de cerca de 7 por 10 centímetros, foi retalhado e colocado ao seu lado, perto do ombro esquerdo. Há um corte extenso e profundo na parte inferior de seu abdome. Sua garganta foi perfurada. Os cortes precisos sugerem que o assassino usou uma arma afiada para causar esses ferimentos, e não a garrafa de cerveja.

— Ele deixou aqui o pedaço do seio dela — diz Esko. — Não é um colecionador de troféus.

— Pelo menos três instrumentos foram usados para mutilar a vítima, um arredondado e pesado, como mostram os golpes em sua cabeça, e dois cortantes, um deles a garrafa de cerveja e o outro uma arma afiada.

— Acho que pode ter sido uma faca de caça serrilhada — diz Esko.

— Esqueci alguma coisa? — pergunto.

— Acho que não.

Algo brilha sob a luz de minha lanterna. Curvo-me e chego bem perto dela.

— O que é isso aqui no rosto?

— Onde?

Aponto para três pequenas listras.

— Aqui perto do nariz, na bochecha.

— Não sei — diz Esko.

— Você acha que ele cuspiu nela?

— Não parece ter a viscosidade da saliva.

— Se ela fosse branca isso passaria despercebido. É difícil enxergar o suficiente para definir o que é. Providencie uma amostra disso para teste. Mais alguma coisa?

Esko sacode negativamente a cabeça. Pega as mãos dela com cuidado para não tirar a neve sob as unhas bem-feitas, olha-as por baixo, pega dois sacos plásticos e as envolve com eles. Colhe amostras de sangue de diversos lugares na neve em torno do corpo e do líquido congelado em seu rosto.

— Olhe — diz ele —, isso está além de minha compreensão, nunca me deparei com nada parecido. Esse caso vai virar notícia internacional e tenho medo de que eu possa comprometer o resultado das provas.

Posso imaginar seus sentimentos. Já faz um bom tempo que eu não me deparo com uma investigação de assassinato tão complexa. Além do mais, com a proximidade do Natal quatro policiais de nossa equipe de oito estão de férias. Sequer temos contingente disponível para o turno da noite — fazemos um revezamento por telefone para atender aos chamados noturnos. Até o despachante está de férias. É a época perfeita para cometer um assassinato. Uma pessoa da região na certa teria essas informações, o que me deixa intrigado.

— Temos as marcas dos pneus — digo —, e o corpo terá muitas outras evidências. Vamos solucionar este caso.

Ajoelhamo-nos na neve e nos entreolhamos durante alguns segundos, sem termos o que dizer. No curral do lado de fora do celeiro, uma rena prenhe olha a cena com indiferença. Aslak está de pé, não muito longe dali, enrolando um cigarro. Meu desejo era que nada disso tivesse acontecido. Queria estar em casa com Kate, colocar minha mão sobre sua barriga e imaginar como será nosso filho que cresce dentro dela. Olho em volta do campo nevado. A casa de Aslak se resume a uma sombra distante. Há quase um ano e meio Kate e eu nos conhecemos no quintal dessa casa.

Os *Saame,* lapões nativos, são vítimas de inúmeros preconceitos por aqui, assim como os esquimós do Alasca. Todos os anos, no solstício de verão, Aslak faz uma festança, convida amigos, vizinhos e as pessoas mais importantes da comunidade. Talvez seja sua maneira de provar para si mesmo e para os outros o quanto conquistou, a despeito das probabilidades. Talvez seja o seu jeito de dizer:

"Que se foda, sou *Saame* sim, mas sou mais rico do que todos vocês." E ele tem sua própria tradição de solstício de verão: um churrasco de uma rena inteira, o que outros povos talvez fizessem com um javali. Jamais vi outra pessoa fazer algo parecido.

Kate e eu nos conhecemos na festa de Aslak. Estava ficando tarde, mas esta é a terra do sol da meia-noite e, no verão, especialmente depois de alguns drinques, é fácil perder a noção da hora por causa da luz do sol que jamais desaparece. A noite toda é um constante início da tarde. Ouvi uma voz falando em inglês e vi que ela pertencia a uma ruiva alta que estava na minha frente, no gramado. Era a mulher mais linda que eu já tinha visto. Kate estava em uma roda, conversando com uma garota chamada Liisa, assistente de gerente do Levi Center. Liisa e eu já havíamos saído juntos algumas vezes, mas nunca deu em nada. Fui até onde estavam. Elas estavam bêbadas e eufóricas.

— Kari, esta é Kate Hodges — disse Liisa. — Ela está na Finlândia para fazer uma entrevista para a vaga de gerente geral do Levi Center. Kate, este é Kari Vaara. Ele é o chefe de polícia daqui. O nome dele significa Rochedo Sinistro.

Kate explodiu numa gargalhada.

— Rochedo Sinistro? Parece nome de filme de segunda categoria.

Eu nunca tinha pensado nisso e também comecei a rir.

— Poderia ter esse significado também. Kari quer dizer rocha, rochedo, cicatriz, banco de areia ou recife. Vaara significa montanha, perigo, risco ou armadilha. Portanto, meu nome poderia significar Montanha do Recife ou Armadilha da Cicatriz. De qualquer jeito soa ridículo em inglês. Posso garantir que soa melhor em finlandês.

— Você fala inglês muito bem — disse Kate.

— Kari é um cara muito inteligente — rebateu Liisa. — Também fala sueco e russo.

— Meu russo é fraco — completei.

— Eu estava contando para Kate sobre o significado do solstício de verão aqui — disse Liisa. — O dia do solstício é o Dia da Bandeira Finlandesa, e nós temos a tradição de ir para a sauna e fazer uma fogueira à meia-noite. Esqueci de alguma coisa?

— O solstício de verão é o dia mais longo do ano e é quando se celebra o festival pagão da luz — disse eu. — Os cristãos o transformaram na comemoração do nascimento de São João Batista. É por causa disso que na Finlândia esse dia é chamado de *Juhannus*. Para os pagãos, é uma noite de poderes mágicos, sobretudo para as mulheres jovens que procuram maridos ou que querem ter filhos, ou ambas as coisas. O crepitar do fogo das fogueiras está associado com crenças relativas à fertilidade, à limpeza das almas e à expulsão de maus espíritos.

— Rochedo Sinistro — falou Kate —, você parece um homem muito inteligente.

Sorri.

— Sou apenas uma fonte de cultura inútil.

Kate puxou Liisa pelo braço e elas se afastaram alguns passos para cochichar algum segredinho. Fiquei no meio de um grupo de bêbados que comia churrasco de rena e salada de batatas em pratos de papelão, e olhei para Kate e pensei, mais uma vez, em como era bonita. Ela e Liisa terminaram a conversa secreta e voltaram.

— Então, já que essa tal festa do meio do verão é mesmo pagã — falou Kate —, significa que as mulheres têm liberdade de convidar os homens para sair?

— Claro que sim — respondi.

O álcool deu coragem a Kate. E durante a conversa que teve com Liisa, esta lhe ensinou a falar uma frase em finlandês.

— *Komea mies* — disse ela —, *lähtisitkö ulos ja pane minua syömään?*

A pronúncia dela era estranha, mas o que disse foi bem claro. As pessoas à nossa volta explodiram numa gargalhada. Senti meu rosto ficar vermelho. O que ela quis dizer foi: "Homem bonito, você gostaria de sair comigo para jantar?", mas do jeito que pronunciou saiu algo como: "Homem bonito, você quer sair e me comer no jantar?"

O rosto de Kate também ficou vermelho.

— O que foi que eu disse de errado? — perguntou ela.

Liisa cochichou no ouvido dela.

Os olhos de Kate se encheram d'água como se fosse chorar. E ela se retirou dali enquanto as pessoas continuaram a rir do que dissera.

Fui atrás dela. Ela se voltou e olhou para mim, envergonhada.

— Adoraria levá-la para jantar — falei.

Ela percebeu o humor contido no convite e sorriu.

— Daqui a pouco vão acender a fogueira — falei. — Quer ir até lá para dar uma olhada?

— Seria ótimo — respondeu ela.

Surpreendi-me ao vê-la pegar na minha mão. Começamos a andar.

— Você está mancando. O que aconteceu?

— Levei um tiro. E você, por que está mancando?

— Caí.

De mãos dadas assistimos em silêncio à fogueira ser acesa. Depois perguntei a Kate se ela gostaria de ir até minha casa para um drinque.

— Onde você mora? — perguntou ela.

— A cerca de uma *poronkusema* daqui.

— E quão longe é isso?

— Uma *poronkusema* é uma medida que os lapões usam e que significa uma "mijada de rena". As renas não conseguem urinar enquanto puxam o trenó e isso pode causar uma obstrução no seu trato urinário se elas não pararem de vez em quando para aliviar a bexiga. Assim, uma *poronkusema* equivale mais ou menos a uns 16 quilômetros, ou uns trinta minutos de trenó.

— Você é mesmo uma fonte de cultura inútil — disse ela.

E fomos para a minha casa. Seis semanas mais tarde ficamos noivos. Nove meses depois nos casamos.

É difícil acreditar que este lugar onde aconteceu a coisa mais feliz de toda a minha vida seja agora o palco de uma tragédia dessas. Olho outra vez para o cadáver mutilado de Sufia.

— Esko...

— Sim?

Preciso perguntar, mas estou com medo da resposta.

— Até que ponto você acha que ela estava consciente do que estava lhe acontecendo?

— Do jeito que o corpo está mutilado, não posso lhe responder antes de fazer a autópsia. Estou com a mesma pergunta na cabeça. Mas pode ter sido pior do que imaginamos.

— Como assim?

Ele se levanta e limpa a neve da calça.

— Ela pode ter permanecido viva durante todo o ataque.

Olho outra vez para Sufia, o anjo da neve. Seu rosto muda e imagino Kate nua e assassinada, morta num campo de neve. A onda de tristeza que senti antes reaparece, e pela primeira vez em minha vida fico triste por não haver pena de morte na Finlândia.

3

Os trabalhos na cena do crime foram encerrados. O corpo de Sufia Elmi foi retirado. Entramos, uma vez ou outra, na casa de Aslak para nos aquecer, mas ainda assim estou congelado até os ossos. Sou o último a ir embora e, sozinho ali, tremo de frio. Olho para cima. O vento afastou as nuvens e a noite está estrelada. Há luz suficiente para enxergar sem ajuda da lanterna, e eu desligo a minha.

As fitas amarelas e pretas que delimitam o local do crime parecem fora de contexto espalhadas numa fazenda de renas. O lugar em que estava o corpo de Sufia é um buraco sangrento entalhado na neve, como uma cavidade de globo ocular vazia. Em breve o cenário vai ser modificado pelas mordidas dos animais da floresta que, ao sentirem o cheiro do sangue, virão ver do que se trata. Não tem importância. Daqui a pouco tudo estará coberto pela neve fresca mesmo.

Anos atrás, quando trabalhava em minha tese de mestrado, fui para Nova York onde passei um semestre por conta de um programa de intercâmbio. O que mais me chamou a atenção por lá foi o céu. Naquele lado do mundo, tão longe do Polo Norte, o céu é plano e cinzento, como se o universo só tivesse uma dimensão. Aqui, o céu é curvo e quase não há poluição. Na primavera e no outono, ele fica azul escuro ou até violeta, e os pores do sol demoram horas para acabar. O sol vira uma bola alaranjada pálida que transforma as nuvens em torres vermelhas e violetas, margeadas de prateado. No inverno, durante as 24 horas do dia, um número incontável de estrelas brilha na abóbada da imensa catedral sob a qual vivemos. Os céus finlandeses são a razão pela qual acredito em Deus.

Já são mais de dez horas da noite. As horas que passei no frio me deixaram tão dormente que sinto dificuldade de me movimentar. Meu joelho ruim ficou rígido, o que me obriga a arrastar a perna em vez de usá-la normalmente para andar. Vou mancando até a entrada da fazenda.

Do outro lado da rodovia, após descer por um desvio estreito, desemboco num aglomerado de 16 casas chamado Marjakylä, Aldeia das Amoras. Ando os 180 metros que me separam de lá como fiz inúmeras vezes, descendo a rua sem pavimentação. A neve amontoada nas beiradas forma paredes altas de ambos os lados, e o caminho vai se afunilando até chegar à aldeia. As pessoas que moram aqui raramente saem. Vivem em seu pequeno mundo, ano após ano, em pequenas casas de madeira. A única coisa que se modifica é a idade dos moradores.

Vou de casa em casa e explico que houve um assassinato. As pessoas erguem as sobrancelhas e, de olhos arregalados, exclamam *"oho"*, a expressão de surpresa em nossa língua, e me dizem que não viram nada. A investigação vai me aproximando de meus pais e seus vizinhos, pessoas que fazem parte de minha infância.

O quintal da casa de Big Paavo está todo iluminado por lâmpadas fortes que refletem a neve e quase anulam o efeito das luzes de Natal espalhadas pela redondeza. Ele está num galpão com um aquecedor a querosene e, como sempre, está entretido na construção de alguma coisa. Um motor de dois tempos com a junta gasta espalha no ar o fedor de óleo queimado e faz muito barulho, porque um dos cilindros deixou de funcionar. Pergunto em que está trabalhando. Está fazendo uma prensa de passar roupa para que sua mulher não precise mais usar o ferro para alisar os lençóis. Não viu nada do que aconteceu.

Bato na porta da casa dos Virtanen. Pela janela da frente vejo Pirkko, a mãe de Kimmo e Esa, sentada numa poltrona. Ela não se move. Experimento a porta e vejo que está aberta. O lugar cheira a mofo e urina. Os donos da casa estão incomunicáveis. Pirkko por causa do derrame e Urpo, seu marido, por estar desmaiado no chão da cozinha. Cumprimento Pirkko. Ela pisca os olhos em sinal de que me reconhece, mas como não fala, decido ir embora. Terei que conversar com os filhos sobre o estado deles.

Em seguida, tento Eero e Martta. Eles não estão em casa, como de costume, pois este é o horário que saem para caminhar.

Pela janela da frente vejo brilharem velas natalinas. Tiina e Raila me convidam para entrar, e não tenho nada melhor a fazer senão aceitar. Tiina é anoréxica e tem 42 anos. Todos os seus dentes caíram devido à sua doença e ela não tem recursos para comprar uma dentadura, mas aprendeu a sorrir de uma maneira tal que não se percebe. Ela costuma andar pelo povoado empurrando um carrinho de bebê com uma boneca dentro, e é o que faz desde que era adolescente.

Raila, mãe de Tiina, é alcoólatra. Passou vinte anos sem beber até o dia de seu aniversário de 40 anos quando decidiu que ia tomar apenas um drinque. Durante os últimos trinta anos, tem vivido um pesadelo de psicose alcoólica mesclada com fervor religioso. Quando eu era garoto, ela ficava parada do lado de fora de nossa casa com o dedo apontado para a janela da frente, aos gritos. Minha mãe pedia que eu não prestasse atenção e fingisse que nada estava acontecendo. Pergunto às duas se viram algum carro desconhecido passar por aqui, hoje.

— Esse é um dia de muita tristeza — diz Raila. — Minha vida é um vale de lágrimas.

Tiina sorri aquele seu sorriso estranho.

— Passamos o dia todo vendo TV.

Deixo meus pais por último. A casa deles está da mesma maneira que a deixei há 25 anos, a não ser pelo acréscimo do encanamento interno. Não há mais necessidade de idas geladas ao banheiro do lado de fora, toda manhã. Nem de tomar banho frio num lugar sem aquecimento construído no quintal e compartilhado com os vizinhos. Minha mãe e meu pai brigaram por conta disso durante anos. Ele se recusava por causa da despesa, embora tivesse sempre dinheiro para a bebida, mas ela acabou por ganhar a luta na marra.

Quando eu era pequeno, devido ao frio que fazia, às vezes chegava a ficar duas semanas sem tomar banho, se ninguém reclamasse, e algumas vezes urinei na calça sem querer. Desabotoá-la ao ar livre, no frio, era tão penoso que eu segurava a vontade por um tempo maior do que seria possível aguentar.

Na casa deve haver uns 15 relógios pendurados nas paredes. Não sei por que meus pais têm tanta obsessão com as horas. O barulho sincopado de todos aqueles ponteiros me enlouquece. Eles ainda não fizeram qualquer decoração de Natal. Deixam sempre para a última hora. Sentamo-nos na cozinha e eu lhes conto sobre o assassinato.

— Mãe, você viu ou ouviu alguma coisa estranha hoje? — pergunto.

Minha mãe não trabalha. Meu pai nunca deixou. Ela ainda me chama pelo meu apelido de infância.

— *Ei, Pikkuinen* (não, Pequenininho) — diz ela.

— Que diabos você esperava que sua mãe tivesse ouvido? — pergunta meu pai.

— Não esperava coisa alguma. A pergunta faz parte do processo de investigação de um assassinato.

Meu pai não é uma pessoa má quando está sóbrio, mas quando bebe oscila entre eufórico e ranzinza.

— Você acha que sua mãe não tem outra coisa melhor para fazer o dia todo além de ficar sentada na janela observando o que se passa do lado de fora?

— Não.

— Então acha que foi sua mãe que matou a negra na fazenda de Aslak?

Imagino que ele vá tirar o cinto, como fazia quando eu era menino.

— Não, também não.

Meu pai então solta uma de suas expressões prediletas.

— *Haista vittu* (vá cheirar uma buceta). — Maneira pitoresca de mandar eu me foder. Sua mente bêbada desvia para outra direção. — Você tem tido notícias de seus irmãos?

Meus três irmãos saíram de casa assim que puderam.

— Não, já faz algum tempo.

— Não acha que tinham que ao menos nos ligar? Depois de tudo o que passamos para criá-los. E você, também.

Meu pai se fazendo de mártir.

— O Natal está perto e você irá saber deles.

Minha mãe pergunta se eu gostaria de comer alguma coisa, e percebo que estou morrendo de fome. Ela esquenta uma sobra de *läskisoosi*, um molho gorduroso feito de tiras de carne de porco parecidas com bacon, porém menos salgadas, que eu adorava quando criança, e serve sobre um prato de batatas cozidas.

Enquanto vou comendo, minha mãe cochicha sobre os vizinhos e fala como meu irmão Timo está bem de vida. Quando era mais jovem Timo passou sete meses preso por vender bebida alcoólica contrabandeada, e desde então, minha mãe tenta redimi-lo e só fala dele como se fosse um santo.

Meu pai segura um copo de vodca pela metade, em silêncio. Lembro-me que hoje faz 32 anos que minha irmã morreu e é por isso que ele está tão agressivo.

O frio veio mais tarde naquele ano, mas, quando chegou, foi para valer. Eu tinha 9 anos, e Suvi, 8. Minha mãe não fazia outra coisa senão ter filhos, teve cinco crianças em sete anos. Meu pai queria pescar no gelo. Suvi e eu perguntamos se ele podia nos levar junto para patinar no gelo. Minha mãe alertou meu pai que o gelo ainda estava muito fino, mas ele mandou que ela se calasse.

— Kari vai tomar conta de Suvi — falou.

Havia caído muita neve, mas ela ainda estava seca e fina. O vento a levara embora da superfície congelada do lago e o gelo estava escorregadio e transparente como vidro. A noite estava estrelada, e lá fora, no gelo, víamos tudo como se fosse dia. Meu pai furou um buraco no gelo, sentou-se num banquinho e ficou ali entretido em sua pescaria, enquanto se mantinha aquecido por uma garrafa de uísque Three Lions.

Tentei tomar conta de Suvi. Patinávamos depressa em direção ao meio do lago, mas estávamos de mãos dadas. Ouvi um estalo forte, senti um puxão em meu braço e ela desapareceu. Demorou um segundo para que eu entendesse o que acontecera e, então, fiquei com medo de que o gelo também se quebrasse sob o meu peso. Rastejei até o lugar onde Suvi caíra, mas ela já estava sendo levada embora.

A última coisa que vi dela foram os pulsos de suas pequenas mãos que batiam desesperados contra a placa de gelo.

Eu estava com muito medo de mergulhar atrás dela e meu pai estava muito bêbado, então não fizemos nada. Ele ficou lá sentado chorando e eu corri para buscar ajuda. Vários buracos foram abertos no gelo e várias redes de pesca foram passadas sob eles. Não demorou quase nada para que a encontrassem, pois ela não se afastara muito do lugar onde caíra. Quando a tiraram, a aparência de seu rosto era mais de surpresa do que de dor.

Sempre suspeitei de que meu pai me culpava pela morte de Suvi. Talvez fosse por isso que era tão rápido em usar seu cinto comigo. Acho que eu também o culpava. E talvez minha mãe culpasse a nós dois. Como o último pedaço de *läskisoosi* e coloco a faca e o garfo no prato. Minha mãe está calada e ambos parecem perdidos em seus próprios pensamentos. Digo a ela que estava delicioso e lhe dou um abraço de despedida. Aperto o ombro de meu pai e lhe digo que nos veremos em breve.

No caminho de volta até o carro, vejo Eero e Martta retornando de sua caminhada vespertina, todos agasalhados. Eero já tem mais de 70 anos, está bem vestido, é ativo e esquizofrênico. Viveu com a mãe até sua morte há vinte anos, e então contratou Martta para tomar conta da casa. Saber se eles têm algum tipo de relacionamento de natureza sexual permanece um mistério insolúvel, assim como de onde vem o dinheiro que permite que ele pague alguém para tomar conta da casa.

A julgar pelas aparências, Eero é homossexual. Martta é uma anã grisalha e atarracada. Encontro os dois no início da estrada, do outro lado da entrada da fazenda de Aslak, passeando com o cachorro, um Jack Russel terrier, chamado Sulo. Sulo está agasalhado com um suéter azul e vermelho e usa pequenas botas de feltro. Pergunto a eles como foi o dia.

— Hoje à tarde estava ali no telefone de conversa com um amigo quando vi um carro parar na casa de Aslak — diz Eero.

Há um telefone público na beira da estrada. Está desligado há muito tempo. Mas Eero fica no frio, durante horas e horas, com o fone no ouvido, de papo com amigos imaginários. Algumas vezes, ele fica assim por tanto tempo que sua respiração forma uma camada de gelo sobre o fone. Martta vivia cortando o fio do telefone para evitar que Eero continuasse a colocar moedas no aparelho. Por fim, a companhia telefônica desistiu de consertá-lo, mas o deixou lá para que Eero pudesse falar com os amigos que pensa ter.

— E que tipo de carro era? — pergunto.

— BMW, BMW, BMW.

Ele repete as coisas às vezes. Não chego a acreditar no que diz.

— Que tipo de BMW?

— Um sedã novo, Série 3, Série 3.

— Você conhece assim tão bem os modelos de BMW?

— Gosto muito de carros.

Eero sempre teve uma memória como nunca vi em pessoa alguma. Vou adiante para me certificar de que é verdade o que me diz.

— Eero, você se lembra do que aconteceu no dia 16 de maio de 1974?

— Claro.

— E o que foi que aconteceu?

— Nada de especial. Era uma terça-feira, e estava quente. Recebi dois catálogos pelo correio. Seu pai tomou um porre e caiu da bicicleta.

Eu também me lembro disso. Fico impressionado.

— E qual era a cor do BMW?

— Eu estava conversando. Não prestei atenção. Era um carro escuro.

— Era novo?

— Era bem novo, sim.

— E você viu quem o estava dirigindo?

— Muito escuro. Não vi, não vi.

— Está bem. Muito obrigado. — Abaixo-me para fazer um carinho em Sulo. — Você se incomoda se eu voltar mais tarde para lhe fazer mais perguntas?

— De jeito nenhum — diz Eero. — Ficarei contente pela companhia.

Martta o pega pela mão.

— Você é sempre bem-vindo em nossa casa.

É um bom começo. Volto pela estrada gelada e balanço a cabeça só de imaginar a cena de Eero servindo de testemunha no tribunal.

4

Há dias que não retiro a neve da entrada da garagem. Quando chego em casa tenho que empurrar o portão com força para conseguir abri-lo. Abro também o capô do carro para retirar a bateria. Se deixasse lá, ela congelaria e de manhã o carro não pegaria. Entro em casa, coloco a bateria no chão, fecho a porta e tranco o mundo lá fora.

Como um bom finlandês, antes de mais nada, tiro os sapatos. Às vezes, Kate ainda se esquece de tirar os dela e eu tenho que pedir que o faça. Considero um ato bárbaro usar sapatos dentro de casa. Do outro lado da sala piscam as lâmpadas na árvore de Natal. Muitos finlandeses enfeitam a árvore mais perto da véspera do Natal, mas Kate gosta de fazer as coisas do jeito americano, e por isso a nossa já está toda enfeitada. Tenho que admitir que está bem alegre.

Já fui casado antes. Depois do meu divórcio fiquei solteiro durante 13 anos, ganhei um bom dinheiro e como não tinha onde gastá-lo, comprei esta casa e me cerquei de coisas bonitas. Mobília dinamarquesa de madeira clara, uma televisão de LCD de 32 polegadas a que assisto muito pouco, muitos livros e CDs e um carro novo na garagem. Achei que estava feliz, mas estava apenas satisfeito. Não sabia o que era a felicidade até conhecer Kate. Ou talvez tivesse esquecido.

Depois de ter visto o cadáver desfigurado de Sufia Elmi, parece até errado que eu me sinta feliz.

Retiro o macacão, coloco a pistola e a carteira sobre a mesa de centro, pego uma cerveja na geladeira e me jogo em cima do sofá. Kate desce a escada devagar, de calcinha e com uma camiseta maior do que o seu tamanho. Ela é quase tão alta quanto eu e pesa 55 quilos bem distribuídos por sua musculatura. Tem 29 anos e, apesar de estar mancando, se movimenta com graça e elegância. Eu estou com 40 e já começo a ficar grisalho nas têmporas, mas mesmo assim conservo a compleição do jogador de hóquei que fui um dia. E me sinto um urso perto dela.

— Acordei você? — pergunto.

— Não estava dormindo. Quis esperar você chegar.

Ela se senta ao meu lado, me beija e, com seus dedos alongados, pega os meus dedos atarracados. Os olhos dela estão vermelhos e inchados.

— Você está bem? — pergunto.

— Estava lendo.

Não a pressiono. O *kaamos* é difícil para todo mundo. Todos nós nos sentimos deprimidos nessa época do ano. Além do mais ela está grávida e as mudanças hormonais não ajudam.

— E você? — pergunta ela.

Não sei por onde começar.

— Sufia Elmi, a jovem atriz somali daqueles filmes ruins, foi assassinada.

— Você não parece bem — diz ela.

Esfrego meu rosto e tento aliviar a tensão.

— Ela foi mutilada, usaram uma faca para escrever "puta negra" na barriga dela.

Ela se senta em cima das pernas e me abraça.

— Eu a vi no Hullu Poro. Era tão bonita. — Kate pronuncia as palavras em finlandês de forma tão suave e estranha, como se fosse um pardal que tenta piar feito um corvo.

— Já vi muitos assassinatos, acidentes de carro terríveis, mas nada se compara ao que vi hoje.

— Você tem alguma ideia de quem foi ou por quê?

Bebo um gole da cerveja.

— Crime sexual, crime de ódio, talvez os dois. É difícil dizer por enquanto.

Ela me olha, percebe meu sofrimento. Não quero que ela perceba, mas não sei como esconder.

— Não consigo compreender como um ser humano é capaz de fazer uma coisa dessas com outra pessoa.

Ela me abraça e se aconchega em mim.

— Quer conversar sobre isso?

Ficamos sentados, quietos, por um momento.

— Foi mesmo no lugar em que nos conhecemos? — pergunta ela.

— Foi no campo nevado a cerca de 90 metros da casa de Aslak, em frente à Marjakylä. Depois que examinamos o local do crime, tive que interrogar as pessoas da aldeia onde moram meus pais. Foi inacreditável. Meu pai agiu como se eu estivesse acusando minha mãe de ter cometido o assassinato.

— Ele é sempre tão atencioso comigo.

— É porque você é estrangeira. Ele tem medo do que não compreende. Você o intimida e, quando está por perto, ele se comporta da melhor maneira que pode para que você não perceba como ele é.

Ela tenta não tomar partido.

— Ele tem alguma coisa que me assusta. Estava muito bêbado?

— Bastante.

Ela fica com raiva por mim. O pai dela já morreu, mas também bebia. Portanto não preciso dizer mais nada. Kate teve uma infância difícil. Cresceu em Aspen, no Colorado. Sua mãe morreu de câncer quando ela tinha 13 anos. Seu irmão e sua irmã tinham 7 e 8 anos na época.

O pai ficou arrasado com a morte da esposa e, embora não fosse cruel como meu pai, não parava em casa, passava as noites nos bares. Kate teve que cuidar do irmão e da irmã, cozinhar, limpar a casa e pedir dinheiro ao pai para comprar mantimentos e alimentá-los.

Ele acabou por fazer algo de bom pela filha. Ele era mecânico e trabalhava na manutenção do teleférico de uma estação de esqui, e por causa disso conseguiu que ela tivesse aulas de esqui e passes no teleférico de graça. Com isso, tornou-se uma excelente esquiadora. Ganhou vários campeonatos ao longo dos anos, e sonhava competir nas Olimpíadas.

Aos 17 anos, em uma competição, quando descia uma montanha a uma velocidade de quase 150 quilômetros por hora, ela sofreu uma queda, fraturou a bacia e teve que ficar hospitalizada fazendo tração durante semanas. Era o fim do sonho. Não poderia mais competir e perdeu a única coisa da qual gostava. Ainda assim, resistiu ao baque, conseguiu uma bolsa de estudos, formou-se e tornou-se uma mulher de sucesso na administração de estações de esqui.

Pensar na família de Kate me traz Suvi de volta à lembrança. Nunca contei a Kate sobre minha irmã. Talvez tenha medo de que até ela me culpe por sua morte.

— Quer que eu prepare alguma coisa para você comer? — pergunta Kate.

— Comi na casa de minha mãe.

Ela me abraça e beija meus olhos.

— Então vamos subir.

Kate me pega pela mão e me leva para a cama. Vem nua por cima de mim. Seus membros brancos me envolvem e seu cabelo ruivo cai sobre meu rosto. Apesar do que passei hoje, não posso evitar o quanto a desejo. Sempre a desejo. Talvez testemunhar os efeitos da morte de Sufia me faça querer celebrar a vida.

Ainda não dá para ver, mas beijar sua barriga faz-me lembrar de nosso filho que cresce lá dentro. Ela me beija na boca e brinca com a língua sobre meus lábios. Sinto uma ereção e ouço sua respiração ficar cada vez mais provocante.

Nós transamos e caio no sono. De repente sinto que Kate está me sacudindo.

— Você estava tendo um pesadelo.

A imagem ainda permanece por trás de meus olhos. Estou com 9 anos no quarto que divido com meu irmão. Sufia Elmi está sentada numa cadeira ao lado de minha cama. Minha irmã Suvi está de pé ao lado dela. Meu pai abaixa as minhas calças e me bate com o cinto.

Sufia e Suvi dão as mãos e observam. Sufia, nua e mutilada, fala alguma coisa que não consigo entender.

— Com o que você estava sonhando? — pergunta Kate.

— Não me lembro.

— Eu estava tendo um sonho maravilhoso — diz ela. — Tinha 16 anos, numa época anterior à fratura que tive na bacia. Estava numa competição de esqui e me sentia como se estivesse voando.

Tenho medo de perder a hora de acordar, de manhã, e olho para o relógio. São duas da madrugada. Aperto Kate e tento dormir.

5

O despertador dispara às 5h30. Kate não se mexe. Como uma fatia de pão de centeio com salsicha e um pedaço de queijo e espero o café ficar pronto. Não dormi o suficiente, mas a investigação tem que prosseguir.

Calço meias de lã, visto um roupão, vou até a varanda de trás e olho para as estrelas enquanto fumo um cigarro e tomo café. A fumaça não me incomoda, mas o ar gelado me tira o fôlego e me faz tossir. O termômetro na varanda marca menos 32. Está esquentando.

Volto para dentro e me visto. Em geral, uso jeans e um suéter, mas hoje eu talvez precise transmitir um ar mais oficial e por causa disso visto o terno e vou para o trabalho dirigindo pelas ruas desertas e cobertas de gelo.

É uma delegacia típica de cidade pequena. Seis celas e duas salas de detenção, meu escritório, uma sala para o oficial de plantão e uma sala principal e maior com duas mesas e computadores para o pessoal de serviço. Quero que o relatório sobre o crime esteja pronto antes da reunião da manhã.

Sento-me à minha mesa, começo a redigir e o deixo de lado até mais tarde. Se esperar algumas horas para entrar no banco de dados sobre crimes da Finlândia ficará tarde demais para que os jornais processem essas informações, e assim posso adiar a tempestade da mídia por mais um dia. Quero que os pais de Sufia sejam avisados antes que o relatório seja divulgado.

Num caso como esse, os telefones celulares se tornam um problema. Quando as pessoas presenciam cenas de crimes, ou sabem do crime e de seus detalhes, costumam ligar para jornais sensacionalistas e vender as informações que possuem por uma ninharia. Quando fiz perguntas em Marjakylä tive o cuidado de não mencionar o nome da vítima. Apenas os policiais que fizeram as investigações, Kate, Aslak, Esko e meus pais sabem que Sufia foi morta. A todos pedi que mantivessem sigilo sobre o ocorrido para que a notícia não se espalhasse.

Passo as fotos da câmera digital para o computador para que seja possível vê-las durante a reunião e, em seguida, dar início às investigações.

Tecnicamente eu deveria seguir a hierarquia de comando e comunicar ao chefe da polícia regional, mas, como não gosto dele, decido que não vou fazer isso. Tenho uma boa relação com o comandante da polícia nacional, por isso decido ligar para ele. Ele ainda não chegou ao escritório, então peço o número de seu celular e ligo para sua casa.

Ele atende:

— Ivalo.

— Aqui é Kari Vaara, de Kittilä. Desculpe por ligar tão cedo.

— Estou fazendo a barba.

— Não dava para esperar. Estou diante de um problema do qual você precisa tomar ciência.

Silêncio.

— Estamos com uma investigação de assassinato em andamento. Uma jovem mulher chamada Sufia Elmi foi raptada e morta, ontem de tarde, por volta das duas horas. Ela é refugiada somali e atriz de segundo escalão, aquele tipo de pessoa que está sempre nos tabloides.

— Puta merda.

— Pois é, e ainda piora. O assassinato tem características de crime sexual ou racial. Ou os dois. A jovem foi retalhada. O assassino escreveu "puta negra" com uma faca na barriga dela.

— Os jornais irão ao delírio.

— Foi por isso que liguei.

— Já tem algum suspeito?

Ouvi o barulho de água escorrendo. Ele urinava e falava comigo no telefone ao mesmo tempo.

— Tenho marcas de pneus e muito material para a perícia.

— Posso mandar uma unidade de homicídios de Helsinque ou de Rovaniemi. Você sabe como as coisas se complicam nessa época perto do Natal. Tenho que ver quem está disponível.

Não entendo.

— Não é necessário. Já estamos num bom caminho.

— Não tenho a menor dúvida disso. Mesmo assim, talvez você precise de ajuda.

Estou surpreso. Ninguém antes questionou minha capacidade profissional.

— Obrigado, mas não preciso.

O barulho da água para e ouço o som da descarga.

— Você tem certeza de que quer esse caso?

— Por que você está me fazendo esta pergunta?

— Porque é algo que você deve considerar.

— É claro que quero prosseguir.

— Pense bem. Talvez você devesse fugir desse caso.

A Finlândia é um pequeno país provinciano, mas as pessoas em Helsinque se comportam com se fossem sofisticadas, enquanto nós aqui na Lapônia somos considerados uns ignorantes atrasados. Às vezes, eles nos chamam de *poron purija*, ou seja, caipiras criadores de rena.

— É a minha jurisdição — digo —, o caso é meu. — Minha voz está ficando alterada. Digo a mim mesmo para me acalmar.

— Há muitas nuances diferentes nesse caso — diz ele. — Ele pode vir a ser um problema para nós dois. E pode estar além de suas capacidades.

— Eu já lidei com outras investigações de assassinato.

— Mas isso foi há muitos anos.

— Jyri, você já me condecorou e me promoveu. Não me venha agora dizer que pensa que não posso resolver esse caso. — Eu o trato por seu primeiro nome e falo num nível pessoal.

— Eu o condecorei por bravura, não por sua competência em solucionar crimes.

Sinto vontade de mandá-lo se foder, mas não o faço.

— E o promovi porque você mereceu — diz ele. — E também porque o tiro que você levou no joelho o impedia de continuar como patrulheiro. Era promovê-lo ou aposentá-lo por invalidez. Eu lhe fiz um favor.

Não foi favor porra nenhuma. Eu mereci. Eu era um ótimo policial em Helsinque e respondi a um assalto a mão armada à Tillander, a joalheria mais cara da cidade, na Rua Aleksander, no coração do centro comercial da cidade. Foi no meio de uma linda tarde de verão.

Meu parceiro e eu corremos imediatamente para o local e chegamos quando os dois ladrões já saíam da loja com mochilas pesadas, cheias de joias. Eles sacaram as armas e um deles atirou contra nós, e então, numa corrida desabalada, tomaram direções diferentes. Persegui um deles por uma rua cheia de finlandeses e turistas fazendo compras.

De repente, o ladrão parou, virou-se e atirou. Eu segurava minha pistola na mão, mas ele me surpreendeu. Eu ainda estava em plena corrida quando a bala acertou e arrebentou meu joelho esquerdo que eu já havia machucado jogando hóquei no tempo de escola. Esborrachei-me no chão. Ele deveria ter continuado a correr, mas por algum motivo que não posso imaginar decidiu voltar para me matar.

Ele veio em minha direção, atirei nele primeiro, e a bala o pegou na lateral do corpo. Ele caiu, e por um instante nós dois ficamos sentados na calçada, um olhando para a cara do outro. Ele levantou a arma para atirar de novo. Mandei que a abaixasse. Ele não obedeceu e eu acertei a cabeça dele.

Acabamos por descobrir que ele e seus parceiros tinham vindo da Estônia para praticar crimes aqui. Vieram de Tallinn para Helsinque num cruzeiro. Imagino que o plano era assaltar a Tillander e voltar para casa no mesmo navio, naquela tarde.

— Se você me tirar desse caso — respondo —, estará jogando minha carreira no lixo. Teria sido melhor, então, que tivesse me aposentado na época do acidente.

— As oportunidades de sua carreira terminaram quando você trocou Helsinque por Kittilä. Foi você quem pediu essa transferência. Por que está choramingado agora?

O departamento fez do tiroteio um grande acontecimento, me condecorou com uma medalha e me promoveu a detetive. Mais tarde, quando fui promovido a inspetor, pedi para ser transferido e para voltar a Kittilä, minha terra. Ele pensa que isso teve a ver com meu orgulho, mas está enganado, tem a ver sim é com o meu dever.

— Ou você me aposenta agora mesmo ou então não se mete no meu caso. E aí, qual vai ser?

Ou ele me dava uma chance para continuar no caso ou se livrava de mim e arrumava um jeito de explicar por que teve que obrigar um herói a se aposentar. O que seria de péssima repercussão para a instituição. Espero, enquanto ele pensa.

— Muito bem, você venceu. Mas se quiser que eu mande uma equipe de detetives, posso fazer esse favor por você. Não me interessa quem o resolva, o que eu quero é que o caso seja resolvido logo.

— Certo.

— Mais alguma coisa que eu possa fazer para ajudar?

— Localize os pais de Sufia Elmi. Mande um pastor e um policial a casa deles para informá-los sobre o seu assassinato. — Neste país, o clero luterano acompanha a polícia quando se trata de notificar os parentes que alguém foi morto. — E a autópsia será hoje mais tarde. Posso mandar as amostras de DNA pelo malote.

— Faça isso. Ligue para mim e me informe sobre os progressos diários. E Kari, de agora em diante a responsabilidade pela droga desse caso é toda sua.

Desligo tão chateado que nem consigo respirar direito.

*

Às oito da manhã vou para a sala principal. Lá estão Antti e Jussi, os únicos policiais que tenho porque os outros estão de férias. E os pego bem no intervalo do café e do descanso. Seus uniformes de campo estão dobrados. Antti tem a aparência de um típico finlandês, o que chega a ser cômico. Cabelos louros e o rosto redondo como uma frigideira. Jussi tem cabelos escuros, é atarracado e sério. Ambos parecem estar com sono.

Valtteri também parece cansado. Talvez não tenha conseguido dormir depois de ter visto o corpo de Sufia. Resolveu estrear seu novo uniforme de sargento, engomado e passado a ferro. Sabe que o dia de hoje é importante.

Encosto-me numa mesa entulhada de coisas.

— Acho que vocês todos sabem que esse assassinato é o caso mais importante que o departamento já teve. Nós somos a equipe responsável pela investigação, e o país inteiro estará com os olhos voltados em nossa direção, portanto não podemos cometer erros.

— Nunca investiguei um assassinato antes — diz Jussi.

— Você estudou. Faça somente o que lhe foi ensinado.

No tempo em que entrei para a polícia, tínhamos que frequentar a academia durante dois meses. Agora é obrigatório ter um título de bacharel para ser policial. Antti e Jussi estão com vinte e poucos anos e são policiais formados.

— Além disso, temos boas evidências, o que nos dá a possibilidade de que esse caso, talvez, não seja assim tão complicado.

— Minhas férias de inverno começam depois de amanhã — diz Antti. — Vou me ausentar por duas semanas.

— Ia. Não vai mais. Suas férias estão canceladas até o término do caso.

Ele aumenta um pouco o tom de voz.

— Por quê?

— Porque este é o seu trabalho. Outros já se encontram de férias e não posso contar com mais ninguém. Vocês são os policiais de serviço, então, o caso é de vocês também.

— Estou com passagens compradas para a Tailândia.

Ele está me enchendo o saco porque o assassinato de Sufia vai atrapalhar os planos dele de comer umas putas tailandesas no Natal.

— Sinto muito — respondo.

Diminuo as luzes, vou para o computador e abro um arquivo de slides no PowerPoint com um intervalo de dez segundos entre cada imagem. As fotos do local do crime são projetadas na parede.

— Ontem à noite fui a Marjakylä para interrogar os moradores. Para quem mora lá, matar Sufia teria sido a coisa mais fácil do mundo. Bastava dirigir os 180 metros até a estrada e voltar para casa. — Passei meu caderno de notas para Valtteri. — Quero que você comece a verificar os álibis.

Ele acende uma lanterna e folheia o caderno.

— Estou vendo aqui o nome de seu pai.

— Verifique o álibi dele também.

Quando a imagem do rosto e do torso de Sufia aparece, eu pauso a apresentação de slides.

— O corpo apresenta mutilações que incluem uma garrafa de cerveja quebrada enfiada em sua vagina. Ele deve tê-la violentado antes de matá-la. Os olhos dela foram arrancados das órbitas, como se ele não quisesse que ela o visse. Pode significar que ele tenha ficado com vergonha. Ele cortou um pedaço de seu seio.

Jussi parece ter ficado com o estômago embrulhado e me interrompe.

— Que desgraçado faria uma coisa dessas?

— Pode ter sido um maníaco sexual que odeia mulheres. Não temos muitos assassinos em série aqui neste país, mas nunca se sabe. Se for esse o tipo, e se ele for daqui, é provável que esta seja a sua primeira morte ou teríamos reconhecido seu *modus operandi*, e, nesse caso, podemos esperar uma sucessão de crimes idênticos com um intervalo entre eles.

— Esse é o perfil típico de um assassino em série, se é disso que se trata — diz Antti.

— É isso aí. Os assassinos em série típicos são homens, com idade entre 20 e 30 anos. Em geral, a motivação é sexo, poder, superioridade e domínio. Enquadram-se mais ou menos em duas categorias:

organizados e desorganizados. O motivo para os assassinos organizados é, com frequência, o estupro. Em geral têm inteligência acima da média e planejam seus crimes com critério. Tendem a raptar as vítimas, matá-las em um lugar e desovar seus corpos em outro. Os assassinos desorganizados são mais motivados pelo sadismo, não são tão inteligentes, cometem seus crimes por impulso ou por oportunidade e largam os corpos das vítimas nos lugares em que as mataram. Ambos costumam matar pelo menos cinco vítimas, dando um tempo entre as mortes. É provável que um assassino em série tenha experimentado fantasias envolvendo crimes de natureza sexual durante a adolescência ou mesmo antes. Ao cometer o crime, quando adulto, pode vir a ficar decepcionado, o que o leva a praticar o mesmo crime outras vezes, numa tentativa de fazer com que os próximos assassinatos lhe sejam mais prazerosos.

— Você sabe um bocado sobre o assunto — diz Jussi.

— Li bastante sobre assassinos em série quando estava trabalhando na minha tese de mestrado. Este assassinato aqui, em particular, é atípico. Rapto, três armas distintas, incluindo uma garrafa quebrada que teve uma preparação específica para atender ao uso que ele faria dela, além da inscrição no corpo, são todos indícios de um assassino metódico e organizado. Entretanto, matá-la naquele local e deixá-la por lá mesmo, em vez de desová-la em outro, apontam para um assassino desorganizado. Vou verificar os bancos de dados para procurar casos semelhantes.

— E a inscrição "puta negra"? — pergunta Jussi.

— Essa é uma das questões que será determinante na descoberta do motivo. Ainda não temos elementos para dizer se o crime foi produto de uma mente doente ou se foi um crime de natureza racial disfarçado para parecer outra coisa. É preciso primeiro decidir qual dessas duas hipóteses servirá como foco de nossa investigação. Talvez a autópsia venha a ajudar. Por enquanto, vamos ficar no básico e trabalhar com o que temos até que possamos estreitar a investigação e chegar aos suspeitos potenciais. Temos as marcas de pneus e a garrafa de Lapin Kulta que ele usou nos olhos e na vagina dela. Tenho uma pista do tipo do carro usado. Eero Karjalainen disse que viu um BMW sedã Série 3 sair da entrada da fazenda de Aslak mais ou menos na hora do assassinato.

Antti ergue as sobrancelhas com uma cara de desconfiança.

— Eero?

— Não é uma testemunha confiável, sei disso, mas, às vezes, ele pode chegar a surpreendê-lo.

— Se ele for testemunhar, o tribunal vai rir.

— É verdade, mas as marcas dos pneus não são assim tão confiáveis. Se elas apontarem para seis marcas de veículos, incluindo um BMW, podemos procurar um BMW. Tudo ajuda.

— Você já decidiu o que cada um de nós deve fazer? — pergunta Valtteri.

— Vamos rezar para que não seja ninguém daqui — digo. — Antti, consiga uma lista dos turistas que estão hospedados em Levi. Procure primeiro entre os americanos, porque é entre eles que estão a maioria dos assassinos em série do mundo.

— Há milhares de turistas espalhados em seis hotéis e dezenas de chalés alugados — diz ele.

— Isso mesmo. Ligue para todos os lugares que hospedam turistas e peça uma lista de seus hóspedes por e-mail ou por fax. Ligue para todas as agências de aluguel de carros. Compare os aluguéis com a lista de turistas. Divida a lista entre finlandeses e estrangeiros. Passe os finlandeses pelo sistema e veja se têm passagens pela polícia e verifique os registros de seus veículos. Ligue para a polícia de fronteira e peça os números das identidades dos estrangeiros. Divida os estrangeiros por país de origem e ligue para as respectivas embaixadas e peça a ficha criminal de cada pessoa que tenha alugado um carro. Isso não vai demorar tanto quanto você pensa. O levantamento dos finlandeses pode ser feito num dia.

— Vai ser como procurar uma agulha num palheiro.

— Por enquanto.

— Você vai estragar minhas férias por causa da morte de uma preta refugiada?

Não acredito que ele disse isso. Tento segurar a raiva e não reagir. Valtteri resolve o problema para mim. Levanta-se, atravessa a sala e dá um tapa na cara de Antti.

Antti não sabe o que dizer. Seu rosto fica vermelho de vergonha e mais vermelho ainda por causa do tapa.

— Tire suas férias — diz Valtteri. — Elas podem ser mais longas do que você pensa.

Antti olha para mim. Dou de ombros e apoio Valtteri.

— O seu sargento é ele.

Nunca tinha visto Valtteri perder a calma, muito menos agredir alguém. Não sei se fez isso por Antti ter desrespeitado a mim ou a Sufia. De qualquer modo, é ruim começar uma investigação num clima de desarmonia.

Passam-se alguns segundos tensos.

— Inspetor — diz Antti. Ele sempre me chamou de Kari. Deve estar querendo nos mostrar que está sendo sincero. — Eu fiquei chateado por causa das minhas férias e falei a primeira besteira que me veio à cabeça. — Ele olha para Valtteri com medo de levar outro tapa. — Sei que o caso é importante e estou pronto para cancelar as férias para trabalhar nele.

Eu poderia demiti-lo agora, caso não precisasse dele, mas não posso e não quero que ele registre uma reclamação contra Valtteri.

— Então, para que eu possa ignorar o comentário racista no qual você sugeriu que a vítima desta investigação não merece justiça por causa da cor de sua pele, você terá que esquecer o tapa que Valtteri lhe deu por ter sido um babaca, certo?

Ele concorda.

— Tudo bem por você, Valtteri?

Ele se senta com uma expressão angustiada.

— Tudo.

Tento afastar o clima de baixo astral agindo como se nada tivesse acontecido.

— Jussi, você vai trabalhar nos moldes de cera das marcas dos pneus. Elas são a nossa melhor pista. Use o banco de dados para descobrir que marcas e modelos têm semelhanças possíveis. Isso não deve tomar muito tempo. Faça o melhor que puder também com as marcas de sapatos. Quando terminar, vá ajudar Antti. Em um ou dois dias iremos saber quem em Kittilä e em Levi têm carros que possam levantar suspeitas.

Jussi faz que sim com a cabeça.

— Entendeu tudo, Antti? — pergunto. — Não vai ser assim tão complicado.

Ele concorda.

— Entendi.

— Valtteri, você vai se concentrar nas pessoas daqui — digo. — Faça uma lista dos racistas e dos agressores sexuais conhecidos. Descubra onde estiveram. Isso também não vai demorar. Eu vou ver o número do lote da garrafa de cerveja e você poderá tentar descobrir onde ela foi vendida.

— Certo.

— O lugar onde Sufia estava hospedada pode ser considerado um local do crime secundário. Vou descobrir onde ela estava, procurar evidências, levantar impressões digitais e, em seguida, irei para a autópsia. Depois disso, vou tentar descobrir onde ela estava quando foi sequestrada. Alguma pergunta?

Nenhuma. A imagem de Sufia continua estampada na parede. Ela olha para nós com órbitas vazias. Acendo as luzes.

6

Vou para a minha sala. Valtteri vem atrás de mim e se senta na beirada de minha mesa.

— Você fez as pazes com Antti? — pergunto.

— Não.

— E vai fazer?

— Não.

Eu não o culpo por sua reação.

— Quer conversar sobre isso?

— Não.

Os dois não podem nem exorcizar o que aconteceu rindo e tomando umas cervejas. Valtteri não bebe. A religião dele não permite. Ela proíbe muitas coisas que para a maioria de nós não passam de diversão, como assistir à tevê e dançar. Os laestadianos tendem a viver uma vida pacífica, quase ascética. São introvertidos e não se socializam muito com pessoas de fora de sua igreja.

Temos uma grande comunidade laestadiana em Kittilä. Valtteri tem 38 anos, é dois anos mais novo que eu e tem oito filhos. Sua mulher tem a mesma idade que ele e parece ter 50 anos. Os dois tiveram o último filho há quatro anos. A religião deles também proíbe a contracepção, portanto, ou um deles se tornou estéril ou a vida sexual de Valtteri acabou.

Até onde sei, Valtteri não almeja nada mais do que ser sargento de polícia de uma cidade pequena. Laestadianos não participam de nenhuma espécie de competição. Ele parece estar contente por pertencer à sua comunidade religiosa e por criar sua família. Já faz alguns anos que trabalhamos juntos e ele é a pessoa mais tranquila que conheço. Tirando o tapa que deu em Antti hoje.

— Por que você quer que eu investigue seu pai? — pergunta ele.

— Meu pai não matou ninguém, mas isso é uma coisa que tem que ser feita. Temos que investigar todo mundo.

— Como você disse, ele não matou ninguém, e eu não vejo necessidade de investigar sua família.

Não entendo a razão pela qual está levando a questão tão a sério. Talvez tenha a ver com a religião. Laestadianos fazem um monte de coisas que não consigo entender. Minha ex-mulher foi criada por uma família de laestadianos, mas não era praticante e, na verdade, detestava tudo aquilo. Começo a pensar que Valtteri sabe de alguma coisa sobre meu pai.

— Vamos investigar todo mundo — repito.

Valtteri ainda parece incomodado.

— É provável que ele estivesse no trabalho.

Meu pai trabalha como barman perto do centro da cidade. Ele tem um grave problema com a bebida, mas, até onde sei, nunca tocou numa gota durante o horário de trabalho. Às vezes, penso se todo aquele álcool à sua volta não o deixa morrendo de vontade enquanto ele atende os clientes.

— A verdade é que meu pai estava bêbado e de mau humor ontem à noite e eu não perguntei onde ele estava porque não queria arrumar briga com ele. É mais fácil para mim se você fizer as perguntas. Você se incomoda?

— Não tem problema. Você sabia que Antti era assim tão racista?

— Ele estava chateado. Não é pior do que muitos de nós. E ele não matou a garota; estava de serviço com Jussi.

— Mesmo assim.

— Tem certeza de que não quer conversar sobre isso?

— Não há nada para conversar.

Valtteri não é de falar muito, e esse é um dos motivos pelo qual eu gosto dele. Meu celular toca e ele sai da sala para me dar certa privacidade.

— Vaara — atendo.

— Aqui é Jukka Selin do departamento de polícia de Helsinque. Você pediu que os pais de Sufia Elmi fossem notificados de sua morte.

— Sim.

— Um pastor e eu os visitamos, e não deu muito certo. Eles querem falar com você. — Ele me passa os nomes deles, Abdi e Hudow, e o número de telefone da casa deles.

Ligo na mesma hora. Uma mulher atende. Estou nervoso e não sei o que dizer, por isso desato a falar:

— Senhora, aqui fala o inspetor Vaara, do departamento de polícia de Kittilä.

— *Anteeksi?* Como?

Mesmo aquela única palavra em finlandês é quase incompreensível. E repito quem sou.

— Desculpe, vou chamar homem.

Estou preocupado por eles não falarem finlandês o suficiente para que eu me faça entender. O marido dela vem ao telefone.

— Abdi.

— Senhor, aqui é o inspetor Kari Vaara. Sou um policial de Kittilä. Soube que o senhor quer conversar comigo sobre Sufia.

— O que aconteceu com ela?

Ainda procurando as palavras certas para que sejam compreendidas, falo o que ele já sabe.

— Sufia está morta, senhor. Foi assassinada.

Seguem-se segundos de silêncio.

— Quem foi que a matou? — pergunta ele.

— Ainda não sei. Estou fazendo tudo o que posso para descobrir.

— O senhor é o responsável pela investigação?

— Sim.

— Então descubra. Dê-me o número de seu telefone.

Digo a ele os números de meu celular e o da delegacia.

— Minha mulher e eu iremos de Helsinque para aí amanhã para ver nossa filha e falar com o senhor.

Ligo para Jaakko Pahkala. Conheço-o desde que era policial em Helsinque. Além de redator *freelancer* do jornal diário de Helsinque *Ilta-sanomat*, ele também escreve para a revista de fofocas *Seitsemän Päivää* e para uma revista policial sensacionalista chamada *Alibi*. Jaakko sabe quase tudo o que acontece com nossas celebridades.

— Oi, aqui é Kari Vaara. Sufia Elmi está passando férias em Kittilä. Você sabe onde ela costuma se hospedar?

— Sei sim, e lhe direi se você me disser por que está me fazendo essa pergunta.

— Porque ela está morta. — Não tive a intenção de ser assim tão brusco. O dia de hoje não está sendo do jeito que eu esperava que fosse.

— Meu Deus — diz ele. — Sinto muito, como foi que aconteceu isso?

Ele não parece nada sentido, mas sim doido para saber os detalhes. Jaakko adora seu trabalho.

— Foi assassinada ontem. Se me ajudar, eu lhe passo os detalhes. E mando também um fax com o relatório da polícia antes que seja colocado no banco de dados.

— Claro. Ela está... estava no Pine Woods Cottages.

Conheço o lugar. Fica bem perto das principais rampas de esqui. Agradeço a ele e pego o seu número de fax.

— Vou chegar aí no voo da tarde — diz Jaakko.

— Não é preciso. Posso mantê-lo informado.

— Vejo você em breve — responde ele e desliga.

Tenho a nítida impressão de que Jaakko vai acabar se tornando uma pedra no meu sapato, mas pelo menos agora já sei onde Sufia estava hospedada. Dou alguns telefonemas, preparo um mandado de busca para o hotel dela e intimações para seu banco e a companhia telefônica. E então saio para ver o que consigo descobrir no quarto onde Sufia ficou hospedada.

*

Estou cansado, paro num posto de gasolina e compro um copo grande de café para tentar acordar. O posto fica no meio de um campo nevado. Uma estrada de duas pistas passa pelos dois lados dele. No escuro, o grande letreiro de neon se reflete na neve como um rabisco de giz de cera numa folha de papel branco sujo. Encosto-me contra o carro, fumo um cigarro e tomo o café escaldante. Através do vapor que sobe do copo, vejo o luminoso piscando.

Minha próxima parada é o Pine Woods Cottages. Quem sabe Sufia foi sequestrada dentro de seu quarto, e um bom trabalho de investigação pode vir a solucionar o assassinato aqui e agora. Vou até o escritório da administração e pego as chaves. Comunico que o quarto em que Sufia ficou é um local do crime, e, como tal, ninguém mais poderá entrar nele até que eu diga o contrário. O gerente me informa que a camareira não limpava o cômodo há cinco dias. Sufia não queria ninguém em seu quarto.

Dentro da mala do carro, pego minha maleta de pesca com o material de coleta criminal e dou uma olhada à minha volta. Não é bem um chalé; parece mais um motel. São 12 cômodos num mesmo prédio, com uma fachada de troncos de madeira. O lugar é muito bonito. A hospedagem numa estação de esqui em Levi é bem cara. Mesmo num lugar como esse, o preço é de algumas centenas de euros por semana. O preço do teleférico e do aluguel de esquis é de mais ou menos uns 100 euros, e uma cerveja custa 5 euros. Se você quer fazer algo como passear de trenó até uma fazenda de renas com almoço incluído, uma coisa exótica para quem não vive aqui, o preço é de 150 euros por três horas. Com valores tão altos como esses, os turistas esperam que as coisas sejam de boa qualidade.

A temperatura subiu para 14 graus abaixo de zero e as pistas de esqui voltaram a funcionar. Luzes brilham na escuridão e as iluminam. Da porta do chalé de Sufia tenho uma boa visão das rampas. Centenas de pontos pretos vêm descendo a montanha. Ainda assim há certa privacidade aqui. Um sequestro poderia ter acontecido se ela tivesse sido dominada, sem se debater ou gritar. Uma faca e a corda enlaçada em seu pescoço teriam sido suficientes.

Não há quaisquer marcas de pegadas na neve no caminho até a sua porta. A última nevada caiu ontem perto do meio-dia quando ela já tinha saído daqui, pelo menos umas duas horas antes de ser assassinada. Minha esperança é encontrar manchas de sangue, sinais de luta e violência. Se conseguir descobrir o tipo de sangue do criminoso e colher uma amostra para um exame de DNA, já terei percorrido um bom caminho em direção à solução do crime.

Na porta há um cartão de NÃO PERTURBE. Entro e dou uma olhada rápida. O quarto é espaçoso e muito bem decorado. Há uma sala de estar, um quarto de dormir e um banheiro com uma sauna. Há também muitas garrafas vazias de cerveja e de outras bebidas, espalhadas por toda parte. Talvez, por ser muçulmana, Sufia tivesse vergonha de consumir álcool. E essa, talvez, fosse a razão para evitar a presença da camareira, enquanto não se livrasse das garrafas.

Sobre a mesa de centro há um cinzeiro cheio. Dou uma olhada nas pontas de cigarro: todas são de Marlboro Lights. Paro um minuto para pensar no que pode ter acontecido aqui. Não há nada quebrado, nenhuma mancha de sangue evidente. Só está meio desarrumado.

Pego as câmeras e começo a tirar fotografias. Os lençóis estão manchados de sêmen, mas nada que possa estar relacionado com o assassinato.

Na mesinha de cabeceira há dois livros. Um deles é *A doutrina do choque: A ascensão do capitalismo de desastre*, de Naomi Klein. Leitura sofisticada, e em inglês. Sufia devia ter um bom conhecimento de línguas. O outro — em finlandês — é *Nalle ja Moppe: A vida de Eino Leino e L. Onerva*, e conta a história de um casal de poetas finlandeses famosos e o inconstante caso de amor entre eles. Literatura romântica, mas que interessa apenas às pessoas com inclinações intelectuais. A agenda de endereços dela também está sobre a mesinha de cabeceira, ao lado dos livros. Coloco-a dentro de um saco plástico. Esperava encontrar sua bolsa e seu celular, mas a agenda é melhor do que nada.

Na televisão, os investigadores jogam Luminol por todo o lado na cena do crime e, *abracadabra*, manchas de sangue antes ocultas se tornam visíveis, crimes são resolvidos e assassinos são levados à justiça. Na verdade, o Luminol reage também com outros produtos químicos, entre eles com a água sanitária, e pode destruir outras evidências. Se o quarto tiver sofrido uma limpeza profissional antes do meu levantamento, posso até lançar mão do Luminol, mas acho que isso só deve ser feito em último caso.

Colho impressões digitais das maçanetas das portas, da mesa, da pia do banheiro e de todas as superfícies que possam ter sido tocadas, e começo a embalar as evidências. Primeiro me concentro nos detalhes, e recolho pelos pubianos e fios de cabelo da cama e do banheiro. Depois vou para as coisas maiores. Pego os lençóis sujos e dobro suas partes para dentro para que as provas que possam conter sejam mantidas intactas, antes de colocá-los também num saco plástico.

Num armário encontro várias calcinhas usadas dentro de um cesto de roupa suja, a maioria delas com manchas de sêmen. Guardo as pontas de cigarro e as garrafas em sacos plásticos. Quando já não há mais nada pelo chão, fico de quatro durante uma hora à procura de fios de cabelo e fibras, com a luz da lanterna em um ângulo baixo para fazer com que se sobressaiam.

Termino e olho para o relógio. Tenho que encontrar Esko daqui a 45 minutos para saber o resultado da autópsia. No que diz respeito a novas evidências, o lugar teve seus pontos positivos e negativos. Não há nada que possa levar a uma rápida conclusão do caso, mas há muita coisa que pode vir a me ajudar mais tarde. Sento-me na beirada da cama durante um minuto para formar uma imagem mental da pessoa que esteve aqui. Houve muito sexo regado a álcool neste quarto.

O assassino não tem privacidade, suas falhas e seus segredos são analisados a fundo num esforço de fazer justiça. Dadas as circunstâncias da morte dela, eu havia canonizado Sufia durante este último dia. Sufia, aquele anjo de neve — isso foi um erro, não sei nada sobre ela. Para chegar à verdade, preciso vê-la como era na realidade. Este quarto é apenas um começo. Espero que a autópsia me diga mais alguma coisa.

7

Esko me oferece uma caneca de café e pede ao assistente do necrotério que traga o corpo de Sufia. Ficamos na sala de exames e olho à minha volta enquanto espero. Nas paredes vejo fotografias da família de Esko: uma do casamento de sua filha, outra dele com a mulher num piquenique de verão. Examino a bandeja com instrumentos cirúrgicos. Entre eles, vejo serras e bisturis, lâminas e pinças e um conjunto de tesouras de jardineiro.

— Para que servem essas aqui?

— Temos um orçamento muito apertado — diz ele —, e um par de cortadores de costelas fornecido por uma empresa de material cirúrgico custa três vezes mais. No meu caso, meus pacientes não sangram até a morte se tiverem uma artéria cortada por um instrumento menos preciso.

Ele se debruça sobre a mesa e pega um instrumento de corte entre a coleção de bisturis.

— As lojas de departamento são ótimas. Esta aqui é uma faca de pão que eu comprei numa liquidação em Anttila. É perfeita para fazer fatias finas em certos órgãos. Tem uma superfície de corte maior do que a de um bisturi e faz um trabalho mais bem feito por um preço bem menor. É preciso pensar desse jeito quando trabalhamos numa repartição pública esquecida pelos governantes.

Tuomas, o assistente, entra empurrando uma maca com o corpo de Sufia.

— Precisa de mim para alguma coisa? — pergunta ele.

Esko coça a barba grisalha.

— Abra os lacres do saco e fotografe o corpo enquanto acabo de tomar meu café.

O assistente abre o zíper. Envolto num plástico preto, surge o corpo nu e violado de Sufia, como uma oferenda para um deus irado no altar de sacrifícios de aço brilhante que é a maca.

Esko está com olheiras.

— Acho que você também não dormiu muito bem — digo.

— Estou morto — diz ele.

É uma escolha interessante de palavras, uma vez que quem está mesmo morta é Sufia que foi assassinada por uma martelada como um animal num matadouro.

— Faz 17 anos que trabalho como legista da província e jamais vi algo parecido — fala Esko —, quanto mais fazer uma autópsia num corpo tão mutilado para uma investigação de assassinato. Como falei ontem, tenho medo de estragar tudo. Passei a noite lendo artigos de medicina legal, pois tinha medo de esquecer alguma coisa.

— Você não vai esquecer nada.

O assistente termina de tirar as fotografias, senta-se numa banqueta no canto e tira o gorro cirúrgico. Um cabelo louro liso cai sobre seu rosto. Ele começa a ler uma revista. Não me preocupo em cumprimentá-lo. Quando falei com ele antes, ele nem me respondeu; apenas movimentou a cabeça e continuou a fazer o que estava fazendo.

Esko examina o corpo enquanto ainda está no saco, antes de limpá-lo. Ele liga um gravador. Declara que fez uma identificação positiva da vítima como sendo Sufia Elmi a partir de registros dentários, depois descreve sua raça, sexo, cor de cabelo, altura e idade. Retira os sacos que envolvem as mãos dela e raspa embaixo de suas unhas, coloca o produto da raspagem e as próprias embalagens plásticas para a análise. Tira amostras para exames de DNA de seus lábios e do interior da boca com uma espátula, e continua:

— Em volta de seu pescoço há uma corda com um nó simples, localizado sobre uma laceração na garganta. — Ele levanta a cabeça dela e desfaz o laço. — As marcas não são profundas. O esôfago não foi esmagado. A morte não foi causada por asfixia.

Ele olha para o corpo à procura de cabelos e fibras ou de qualquer outro tipo de material estranho. As únicas amostras de cabelo que encontra devem mesmo pertencer a ela, a menos que o assassino seja descendente de africanos, e não temos muitos negros por aqui, em Kittilä, nem entre os moradores ou entre os turistas. Ele retira algumas fibras talvez pertencentes à roupa que ela usara antes de ser despida.

Passa uma luz ultravioleta sobre o corpo para perceber as secreções por fluorescência e, em seguida, são retiradas amostras de sangue com uma seringa para exames toxicológicos posteriores. Embora já tenha feito uma vez, retira também amostras de sangue de outras partes do corpo. Uma única gota de sangue do assassino pode revelar sua identidade. Não encontra mais nada e começa a examinar os ferimentos.

— Vou começar pelos olhos — diz Esko. — Ferimentos perfurantes penetraram a córnea, a íris, a esclerótica e o humor vítreo. Ainda resta um pouco do fluido ocular. A invasão irregular sugere a penetração de um instrumento impreciso e os ferimentos circulares ao redor dos olhos sugerem que o instrumento usado pelo assassino tenha sido a garrafa de cerveja quebrada que ainda se encontra enfiada na vagina da vítima.

Eu me levanto e olho para as órbitas de Sufia. Ainda ontem ela podia enxergar por olhos que hoje viraram esses buracos manchados de sangue. Chego a pensar que devia ter ouvido o conselho do comandante de polícia e abandonado a investigação. Sento-me outra vez e Esko continua:

— Um exame no couro cabeludo revela equimose nas áreas frontal e direita, uma hemorragia no espaço subaracnóideo direito e uma pequena hemorragia no corpo caloso.

O que significa que dois golpes de martelo na cabeça dela causaram uma contusão de grande porte e uma hemorragia interna.

— Há uma incisão na garganta. O esôfago, a artéria carótida interna e o nervo laríngeo superior foram transpassados. A forte compressão e o corte resultaram num ferimento que chega até a espinha, a qual foi atingida pela lâmina.

O que Esko está dizendo é que o assassino chegou perto de cortar a cabeça dela fora.

— Para ter ido assim tão fundo através da cartilagem sem tê-la seccionado inteiramente, o instrumento usado deve ter sido muito afiado e bastante comprido, portanto, não foi um bisturi. O assassino deve ter usado uma faca com uma lâmina curva. Talvez uma faca de retirar pele de animais. Vejo também uma laceração irregular e perda superficial de pele do seio direito. A falta de tecido tem um contorno mais ou menos quadrado e mede 7,5 centímetros de altura por 8 de largura. A maneira pela qual a pele de seu seio foi removida com dois talhos na mesma direção, em vez de um movimento de corte, reforça minha opinião sobre o instrumento cortante que foi usado.

Quero que o exame de Esko me conte a história da morte dela.

— Você pode me dizer qual foi a sequência dos golpes?

— Espere até que eu termine, pois é isso que estou tentando descobrir.

— As palavras "puta negra" — diz Esko — foram escritas uma debaixo da outra por meio de uma série de cortes na seção mediana do corpo, entre os seios e o umbigo. Cada letra tem aproximadamente 7,5 centímetros de comprimento e 4 centímetros de largura. A escrita é precisa e os ferimentos são superficiais. Se o assassino usou uma lâmina curva, teria sido complicado gravar as letras no corpo segurando-a pelo cabo. Imagino que ele teria segurado a faca bem perto da ponta, como uma caneta. As palavras estão atravessadas por um leve corte que vai da garganta até a área pélvica e que foi interrompido por outros ferimentos.

Ele a vira de bruços.

— O corpo tem cortes em outros lugares, nas coxas e nas nádegas, e um no centro das costas, produzido por uma lâmina de características semelhantes à que fez os outros cortes.

— Quanto tempo você acha que ele demorou para escrever "puta negra" na barriga dela? — pergunto.

Ele dá de ombros.

— Pegue um bisturi e um bloco de papel e experimente você mesmo.

Pego um bisturi na bandeja de instrumentos e uma folha de papel de uma prateleira. Seguro a lâmina como se fosse uma caneta e marco o tempo enquanto rabisco as letras.

— Quarenta e nove segundos.

Esko continua seu trabalho.

— O tórax está lacerado por uma incisão que vai quase reta e atravessa o abdome, corta o intestino e o duodeno através dos tecidos moles do abdome. A incisão é profunda e chega quase ao disco intervertebral entre a segunda e a terceira vértebra lombar.

— Parece que ele tentou cortá-la ao meio — digo.

Ele pensa por um instante.

— Talvez.

E então ele examina a área pubiana, de onde tenta remover a garrafa quebrada de Lapin Kulta da vagina de Sufia. Ela parece não querer sair. Ele usa ambas as mãos, dá um puxão e ela se solta. Ele examina a vagina e o ferimento causado pela garrafa.

— *Mitä vittua?* (Que porra é essa?) Venha ver isso aqui — diz ele.

Vou até o outro lado da maca. Tudo o que percebo é uma vagina mutilada, e pergunto:

— O quê?

— A vagina dela está mutilada — diz Esko. — Mas não do jeito que você está pensando. Olhe de novo, com atenção.

Eu me aproximo, meio envergonhado, mas agora, de perto, vejo com clareza. Estão faltando o clitóris e parte dos pequenos lábios.

— Você acha que o assassino é um cirurgião?

— Não, acho que isso foi feito pela família dela.

Não percebi a cicatriz, pois a vagina de Sufia está toda manchada de sangue seco, e muito machucada pela garrafa de cerveja quebrada. Fiquei chocado com o que vi, mas não deveria. Nos anos 1990, quando recebemos milhares de refugiados somalis na Finlândia para ajudá-los a fugir de um genocídio, fiz um esforço para aprender um pouco da cultura delas. A grande maioria das mulheres somalis passa por uma clitoridectomia, como um ritual de iniciação da passagem para a vida adulta feminina.

— Você já tinha visto uma coisa igual antes? — pergunto.

— Só em fotografias. Isso é o que se chama de clitoridectomia do tipo II. Por causa da ausência dos pequenos lábios e do clitóris, as estruturas anteriores do períneo assumem um contorno incomum.

— Parece absurdamente doloroso.

— Como médico, diria que isso dói pra caralho. Eles escavam o clitóris até a raiz, quase até o osso.

Penso no quarto dela e nos lençóis e nas calcinhas manchadas de sêmen.

— Ela poderia sentir algum prazer com o sexo?

— Não o tipo de prazer físico que normalmente associamos a ele.

— Conseguiu descobrir alguma coisa sobre o ferimento causado pela garrafa?

— Não muito. Ele enfiou a garrafa nela e girou-a para que a cortasse mais. Há vestígios de sêmen, o que não prova nada. O assassino causou tanto estrago com a garrafa que não se pode afirmar se houve estupro ou não. Isso me faz pensar que ele é tão esperto quanto bárbaro. Ela pode ter tido uma relação sexual um dia ou dois antes do assassinato.

O exame externo terminou. O assistente acaba de comer uma maçã, joga fora o miolo na cesta de lixo e fecha a revista que estava lendo. Mede e pesa o corpo.

— Altura, 1,62 metro, 44 quilos — diz ele.

Assistentes como esse têm um estranho destino, e tendem a permanecer décadas em seus empregos mal pagos. Isso me leva a pensar na existência desse tipo de gente. Essas pessoas passam a vida toda no silêncio frio do necrotério, absortas na limpeza e no transporte de cadáveres. O assistente movimenta a maca e leva o corpo de Sufia para outro lugar, enquanto Esko descansa um pouco. E bebemos mais um café. Ele parece perdido em seus pensamentos, e fico quieto para deixar que ele organize as informações dentro de sua cabeça.

O assistente coloca o corpo de Sufia numa mesa de alumínio inclinada própria para autópsia. Ela possui as beiradas levantadas, torneiras, calhas e ralos para que o sangue e os excrementos possam ser lavados. O assistente procede à lavagem do corpo. Se havia alguma evidência nele, agora irá embora pelos ralos. Em seguida, coloca um bloco de borracha sob as costas dela para fazer com que o tórax se eleve, a fim de facilitar a abertura.

Lembro-me da primeira vez que fui caçar veados. Juha, meu irmão mais velho, e alguns de seus amigos me levaram nessa empreitada. Os cães acuaram o veado, um macho de cauda branca com chifres de seis pontas, e como era minha estreia, eles deixaram que eu desse o primeiro tiro. A bala entrou atrás da cernelha e atravessou o coração. Uma morte limpa. Juha me entregou uma faca e disse o que eu deveria fazer. Abri o veado desde o esterno até os órgãos genitais e enfiei minhas mãos dentro do corpo para retirar os órgãos internos. A manhã estava muito fria e o calor dentro do animal morto me fez suspirar de prazer.

— Não é desagradável trabalhar em corpos frios? — Já assisti a algumas autópsias, mas nunca tinha pensado nisso.

— Você acaba se acostumando, como qualquer outra coisa. A carne refrigerada é mais fácil de ser trabalhada. A carne em temperatura normal é mole, mais difícil de ser cortada.

Esko volta ao trabalho. Faz uma incisão em forma de Y desde cada ombro até a parte mais baixa do esterno e daí até o osso pubiano. Levanta a pele e a dobra para o lado. As dobras do peito ficam sobre o rosto dela, de forma que posso ver seus ossos e músculos.

Ele remove a estrutura torácica e retira o esôfago e a laringe cortando artérias e ligamentos. Corta as ligaduras da bexiga, da medula espinhal e do reto e em seguida retira os órgãos internos de uma vez só. Pega então sua faca de cortar pão e tira fatias dos órgãos para exames dos tecidos.

— O que acha do fígado dela? — pergunto.

— Está tão puro como a neve que caiu.

— E seus pulmões.

— Rosados como no dia em que nasceu.

Tento ver Sufia como ela era.

— Hoje, fui até o seu quarto de hotel a procura de indícios e encontrei muitas garrafas vazias de bebida e pontas de cigarro jogadas por todos os cantos.

— A menos que sejam recentes, esses vícios não são dela.

— Teremos o resultado dos exames de DNA em 24 horas. Os sacos com as evidências encontradas no quarto dela estão na mala de meu carro. Assim que você terminar, irei mandá-las no próximo avião para Helsinque junto com as suas amostras. É provável que saibamos de quem são, em um dia ou dois.

Esko abre o estômago. O cheiro é desagradável. Despeja o conteúdo num recipiente. Passa um bisturi em volta da cabeça de Sufia, pela testa, de orelha a orelha. Levanta a pele em duas dobras.

— Os golpes na cabeça causaram uma fratura no osso frontal do crânio — diz.

Ele abre o crânio dela com uma serra elétrica e retira o topo, como se estivesse tirando um chapéu. Corta a ligação do cérebro com a medula espinhal para retirá-lo e depois corta uma fatia dele com a faca de pão para que seja feito um exame posterior. Ao terminar, Esko desaba numa cadeira, exausto. O assistente começa a costurar as costas dela.

— Temos aqui esta moça que parecia ser uma fumante inveterada e vivia alcoolizada numa sujeira generalizada, mas não bebe nem fuma. Portanto, acho que tem um namorado que faz isso — digo.

— É uma possibilidade razoável.

— Ela faz sexo e não sente prazer. Foi sexualmente mutilada, tanto na vida quanto na morte. Deve haver alguma coisa por trás disso tudo, algum simbolismo.

— Pode ser.

Fico ruminando mais um pouco.

— Faça-me um resumo do que você acha que aconteceu.

— Esse departamento é seu.

— Mas estou lhe pedindo que o faça.

Ele pensa durante alguns segundos.

— Acho que o assassino a rendeu em algum lugar, usou uma faca para intimidá-la e a corda para controlá-la. Cortou-a para amedrontá-la e quebrar sua resistência. Talvez a tenha violentado mais adiante no desenrolar da cena.

— O sêmen. Você consegue ter certeza de que é do assassino, de que ela foi realmente estuprada?

Ele dá de ombros.

— Ela está tão retalhada que não há mais nada que eu possa dizer. Gostaria de poder acrescentar mais alguma coisa, mas não tenho como — diz ele. — A maneira pela qual ele a matou sugere um planejamento em etapas, mas não consigo imaginar quais tenham sido elas.

— Vamos tentar organizar as coisas — digo. — O que acha que aconteceu antes de ele tê-la levado para o campo nevado, e o que ele fez depois que chegou lá?

— Sabemos o que ele fez lá por causa daquele sangue todo sobre a neve. Ele atacou os olhos, removeu uma parte da pele do seio, fez um corte profundo na parte inferior do tórax e inseriu a garrafa na vagina.

— Ela esteve consciente pelo menos durante parte do tempo — digo —, porque se agitou na neve.

Esko se manteve em silêncio durante um minuto e, em seguida, cobriu o rosto com as mãos.

— Acho que já entendi — diz ele, ao retirar as mãos e olhar para mim. — Ele a rende, e para isso usa a faca e a corda. Talvez a violente, talvez force sexo oral com ela ou talvez não faça nada. De qualquer modo, bate na cabeça dela com um martelo, e ela perde os sentidos. Então, ele a leva para o campo. Enquanto ela é arrastada pela neve ainda está inconsciente devido à concussão, e ele talvez pense que esteja morta e, por isso, volta ao seu trabalho. Corta a pele do seio, arranca os olhos com a garrafa e a insere na vagina. Em seguida faz uma incisão profunda no abdome, talvez tentando cortá-la ao meio.

Percebo o raciocínio dele.

— Não pode ser.

— É, é isso mesmo. Ele a está cortando ao meio quando ela acorda descontrolada, aos gritos. Ele se assusta e corta a garganta dela para terminar o trabalho.

— Meu Deus — digo. — Ela acorda cega e descobre que está sendo cortada ao meio? E é neste ponto então que ela se descontrola e se debate, formando o anjo na neve?

— Não posso ter certeza da ordem exata em que as coisas aconteceram, mas pode ter sido assim. Antes de matá-la na fazenda de Aslak, ele corta suas roupas e a deixa nua, por isso ela tem os cortes pelo corpo; e ele escreve "puta negra" em sua barriga, com a faca.

— E então ele a leva para a fazenda de renas, a arrasta do carro inconsciente e a mata. Parece premeditado — digo.

— Sim, parece. Não há qualquer fragmento de vidro quebrado na cena do crime. Ele quebrou a garrafa antes e a trouxe consigo.

Tento assimilar isso tudo.

— Tem muito ódio nessa história — digo.

Esko concorda.

— Muito ódio.

O assistente termina de costurá-la. A próxima parada de Sufia é o velório.

8

Chego de volta à delegacia às nove da noite. Antti e Jussi continuam sentados em suas mesas. Também tiveram um dia cheio. Antti está fazendo ligações para os corretores de imóveis e levantando a lista dos moradores. Jussi encara o monitor com os olhos turvos. Levanta a cabeça e me diz:

— Tenho algo para você.

— Sou todo ouvidos.

— Os pneus do veículo usado no assassinato são próprios para neve, da marca Dunlop SP Winter Sport M3 DSST, e foram montados em rodas de aro 17 polegadas.

Dou-lhe um tapinha nas costas.

— Ótimo.

— E tem mais. Esse tipo de pneu é uma tiragem especial do fabricante para o BMW sedã Série 3. Talvez, Eero não tenha só imaginado coisas.

Não deve haver muitos sedãs Série 3 novos numa cidade pequena como esta. O carro vai resolver o caso.

— Bom trabalho. A próxima etapa é conseguir na internet o registro de veículos. Verifique cada proprietário de um Série 3, tanto particular quanto das agências de aluguel, aqui em Kittilä e em Levi.

Amanhã inspecionaremos um por um para verificar qual desses BMWs tem pneus Dunlop.

— Já estou trabalhando nisso — diz Jussi. — Ah, e as pegadas são de um sapato número quarenta.

A descoberta dos pneus é encorajadora, mas o caminho ainda é longo, e não quero a equipe exausta ainda no início das investigações.

— Ouçam, rapazes — digo —, vocês estão dando duro, mas acho que é hora de dar uma parada.

Antti tapa o fone com a mão e diz:

— Daqui a pouco.

Vou para a minha sala. Antes de qualquer coisa, começo a admitir que é melhor considerar a possibilidade, embora improvável, de que Sufia tenha morrido nas mãos de um assassino em série. Sento-me diante do computador e entro no banco de dados de crimes, pesquisando os países por ordem de proximidade. Assassinos em série foragidos na Finlândia: nenhum. Na verdade, nos últimos cem anos só tivemos um. Antti Olavi Taskinen matou três homens por envenenamento e foi condenado à prisão perpétua em 2006.

Assassinos em série foragidos na Suécia: nenhum. Outra vez, na história recente, apenas um foi condenado. Thomas Quick, pedófilo, cometeu o primeiro crime aos 14 anos. Internado num manicômio judiciário em 1990, confessou trinta assassinatos e foi condenado, em 2000, por autoria de oito deles. Foragidos na Noruega: nenhum. Na Dinamarca: nenhum. Na Islândia: nenhum. E também poucos registros na história desses países. Assassinos em série não são nada comuns entre as culturas nórdicas e escandinavas.

Na Rússia há alguns poucos assassinos em série foragidos, mas os crimes que praticaram não sugerem ligação alguma com o nosso caso. Verifico também na Alemanha e no Japão, países conhecidos por abrigarem desvios sexuais com tendências criminosas. Outra vez há poucos foragidos, e os crimes não se enquadram no perfil do nosso caso.

Deixo os Estados Unidos para o fim, porque a lista de lá é muito grande. Cerca de oitenta por cento dos assassinos em série do mundo são americanos e esse número cresceu 94 por cento nos últimos trinta anos. É claro que isso pode ser apenas um reflexo do aumento de precisão das estatísticas criminais.

As estimativas mais conservadoras dizem que no momento há cerca de trinta assassinos em série em atividade nos Estados Unidos. Alguns analistas especulam que cerca de quinhentos estejam à solta. Baseiam tal suposição numa média de dez a 12 assassinatos para cada assassino, com cerca de cinco mil assassinatos não desvendados por ano, e acreditam que uma percentagem razoável das centenas ou milhares de mulheres e crianças que são dadas como desaparecidas, a cada ano, sejam vítimas de assassinos em série.

Tento fazer a pesquisa a partir de palavras-chave para buscar uma analogia entre os crimes americanos e o de Sufia, mas há tantas mulheres assassinadas nos Estados Unidos com os olhos arrancados ou com garrafas inseridas em suas vaginas que isso se torna uma perda de tempo. O que me leva a concluir que os Estados Unidos têm uma tradição nesse tipo de crime. Em 1921, o ator Fatty Arbuckle foi acusado de matar uma mulher ao violentá-la com uma garrafa de refrigerante. Se algum turista americano tiver ficha criminal, farei uma nova busca por área geográfica para estreitar o campo da pesquisa.

Recebemos um fax com a relação das ligações telefônicas do celular de Sufia e um extrato de sua conta bancária, desde o ano passado. Antti se aproxima e coloca o papel sobre minha mesa. Serviço rápido. É assim que uma investigação deve ser feita. Passo então a analisar as informações. Sufia tinha boas conexões. Encontro os números do ministro do Exterior da Finlândia, o de um alto funcionário do *Kokoomus*, o Partido Conservador Finlandês, os de alguns outros políticos e artistas de cinema e, a maior de todas as surpresas, o número do telefone de Jyri Ivalo, o comandante da polícia nacional. Ele não chegou a falar que conhecia Sufia quando nos falamos pelo telefone, esta manhã. E eu me pergunto por quê.

Continuo verificando os registros. Sufia recebia muitas chamadas de um telefone particular, mas ligava poucas vezes para esse mesmo número. Entretanto, mandava muitas mensagens de texto, o que me sugere que não podia ligar diretamente.

Ela ganhou apenas 800 euros pela participação em seu último filme, *The Unexpected III*, e não tinha qualquer outra fonte de receita ou residência fixa. Nos dois últimos meses, recebeu depósitos frequentes, em dinheiro, de uma fonte particular, e não era ela quem pagava o aluguel do chalé onde passava férias. Sufia Elmi era amante de alguém.

Ligo para o Pine Woods Cottages e consigo o número do cartão de crédito usado para o pagamento do aluguel. Faço verificações e levanto dados sobre o cartão, conta de banco e número de celular até chegar a um nome: Seppo Niemi.

Minha ex-mulher me trocou por Seppo há 13 anos. Seppo é de Helsinque. É rico e possui um chalé de inverno sofisticado aqui na região, comprado antes de se intrometer em minha vida. Não vem a Levi com muita frequência. Desde então, as poucas vezes que nos encontramos foram no Hullu Poro. Nunca nos falamos, mas quando nossos olhos se cruzam, ele se encolhe de medo. Suponho que manter o chalé foi o modo que arranjou para se convencer de que não tem medo de mim.

Verifico o registro do carro. Ele possui um BMW 330i. Fico abalado. A ironia é tamanha que não sei se rio ou se choro.

Ligo para Jyri.

— Tenho um suspeito. O nome dele é Seppo Niemi. Ele tem depositado dinheiro na conta dela e paga o aluguel. As evidências indicam que é bem provável que o carro usado no crime tenha sido um BMW 330i, e ele tem um. Como deseja que eu conduza isso?

— Você está falando daquele ricaço de Helsinque?

— Ele mesmo.

Ele reflete durante um minuto

— Outra coisa — acrescento —, ela conhecia um monte de gente importante, inclusive você.

— E daí? Eu tenho uma vida social bastante intensa.

— Apenas pensei que devia mencionar.

— Já ouvi algumas coisas a respeito de Seppo Niemi — fala Jyri.
— Por tudo o que ouvi, ele é um babaca. Detenha-o e trate-o como suspeito perigoso.

— Sem interrogá-lo primeiro?

— Não. Ele que se dane. Prenda-o logo. E não há motivo para revelar para a imprensa os nomes dos amigos importantes de Sufia.

— Certo.

— Mantenha-me informada. — Ele desliga.

Dada a natureza do crime, a lei permite que Seppo seja preso sem que se verifique primeiro se tem um álibi, mas a reação de Jyri me faz pensar que talvez ele próprio tenha razões pessoais para autorizar uma prisão dessas. Preparo um mandado de busca e apreensão e uma intimação para a quebra de sigilo telefônico e bancário de Seppo.

Volto para a sala principal onde Jussi e Antti continuam dando duro.

— Vão para casa — digo. — Procurem dormir um pouco, e voltem às oito da manhã. Vamos fazer uma prisão.

Antti fica todo animado.

— Quem?

Meu celular toca.

— Vaara.

— Aqui é o Dr. Jukka Tikkanen, do Centro de Serviços de Emergência de Saúde de Kittilä. Sua esposa sofreu um acidente.

Meu coração acelera e o telefone treme em minha mão.

— Que tipo de acidente?

— Sofreu uma queda enquanto esquiava e fraturou o fêmur esquerdo.

— Ela está bem?

— Sim, levando em conta o que aconteceu.

— Estou indo para aí.

Jussi e Antti ficam com os olhos grudados em mim, ansiosos pelas más notícias.

— Kate quebrou a perna. Tenho que ir.

Corro para pegar meu casaco e me lembro da pergunta de Antti enquanto o abotoo.

— Sim, vamos prender um cara chamado Seppo Niemi.

Paro junto à entrada de emergência e deixo o carro num local de estacionamento proibido. Dou de cara com um velho que saiu para fumar um cigarro. Esbarro em sua cadeira de rodas e peço desculpas.

As portas automáticas se abrem bem devagar e empurrá-las não adianta nada. Há uma fila no balcão de atendimento. Tenho que pegar uma senha e esperar ser chamado. Vou até o guichê e mostro minha carteira de policial.

— Kate Vaara. Onde ela está?

A recepcionista finge que eu não estou ali e continua a falar com o cliente que estava atendendo. Dou um tapa na mesa.

— Agora.

Ela começa a demonstrar irritação, mas faz uma cara burocrática e verifica o computador.

— Katherine Vaara está no quarto 207, seu guarda.

Encontro Kate deitada numa cama de hospital com a perna esquerda engessada do pé até a cintura. Sua pele que já é branca por natureza está da cor de cera, e seus lábios estão rígidos. Ela abre os braços para que eu a abrace. Quando o faço, ela aperta a boca junto de meu ouvido e a ouço choramingar.

— Quero ir para casa — diz ela.

— Me conte o que aconteceu.

— Mais tarde.

Não consigo fazer a próxima pergunta, mas ela lê meus pensamentos e me solta.

— Fizeram uma ultrassonografia. — Faz uma pausa e dá um sorriso discreto. — Não é apenas um bebê; são dois.

— Dois?

— Vamos ter gêmeos, e ambos estão ótimos.

Coloco a mão sobre sua barriga tomado por uma grande emoção e alívio.

— Kate, isso é maravilhoso.

Ela não responde. Não consigo saber se também acha a notícia maravilhosa.

Faço uma pergunta estúpida.

— Você está bem?

Kate está se esforçando muito para se controlar.

— Não.

— Está sentindo muita dor?

Ela sacode a cabeça.

— Agora não estou mais.

— Vão deixar que você vá para casa?

— Não sei.

Encontro o médico.

— Ela teve sorte — diz ele. — Fraturou o fêmur, mas não foi uma fratura tão grave. Se tivesse sido mais perto da bacia ou se fosse uma fratura mais complicada, teria que ficar aqui fazendo tração por uns dois meses. Ela já tem um pino na bacia. Se a tivesse quebrado outra vez, poderia ficar incapacitada para sempre. Vou dar uma licença para ela apresentar no trabalho.

— Posso levá-la para casa?

— Claro.

Kate recebe muletas, para que possa se apoiar, e, depois da burocracia para receber alta, saímos do hospital. Ela tem dificuldade para entrar no banco traseiro do carro com o gesso. Tento conversar com ela enquanto estamos indo para casa, mas ela não quer papo.

Quando paramos em frente à nossa casa, ela rejeita minha ajuda e se justifica dizendo que tem que aprender a se virar sozinha. Ela salta do carro. Ponho meu braço ao seu redor, mas ela o retira e segue mancando como pode até entrar em casa. Por causa do gesso ela não consegue se sentar no sofá e começa a tombar sobre ele. Eu a seguro no colo, coloco-a deitada e tiro seu sapato.

Ela começa a chorar.

— Eu caí. Fui descendo uma trilha muito íngreme na montanha, cheia de pedras e árvores, até dar com um pedaço de gelo e caí feio.

Deve ser um trauma para ela. Uma lembrança de quando fraturou a bacia ainda adolescente e viu desmoronar o sonho de se transformar numa atleta olímpica. Sento-me no chão ao lado dela e fico acariciando seus cabelos enquanto a escuto falar.

— Caí de bunda, bati numa pedra enorme e quebrei a perna; eu não conseguia me mexer e estava com medo de ter perdido o bebê; fiquei lá caída uns 45 minutos até aparecer outro esquiador e mais meia hora até vir um *snowmobile* me pegar.

Tentei segurar na mão dela, mas ela se soltou de mim.

— Cheguei ao hospital e as enfermeiras não falavam inglês comigo e eu não sabia o que estava acontecendo, se o bebê estava vivo, e enquanto me examinavam me viravam como se eu fosse um animal. Foi quando soube que eram dois bebês.

— Kate, talvez elas apenas não falassem inglês.

Na verdade, talvez elas apenas tratem todo mundo da mesma forma. Às vezes os finlandeses são assim.

— Não deviam ter me tratado daquele jeito.

— Você tem razão, não deviam, mas você não está feliz por causa dos gêmeos?

— Claro que estou, mas não é essa a questão.

Ela fecha os olhos e lágrimas de frustração escorrem por seu rosto.

— Droga. — Dá um soco no tampo de vidro da mesa de centro. — Droga. — Outro soco. Em seguida, mais um grito: — Droga! — Outro soco. — Merda, droga! — Mais um soco.

— Pare, Kate, isso é perigoso.

Ela agora está aos gritos.

— Agora não vou poder mais esquiar. — Soco. — Também não vou poder trabalhar. — Soco.

— Pare com isso, Kate.

— E não sei falar finlandês! — Soco.

Não quero ser rude com ela, mas não quero que se machuque, então não tenho outra opção.

— Kate, pare com isso, que merda.

Ela para e explode em lágrimas.

— Desculpe, Kari. Estou muito frustrada. Estou me sentindo impotente e presa aqui nesta casa.

Ela levanta a perna quebrada com as mãos com intenção de apoiá-la sobre a mesa de centro. Mas ela acaba largando com tanta força que o gesso despedaça o tampo e o vidro voa por todos os lados. O peso do gesso ao bater na mesa a desloca do sofá e ela cai no chão, e, ao tentar suavizar a queda, coloca a mão direita em cima dos cacos de vidro que estão no tapete. Ao erguer a mão, o sangue escorre por seu braço.

Rasgo uma tira da frente da minha camisa branca e a enrolo em volta de sua mão e a levanto do chão em meus braços. Ela encosta a cabeça contra meu ombro. Seu peito arfa e ela explode em lágrimas e soluços. Ficamos, assim, juntos, durante alguns minutos até ela se acalmar. O sangue ensopou minha camisa e já começa a pingar no tapete.

— Não quero voltar para o hospital — diz ela. E volta a soluçar.

Desenrolo a faixa de sua mão. Há alguns estilhaços presos nela. São uns 12 cortes, mas nenhum deles precisa de pontos. Pego um antisséptico, uma pinça e ataduras no banheiro. Ela se contrai enquanto retiro os cacos, mas não está mais chorando.

Enrolo a atadura em sua mão.

— Você vai ficar bem — digo. — Umas duas semanas em casa e logo vai poder voltar ao trabalho. Em poucas semanas, vai tirar o gesso. Alguns meses depois que os bebês nascerem, você vai estar de volta às pistas de esqui.

— Mas eu não posso fazer nada. Não posso trabalhar, não posso cuidar da casa, não posso fazer compras.

— Vamos dar um jeito nisso. Vou arranjar alguém para ajudar.

Depois de algum tempo, ela desmaia de sono e exaustão. Telefono para uma vizinha, acordo-a, explico o que aconteceu, e peço que vá ver Kate pela manhã. Limpo os cacos de vidro e o sangue no chão e rearranjo os móveis da sala. Em seguida, desmonto nossa cama e a trago para baixo. Mesmo o barulho da chave de fenda elétrica que uso para remontar a cama não a acorda. Temos um pequeno banheiro no primeiro andar, perto da entrada, então pelo menos Kate não precisará se preocupar com a escada.

O relógio marca duas da madrugada. Mais uma noite em que não vou descansar o suficiente. Pego-a, coloco-a na cama e me deito ao lado dela. Kate abre os olhos.

— O que aconteceu com a investigação de assassinato? — pergunta ela.

— Resolvemos.

— Quem foi?

Está tarde e eu não quero conversar sobre isso e nem quero aborrecê-la.

— Amanhã eu conto tudo — digo.

9

Saímos em duas viaturas, Antti e Jussi em uma, Valtteri e eu na outra. Começa a nevar. No caminho, falo com Valtteri sobre a evidência contra Seppo e também sobre minha conversa com o comandante.

— Então você vai prender Seppo Niemi — diz ele. — Realmente, Deus trabalha por caminhos misteriosos.

Nossa conversa não passa disso. Esse é um assunto sobre o qual as pessoas procuram não falar comigo.

Chegamos ao chalé de inverno de Seppo. Ele é maior do que minha casa, e fica num terreno de 8 mil metros quadrados. Vale muito dinheiro. Paramos atrás de um BMW 330i cinza. Saio do carro e ilumino os pneus com minha lanterna: Dunlop Winter Sports. Valtteri liga para o reboque para que o leve até a garagem da delegacia. Nós quatro seguimos juntos para a entrada da casa e eu bato na porta.

Minha ex-mulher, Heli, é quem vem abri-la. Há 13 anos que não a vejo, desde que me trocou por Seppo. Fiquei no hospital alguns dias depois que levei o tiro. Ela nunca foi me visitar e sequer atendeu aos meus telefonemas. Quando voltei para casa, suas coisas já haviam sido retiradas. Ela nunca mais quis me ver ou mesmo falar comigo. Depois de algumas semanas recebi os papéis do divórcio pelo correio.

Ela está suada, usando roupas de ginástica apertadas, e ao fundo dá para ouvir uma música tecno. Nós a pegamos no meio de seu exercício. Ela era bonita quando ainda estávamos juntos. Naquela época já fazia ginástica. Mas é difícil reconhecer a figura da mulher com quem me casei nessa que vejo agora diante de mim. Uma combinação de dietas, exercícios e bulimia lhe causou alguns estragos. Ela é pequena, parece envelhecida, cansada e subnutrida, uma bruxa de academia, oxigenada e com um bronzeado artificial, como se fosse a personificação do que um dia já foi um ideal de beleza.

Ela balança a cabeça e aperta os olhos, como se eu fosse um fantasma.

— Oi, Kari, o que você... — dá uma olhada ao meu redor — e os seus amigos fazem aqui?

— Tenho um mandado de prisão para Seppo Niemi e um mandado de busca no local. Pode me dar licença, por favor.

Ela não se move.

— Você está de brincadeira? Prisão por causa de quê?

— Vou tratar disso com Seppo.

Ela ri de mim.

— Se você quisesse saber como eu estava indo, teria sido mais fácil passar por aqui para tomar um café.

— Por favor, pode me dar licença?

— Isso é uma piada, você é uma piada. Volte para casa, Kari.

Ela tenta fechar a porta, mas eu a impeço com o braço. A porta volta e bate na parede.

— Eu pedi para me dar licença, senhora.

Ela me olha apavorada e dá um passo atrás. Nós quatro passamos pela porta.

— Valtteri, fique aqui com ela — digo.

Ele começa uma oração laestadiana.

— *Jumalan terve, Heli* (as bênçãos de Deus sobre você, Heli).

No chão, junto da entrada, há um par de sapatos masculinos. Eu os pego. O tamanho é quarenta. Olho à minha volta: mobília cara, tudo caro. Na extremidade da mesa vejo um maço de Marlboro Lights. Antti, Jussi e eu sacamos nossas armas e procuramos Seppo no primeiro andar e depois subimos para o segundo. Abro a porta de um dos quartos. Ele está dormindo nu numa posição fetal, com a boca aberta, sem as cobertas e com a mão no pênis. Antti e Jussi se aproximam e ficamos em volta dele. Coloco algemas em seus pulsos e ele acorda.

— Seppo Niemi, você está preso.

Seu rosto demonstra medo e confusão. Em seguida, ao me reconhecer, entra em pânico.

— Você não.

Sorrio para ele.

— Eu mesmo.

— Preso por quê?

— Você está pensando que isso aqui é um filme policial americano? A próxima coisa que vai querer é que eu leia os seus direitos. Você vai ser informado de acordo com o que manda a lei, quando chegar a hora.

Nós nos encaramos por alguns minutos. Acho que ambos estamos numa situação difícil tentando entender o que acontece por aqui.

— Pelo menos posso colocar uma roupa? — pergunta ele.

— Não vou permitir que você toque em nada. Estou aqui com um mandado de busca e não quero que você atrapalhe as evidências. Vamos arranjar um cobertor para você na viatura.

— Você vai me rebocar nu da cama e me colocar na prisão, e nem vai me dizer o motivo?

— Conclusão perfeita.

Mudo de ideia e decido não ser tão cruel. Abro o armário, pego uma camisa branca e um terno. Ainda estão no plástico em que vieram da tinturaria, e as etiquetas têm a data do dia anterior ao assassinato.

— Deixem que vista essas roupas.

Largo Seppo com os rapazes e volto para o primeiro andar. Heli está dando algum trabalho a Valtteri sobre o mandado de busca. Não quer que toquemos em suas coisas.

Valtteri a conhece da igreja desde que eram crianças.

— Sinto muito, Heli, mas é assim que tem que ser. Iremos respeitá-la e acabaremos com isso o mais depressa possível. Tente ser paciente conosco.

Ela se vira para mim.

— Seu fracassado maldito. Depois desse tempo todo, isso é o melhor que pode fazer para se vingar do que aconteceu? Isso não vai dar certo. Você vai pagar caro, Kari. Vou processá-lo. Você vai perder o emprego por causa disso.

Heli e Seppo nunca se casaram. Depois que se divorciou de mim, ela voltou a usar o nome de solteira.

— Srta. Kivinen, não desejamos lhe causar qualquer inconveniente, mas por enquanto esta casa é considerada um local do crime. Vou liberá-la para a senhorita assim que for possível. Por favor, coopere conosco.

Ela fica vermelha enquanto se esforça para se recompor. E me dá um tapa para depois cuspir no meu rosto.

— Seu infeliz de merda. Ainda bem que eu larguei você, seu fracassado, e ainda bem que eu não passei todos esses anos vendo você mancar por esta cidade caipira miserável, brincando de xerife e fazendo papel de babaca. Vá se foder, Kari.

Fico surpreso de constatar que me incomodo muito pouco por vê-la outra vez.

— Algeme-a.

Valtteri coloca as mãos dela para trás de suas costas e a algema. Ela não resiste. Limpo o cuspe do rosto em seu casaco de ginástica.

— Compreendo que a tenhamos perturbado por entrar assim dessa maneira em sua casa, e por causa disso vou fazer vista grossa, mas se o seu comportamento não melhorar, vou acusá-la de desacato à autoridade.

— Vá se foder.

— Quando você se acalmar vou deixá-la levar algumas coisas que queira. Espero devolver a casa antes do final do dia. Até lá, quero que cale a boca.

Ela se cala.

Antti conduz Seppo escada abaixo em seu terno de mil euros. Valtteri retira as algemas de Heli, e Jussi a acompanha para que coloque algumas coisas numa bolsa. Quando ela acaba, deixo Antti e Jussi para revistar o local e o restante de nós sai da casa, para a escuridão. A neve cai em flocos grandes, quase do tamanho de metade de minha mão. Heli olha para Seppo.

— Vou ligar para o seu advogado. Esta babaquice não vai demorar muito. — E vai andando em direção ao BMW.

— Não — digo. — O carro está sob custódia. Dê-me as chaves.

Ela me lança um olhar gélido, cheio de ódio e deixa as chaves caírem em minha mão. Entra no Honda que está parado ao lado e arranca com toda a força possível.

Coloco a mão sobre a cabeça de Seppo e o faço entrar no banco de trás da viatura, em seguida me sento ao volante. Valtteri senta-se ao meu lado. Sigo para a estrada que fica entre Levi e Kittilä. Os faróis iluminam as duas pistas escuras e geladas que atravessam um vasto campo nevado. É como dirigir através de uma paisagem lunar.

Seppo está calado. Uma confissão simplificaria as coisas. Eu o olho pelo retrovisor.

— Seppo, por que você matou Sufia?

Ele se contrai chocado e empalidece. Não responde logo.

— Quem é Sufia? — pergunta.

Ele não parece perceber que eu sei da sua ligação com ela.

— Sufia, sua namorada.

Outra pausa.

— Quero falar com um advogado.

— E você vai falar, depois que for formalmente acusado. Tenho 72 horas para fazer isso. Você foi pego, Seppo, é melhor se acostumar a isso. Você está diante de um caso de prisão perpétua, talvez cumpra uns 12 anos. Se confessar e mostrar algum arrependimento, talvez pegue uma pena menor. Se puder demonstrar que a matou por problemas emocionais ou outra circunstância atenuante, talvez possa reduzir para uns sete anos. Pelo jeito como você a retalhou, não vai ser difícil. E vai garantir uns cinco anos da sua vida de volta.

— Você sabe que eu não matei ninguém.

— Podemos começar dessa maneira, se é assim que você quer, mas nós dois sabemos mais do que isso.

— Depois de 13 anos — argumenta ele —, e só agora que você vem se vingar de mim. Por quê?

Passa-se algum tempo. Vejo pelo retrovisor que ele procura se ajeitar no banco do carro.

— Eu comi sua mulher. Ela amava a mim e não a você, e eu comi sua mulher. Tirei Heli de você. Eu ganhei e você perdeu, e ambos sabemos que é disso que se trata.

Ele tenta me colocar contra a parede. Lembro da aparência que Heli tem agora e como ela se comporta.

— Que homem de sorte você é.

Ele fica em silêncio outra vez.

— Isso foi há muito tempo — digo. — Eu o estou prendendo porque as evidências sugerem que foi você quem matou Sufia Elmi, e não por causa de uma animosidade pessoal. No que diz respeito a Heli, você e ela foram feitos um para o outro. O que foi que você retalhou primeiro, foi o rosto ou a vagina de Sufia?

Ele recua como se eu tivesse esmurrado e fecha os olhos. Demora uns trinta segundos para se recuperar. Inclina-se para frente, encosta o rosto na tela que o separa de nós.

— Eu o vi no Hullu Poro com aquela ruiva. Fiquei sabendo que é a sua nova mulher.

Não respondo.

— É bonita.

— Minha mulher não é o assunto desta conversa — respondo.

— Já que você me prendeu sem qualquer droga de motivo, exceto seu ódio por mim, acho que posso falar sobre qualquer assunto.

Ele tocou num nervo exposto, e eu lhe dei munição.

— É esse o problema? — Ele me provoca. — Você tem medo que eu a coma também? Em um ou dois dias, assim que eu me vir livre dessa merda toda, talvez eu a procure. Aposto que a gente vai se dar bem; o que você acha?

Vejo Sufia nua no frio e no escuro, na neve manchada de sangue, me encarando com suas órbitas vazias. A imagem de Sufia se transforma na de Kate, com seu rosto e seu corpo torturado e profanado. Minha visão fica embaçada. Em seguida sinto que meus olhos são invadidos por um enxame de pequenas moscas pretas e ouço um zumbido agudo. Meu braço esquerdo começa a doer como se eu fosse ter um ataque cardíaco. Consigo direcionar o carro para o acostamento.

Sinto-me como se estivesse fora de meu corpo, olhando para baixo. A longa faixa da estrada e os campos nevados vazios que a margeiam refletem a luz das estrelas e fazem com que fiquem iluminados por um brilho turvo. O rosto de Valtteri demonstra preocupação. Seppo está sentado atrás do assento do motorista. Eu me viro e olho para ele. Ele me devolve um olhar de desprezo.

Saio do carro, tiro minha Glock do coldre e abro a porta de trás. Seppo está imóvel, com o olhar fixo na frente, e tenta fingir que não estou ali. Entro, passo por cima dele e me sento à sua direita. Ponho uma bala na câmara da Glock, coloco meu braço esquerdo em volta dele e encosto o cano da arma em sua têmpora.

— Seu filho duma puta.

Valtteri sai do carro, dá a volta pela frente e me observa com cara de espanto pela porta de trás que deixei aberta.

Empurro ainda mais o cano da arma contra a cabeça de Seppo. Ele choraminga.

— Da última vez que matei um homem, ganhei uma medalha e fui promovido. Se eu matar um tarado como você, talvez façam a mesma coisa outra vez. O que você acha?

Seppo olha para fora do carro na direção de Valtteri.

— Você está vendo isso, está vendo isso?

Valtteri não responde. Um carro se aproxima no outro sentido e pisca os faróis. Eu deixei o meu farol alto ligado, atrapalhando a visão do outro motorista. Valtteri abre a porta da frente e desliga os faróis, então, fica de pé ao lado do carro para me observar.

— Se você se aproximar uma única vez de minha mulher — digo —, você é um homem morto. Nunca mais ouse falar o que acabou de dizer ou eu o mato. Se falar nisso enquanto estiver preso eu o enforco em sua cela. Se um advogado o libertar e você chegar perto de minha mulher, eu o mato na mesma hora e vou cumprir minha pena. Seja da forma que for, você irá embora de Kittilä e nunca mais voltará. Coloque a porra daquela sua mansão à venda, porque se voltar a usar aquela merda, eu vou matá-lo. Fui claro?

Ele olha para Valtteri e não dá uma palavra.

— Vou contar de cinco para trás. Se você não concordar com o que acabei de dizer, vou estourar seus miolos.

Ele começa a chorar.

— Cinco, quatro, três...

A voz dele está tão aguda como a voz de uma criança.

— Eu concordo, eu concordo.

— Tarde demais, seu filho da puta. BUM! — grito em seu ouvido.

Seppo desmaia e desmorona em cima da poça de sua própria urina.

Valtteri e eu nos entreolhamos através da porta aberta.

— Vamos embora — diz ele. — Está muito frio aqui fora.

Tropeço em Seppo e saio da viatura.

— É melhor você dirigir — digo.

Voltamos para a estrada.

— Não vou levar a mal se você quiser dar parte do que acabei de fazer.

— Você fez o que tinha que fazer para proteger sua mulher. Compreendi isso muito bem.

— Não pediria que mentisse para me proteger.

— Você não teria que me pedir nada.

Valtteri me surpreende mais a cada dia.

10

Chegamos à delegacia. Valtteri desliga o motor da viatura. Por um minuto permaneço sentado, imóvel. Tento me recompor antes de duelar com Seppo de novo. Valtteri abre a porta e sai antes de mim.

— Vou fichá-lo — diz, e então retira Seppo do carro e o conduz à delegacia.

Saio do carro, acendo um cigarro e dou uma tragada. A fumaça e o ar frio exalados criam uma grande nuvem no escuro. A rua está vazia e silenciosa. Estou exausto. Só desejo um pouco de paz e tranquilidade. A neve compactada no chão range debaixo dos meus pés. Está tudo coberto de gelo e neve. Sinto como se vivesse num enorme inferno congelado.

Cometi um erro ao ameaçar Seppo. Ele também cometeu um erro colocando o nome de Kate na discussão. Agora interrogá-lo será mais difícil. Vou esperar um pouco e dar um tempo para nós dois. Algumas horas numa cela podem levá-lo a considerar o que seria viver enjaulado e isso talvez o encoraje a confessar o crime.

Meu celular toca e meus pensamentos se desfazem.

— Vaara.

— Aqui fala o pai de Sufia. Minha mulher e eu estamos em Kittilä. Gostaríamos de encontrá-lo e queremos ver nossa filha.

Ainda estou abalado devido ao confronto com Seppo e a ligação de Abdi me pega de surpresa.

— Senhor, talvez seja melhor que nos encontremos na delegacia. Posso lhe colocar a par das investigações e fazer-lhe algumas perguntas sobre sua filha.

— Não, não iremos à delegacia. Onde está Sufia?

Dou-lhe o nome da casa funerária.

— Vamos nos encontrar lá, com ela ali, e o senhor vai me contar tudo o que sabe, como pretende encontrar a pessoa que a matou e qual será a sua punição.

Não quero que os pais dela vejam seu cadáver destroçado e eu mesmo não desejo vê-lo outra vez.

— Senhor, eu não acho que essa seja a opção mais acertada. Por favor, considere que é melhor se lembrar de Sufia como ela era, e não como está agora.

A voz dele sobe de tom.

— Sufia é nossa filha. Nós iremos decidir o que é melhor e de que forma devemos nos lembrar dela. Quando pode nos encontrar?

Não tenho outra saída senão respeitar a vontade dele.

— Irei agora mesmo.

Abdi e Hudow estacionam em frente à casa funerária na mesma hora em que eu. Vejo suas silhuetas através da janela enquanto saltam do carro e começam a caminhar pela neve. Abdi tem mais de 1,90 metro. Mesmo de sobretudo ele parece seco e magro como o fio de uma navalha.

Hudow é baixa e gorda. Ela segue a tradição de seu país e está de hijab, a vestimenta tradicional das mulheres muçulmanas. Um vestido marrom bem solto cai por baixo da bainha do casaco e vai até os tornozelos. A cabeça está enrolada num xale que só deixa de fora o contorno do rosto. Sobre isso ela usa um chapéu grosso de pele. Saio do carro, vou até eles e lhes estendo a mão.

— Sou o inspetor Kari Vaara. Sinto muito a perda que sofreram.

Hudow parece incomodada. Esqueci que é provável que ela não tenha o costume de apertar a mão dos homens que a cumprimentam. Abdi não parece se importar, mas não deseja apertar minha mão. Olhamos um para o outro. Tenho 1,80 metro e mesmo assim preciso olhar para cima para falar com ele.

— Minha mulher está com frio. É melhor entrarmos — diz ele.

Passamos pela porta da frente. Toco uma campainha e alguns segundos depois o proprietário vem da sala dos fundos. É um homem baixo, em torno de 60 anos e veste um terno cinza escuro. O cabelo que lhe resta é grisalho. Olha para nós três e eu percebo que está confuso. O chefe de polícia regional acaba de chegar com dois negros, sendo que um deles é um gigante. Parece que jamais teve um negro em seu estabelecimento antes. Mas, em seguida, o registro de sua memória deve ter sido acionado e ele se lembra da última cliente.

— Meu nome é Jorma Saari — diz ele. — Não há nada que possa abrandar o sofrimento de vocês, por favor, aceitem minhas condolências e saibam que farei o que estiver ao meu alcance para ajudá-los nesse momento difícil. Basta apenas pedirem.

Para Jorma estas não são apenas palavras formais de seu trabalho. Conheço-o desde criança e já lidei com ele, em outras ocasiões, devido ao meu trabalho. É um homem bom. Ele estende a mão, mas Abdi não retribui o cumprimento.

— Muito bem — diz Abdi. — Obrigado. Queremos ver nossa Sufia.

Jorma parece não saber como continuar. Deve ter visto o corpo de Sufia.

— Sr. Elmi... — diz.

Abdi levanta uma das mãos e Jorma se cala. Este homem tem uma presença imponente que resulta de algo além de sua estatura.

— Meu nome — diz ele — é Abdi Barre. O senhor se enganou ao se referir a minha pessoa pelo sobrenome de minha filha. Somos somalis. Como é nosso costume, o nome de nossa filha segue a linha matriarcal.

— Queira me desculpar — diz Jorma.

— O senhor entendeu o que eu lhe pedi? Queremos ver nossa Sufia. Por favor, leve-nos até ela.

— Sr. Barre, é claro que o senhor tem esse direito, mas eu o pouparei de um sofrimento desnecessário. Sufia ainda não está preparada, e em minha opinião não deve ser vista. No momento, ela está sendo embalsamada.

Abdi levanta as mãos e as une pelas pontas dos dedos. Seus dedos são longos e finos, duas vezes mais compridos que os meus. Seu rosto é todo marcado. Tem o aspecto de um homem santo, como se o sofrimento de uma vida o tivesse deixado oco e em seu corpo só restasse o espírito.

— Na Finlândia — diz Abdi — eu possuo uma firma de limpeza. As pessoas que trabalham para mim aspiram o pó dos assoalhos e esvaziam as latas de lixo de empresas como a sua. Meu domínio de sua língua não permite que eu tenha meu diploma médico validado na Finlândia, mas me formei na Sorbonne, e na Somália eu era médico. Asseguro-lhe de que o que quer que tenha acontecido com Sufia não é nada que eu já não tenha visto em meu trabalho em Mogadíscio. Minha mulher viu Sufia quando ela veio ao mundo, e pode vê-la agora quando ela o deixa.

O finlandês de Abdi é um pouco forçado, mas muito bom. Talvez não escreva tão bem quanto fala.

— O senhor pode aguardar enquanto peço ao técnico que apronte Sufia para que o senhor a veja? — pergunta Jorma.

Abdi olha para Jorma por cima de suas mãos.

— Não.

Jorma revira as mãos como se estivesse se eximindo da responsabilidade.

Descemos as escadas que nos levam à sala de embalsamamento, no porão. Ouve-se o zumbido de uma máquina. Sufia está nua, numa mesa igual à que foi utilizada em sua autópsia. A máquina está sugando o que restou de seu sangue. Enquanto isso o embalsamador toma um refrigerante. Parece chocado ao nos ver, como se tivéssemos violado o seu território. Desliga a máquina de sucção.

Em silêncio, nossos olhos se voltam para Sufia. O tormento que sofreu, o estrago feito em seu corpo tanto antes quanto depois de sua morte é tão evidente como se a história tivesse sido escrita. Ainda assim, jamais vi um cadáver que parecesse menos humano, tão desprovido de vida. Não entendo a razão pela qual Abdi insistiu em vê-la.

Hudow sufoca um grito. Abdi a abraça. Ela vira a cabeça e vomita no chão. Ao acabar, levanta-se e tenta resgatar o que resta de sua dignidade. Fala num finlandês capenga.

— Desculpe. Eu limpo.

Jorma cruza os braços.

— Não há necessidade disso.

Abdi olha para mim.

— Agora, em minha presença, na de minha filha e de sua mãe, o senhor pode nos dizer como pretende conduzir a investigação desse assassinato, e como o assassino será punido?

Ele quis externar seu ponto de vista e o fez da maneira correta. Desde que vi a cena do crime pela primeira vez, este caso tem tido uma importância tremenda para mim. Entretanto, agora sinto como se a vida de todos nós dependesse dele. Olho para Sufia, depois para Abdi e Hudow. Ela conserva a cabeça erguida, recuperou a compostura e parece forte e nobre.

O cheiro do vômito misturou-se ao de clorofórmio e é opressivo. Tento não reagir a ele. Dou a Abdi o que ele quer e começo pelo princípio. Digo tudo o que foi feito por Sufia, tudo o que foi feito para encontrar seu assassino e sobre a prisão de Seppo.

Quando termino, Abdi pergunta.

— Como é possível que o senhor não saiba se Sufia foi violentada?

— Conforme lhe disse, e como o senhor pode ver, o dano na região genital foi muito grave.

Abdi se curva sobre o corpo de Sufia para constatar por si mesmo.

— Como espero que o senhor perceba, Sufia passou por um rito de feminilidade quando ainda era criança. Se não tivesse sido violentada, estaria intacta. Está claro que antes de ter sido brutalizada com a garrafa ela não estava intacta. Por favor, não me peça para ser mais explícito na presença de sua mãe. Se ela não está intacta, é porque foi violentada.

Abdi queria a verdade, porém agora estávamos em terreno novo e perigoso. Não consigo encontrar palavras dentro de mim que possam expressar o que sei sobre os relacionamentos sexuais de Sufia. Receio que seja mais do que ele possa suportar.

— Não posso descartar a possibilidade de que Sufia tenha tido uma relação sexual por vontade própria.

Hudow olha para baixo e depois desvia o olhar para além de onde estamos. O embalsamador veio limpar o chão com toalhas de papel.

— Sei que falam coisas sobre filha — diz ela. — Essas coisas não verdade. Nós não vemos filmes, não queremos ver, mas Sufia atriz. Atriz de cinema. Sufia moça direita. Abdi e eu não gostamos dela em filmes, mas temos orgulho do que ela era. Eu orgulhosa dela. Ela foi boa mesmo no meio de gente má.

— Não tenho mais nada a dizer — diz Abdi.

Não posso destruir o que ela acredita ser verdade, e me pergunto se Abdi divide a crença da esposa ou se a cena que estamos representando é, de alguma forma, uma farsa construída com o propósito de conservar viva essa convicção.

— Vou continuar as investigações com todo o critério — digo.

— O senhor está convicto da culpa desse homem? — pergunta Abdi.

Tenho que ter cuidado agora. Não posso lhe dar uma esperança vã ou levantar falsas expectativas.

— Ainda não posso ter certeza absoluta, mas as evidências colhidas até agora apontam nesse sentido.

— Dada sua experiência profissional nesses assuntos, peço que expresse sua opinião em termos percentuais.

Abdi inspira confiança.

— Mais do que noventa por cento.

— Como ele será punido?

— Se for condenado, e se não surgirem circunstâncias atenuantes em sua sentença, é provável que pegue prisão perpétua.

— Circunstâncias atenuantes?

— Incapacidade, isto é, alguma doença mental.

— Se o caso for esse, por quanto tempo ficará preso?

— Pela minha experiência, diria que de cinco a sete anos, na prisão ou em algum manicômio judiciário, onde a cura de sua doença será um pré-requisito para ser posto em liberdade.

Hudow ergue as mãos, vira o rosto para cima. Sobre ela há um teto com uma bateria de lâmpadas fluorescentes, mas ela suplica aos céus. Lamenta-se.

— Olhe meu anjo. Isso não justiça.

Abdi a conforta envolvendo-a com seu braço.

— Calma — diz ele —, seus gritos irão fazê-la sofrer.

Vira-se para mim.

— E se não houver alguma circunstância atenuante, quantos anos esse homem passará na prisão?

— Prisão perpétua significa prisão por toda a vida — digo. — Mas na prática os assassinos costumam ficar de dez a 12 anos, depois dos quais recebem um indulto concedido pelo presidente, e são libertados.

— Olhe para Sufia — diz Abdi. — O senhor acredita que essa pena é suficiente?

Não preciso olhar para ela.

— Não.

— Inspetor Vaara, considere. A punição desse homem parece fraca. A Surah 5:45 do Alcorão diz que: "Vida pela vida, olho por olho, nariz por nariz, orelha por orelha, dente por dente e feridas por feridas iguais." No islã, é permitido que o parente mais próximo faça justiça dessa maneira, mas, neste país, isso não é permitido. Estou sujeito às leis deste país, e por isso o senhor deve agir como meu representante. Coloco a responsabilidade em suas mãos. Agora, por favor, deixem-nos a sós com nossa filha; todos vocês.

Eu saio, com a sensação de que serei punido se Seppo for absolvido, como de certa forma já estou sendo, mas não sei o que fiz para merecer tal punição.

11

Respeito a dor de Abdi, mas um melodrama não irá resolver o assassinato de sua filha. Isso só será possível com a investigação policial. O carro de Seppo está na garagem da delegacia. Eu paro o meu perto dele, pego as câmeras em minha maleta e começo a tirar fotografias.

O BMW é maravilhoso, de cor grafite com detalhes cromados e calotas raiadas. Abro todas as portas, ando à sua volta e procuro coisas em seu interior que possam ser relevantes. Este carro cheira a dinheiro. O interior é de couro, com acabamentos em aço inoxidável preto e madeira. Tem controle automático de climatização e um sistema de som LOGIC7. Para evitar tocar em alguma coisa, uso minha lanterna e um espelho para poder ver por baixo dos bancos. Não encontro qualquer evidência, apenas três alto-falantes. Eles me dão uma ideia.

Este tipo de trabalho me dá confiança, faz com que eu sinta que tenho controle sobre as situações. Uso este tempo para ficar sozinho, para cumprir minha tarefa em paz. Há uns vinte CDs numa prateleira sob o painel, a maioria deles daquela bosta de música tecno. Recolho as impressões digitais da direção e do painel, volto para o meu carro e escolho uma música apropriada, *Kind of Blue*, de Miles Davis. Coloco o CD no LOGIC7. A garagem pulsa ao som do *jazz*.

Divido o interior do carro em quadrantes e percorro cada um, centímetro por centímetro. No banco de trás, encontro pelos púbicos, fibras e pequenas manchas de sêmen. Não encontro sangue, e por isso uso apenas um pouco de Luminol na área em volta do sêmen. Surgem alguns vestígios. Fico mais animado. Tenho tudo o que é preciso, e mais alguma coisa. Talvez agora eu e Seppo possamos ter algo sobre o que falar.

De repente me ocorre que ainda não soube de Kate hoje. Sinto-me culpado e ligo para ela de meu celular.

— Oi, Kari — atende ela.

— Desculpe não ter ligado ainda. Esta investigação está me tomando todo o tempo. Como você está?

— Estou bem. Tinha esperanças de que você me ligasse. Quero lhe pedir desculpa por ontem à noite.

— Desculpa pelo quê?

— Por ter quebrado a mesa.

— Foi um acidente, e, de qualquer forma, não ligo para a mesa.

— Por ter me comportado como uma criança só porque quebrei a perna.

— Meu Deus, Kate, você estava caída numa encosta de montanha, preocupada com o nosso filho, com os nossos filhos, morrendo de dor. Qualquer pessoa se sentiria traumatizada.

— Bem, agora não estou mais. Estou me acostumando com o gesso e as muletas. A Sra. Tervo passou aqui para me ver. Trouxe um almoço de peixe defumado e batatas com molho de creme para mim. Estava delicioso. Obrigado por ter pedido a ajuda dela e por ter trazido a cama para baixo.

— Você precisa de mais alguma coisa?

— É bem difícil me movimentar e ainda sinto dores. Você tinha falado em encontrar alguém para me ajudar.

— Vou cuidar disso hoje à tarde.

— Você é um amor. Escute, você não disse que tinha resolvido o caso?

Não quero complicar as coisas. Não quero falar com Kate sobre minha ex-mulher e a relação dela com Seppo. Ela sabe alguns pequenos detalhes, mas nunca tive uma conversa mais profunda sobre esse assunto. Acho que ela compreende que isso me faz mal e por isso nunca me pressionou.

— Mais tarde eu conto.

— Você parece com pressa.

Tudo o que quero agora é estar com ela.

— É, preciso ir. Voltarei para casa o mais cedo que puder.

— Eu te amo, Kari.

É muito raro que finlandeses digam, entre si, que se amam, assim como também é raro nos chamarmos por nossos nomes a não ser que haja um motivo. As duas coisas juntas se tornam tão íntimas que me emocionam toda vez que ela o faz.

— Eu também te amo, Kate.

Entro na delegacia. Valtteri está com o olhar fixo na tela de seu computador na sala principal. Sento-me na beirada de sua mesa.

— Como estão as coisas?

Ele me olha. As olheiras embaixo de seus olhos estão tão acentuadas que parecem hematomas.

— Está tudo bem. E com você?

— Tudo bem, também. Já vistoriei o BMW. É como uma mina de ouro. Sangue, sêmen e tudo mais.

Ele fica surpreso.

— Ótimo.

— Você falou mais uma vez com Seppo? — pergunto.

— Não. Ele não falou nada quando o interroguei. Achei melhor deixá-lo cozinhando em fogo brando.

— Vou vê-lo agora, para que ele fique sabendo como o caso contra ele está progredindo.

— Quer que eu vá junto?

Imagino que esteja preocupado com o que aconteceu no carro entre mim e Seppo. Ele tem razão.

— Estou bem perto de chegar aos cem por cento de certeza de que foi ele quem matou Sufia. Quando ele fez aquelas ameaças a Kate, imaginei-o cometendo as mesmas atrocidades com minha mulher e perdi a cabeça. Não se preocupe. Não acontecerá de novo.

— Certo — concorda ele.

Penso também que ele receia que eu não consiga separar esse caso do que aconteceu, anos atrás, mas não deseja levantar a questão. Muito menos eu. Ainda assim, deixo uma abertura, caso sinta necessidade disso.

— Você acha que eu deveria desistir do caso?

Ele olha para a mesa e pensa.

— Não, mas há gente que pode pensar de outra forma.

Depois de ter ouvido o que ele disse, mudo de assunto.

— Antes que eu me esqueça, Kate está tendo dificuldades com a perna quebrada e precisa de alguém que a ajude em casa. Buscar coisas, fazer compras, limpeza, essas coisas. Pensei que talvez um de seus filhos pudesse estar interessado em ganhar algum dinheiro extra, o que você acha?

— Meu filho Heikki pode ajudá-la. Ele anda meio chateado ultimamente e isso vai lhe dar o que fazer. Vou ligar para ele e dizer que vá lá esta tarde. Ele ficou chateado por não termos ido à caçada. Um dinheirinho a mais pode animá-lo.

— Fico agradecido. Você sabe se Jussi e Antti terminaram a busca na casa de Seppo?

— Antti ligou há meia hora e disse que haviam terminado. Pegaram muitas coisas para serem analisadas, mas nada específico.

— Então preciso liberar a casa para Heli. Ligue para ela e diga-lhe que pode passar aqui para pegar as chaves.

Ficamos ali sentados durante alguns minutos. Valtteri está pensativo.

— Você, Heli, Seppo, este caso — diz ele. — Você não deve desistir. Não importa o que tenha acontecido. Este é o desejo de Deus. É como tem que ser.

Deixo Valtteri, que ainda parece envolto em sua reflexão, e penso, que mesmo vindo dele, parece estranho que tenha dito o que disse.

*

As celas da carceragem ficam no porão. O momento é apropriado. Enquanto desço a escada, ouço Seppo gritando.

— Ei! Ei! Alguém me tire daqui!

Três horas e ele já entrou em pânico. A porta da cela é de aço. Abro o postigo de observação e olho para dentro. Ele está com o rosto colado nele, pelo lado de dentro.

— Precisa de ajuda? — pergunto.

— Por favor, deixe-me sair. Não aguento mais ficar aqui.

— Coloque suas mãos através da abertura.

Ele parece temer que eu as corte fora, mas me obedece. Coloco algemas em suas mãos.

— Agora afaste-se da porta.

Destranco a porta e entro. Ele quase cai ao andar para trás tentando se afastar de mim. Não está mais com o terno mijado, nem com o ar insolente de antes. Está vestindo calças jeans e uma camiseta, ambas grandes para ele.

— Onde arranjou essas roupas? — pergunto.

— Foi o sargento quem me deu. Pensei que fosse me dar um macacão alaranjado de prisioneiro ou coisa parecida.

— Você anda vendo filmes americanos demais.

A caridade cristã de Valtteri atende até os criminosos patológicos. Essas roupas são dele. A camiseta está enfiada para dentro da calça e acentua a barriga de cerveja de Seppo. Seu rosto está vermelho devido ao rompimento de vasos capilares. É preciso anos de muita bebida para alguém adquirir essa aparência. Eu posso levantar 110 quilos. Seppo não parece poder levantar nem uma garrafa de vodca.

— Quer fumar? — pergunto.

— Você vai me machucar?

Eu me sento numa banqueta de metal presa na parede e sacudo um cigarro para fora do maço e lhe ofereço.

— Não — respondo.

Ele estica a mão para pegar o cigarro. Está trêmula. Tento acendê-lo para ele, mas está tremendo tanto que tenho que segurá-lo pelas algemas para que pare quieto um minuto. Ele dá uma tragada e tosse.

A cela tem uns 5 metros por 7. Os ocupantes anteriores rabiscaram nomes e datas nas paredes de concreto.

— Ambiente bem ruim esse aqui, comparado com sua mansão de inverno — digo.

Ele traga o cigarro como se fosse o último.

— Vamos falar sobre Sufia.

Ele tosse outra vez.

— Não conheço nenhuma Sufia.

— Sufia Elmi, assassinada há 49 horas num campo nevado. Você estava tendo um caso com ela. Se alguém pretende assassinar uma pessoa não deve deixar documentos que possam servir de pista. Você dava dinheiro a ela e pagava seu aluguel.

— Eu não a matei.

— Gastei duas horas para colher evidências em seu BMW. Encontrei sangue, cabelo e sêmen. Vai querer me dizer que essas coisas não ligam você a Sufia?

Ele aperta os lábios como se estivesse se decidindo a respeito de alguma coisa.

— Posso usar de toda a franqueza sem que você me machuque?

— Se deseja sair daqui, esta é a melhor coisa que pode fazer para si mesmo.

— Eu não matei ninguém, e acho que você sabe disso.

— Para mim você tem 99 por cento de chances de tê-la matado.

— Houve um assassinato, e você achou um jeito de me ligar a ele. Depois de todo este tempo, você ainda pensa em se vingar de mim por causa de meu caso com Heli.

— Isso não é verdade.

Ele começa a chorar.

— Não posso apenas pedir desculpas? Sinto muito, de verdade, que Heli e eu o tenhamos magoado. Eu não o conhecia. Tudo o que sabia era que eu a amava.

Essa parte soa falsa. As pessoas têm casos a toda hora e tenho minhas dúvidas de que ele se importasse com quem sairia magoado. Seppo é um saco de merda. Ele está suplicando, soltando qualquer coisa no desespero de que possa sair dessa encrenca.

Ele funga.

— E desculpe pelo que disse sobre sua mulher. O que eu queria mesmo era parecer forte diante de você.

— As histórias do passado não têm nada a ver com essa investigação de assassinato.

— Sei que o que Heli fez com você foi terrível. Eu não a obriguei a nada. Disse apenas que decidisse com quem queria ficar.

— Vamos adiantar o tempo 13 anos para frente e falar do assassinato de Sufia.

Ele enxuga as lágrimas.

— Não sei de nada sobre ele, e não acho que deva falar sobre isso sem estar na presença de um advogado.

— Você quer sair daqui? Vamos lá em cima e lhe mostrarei algo que pode fazer com que mude de ideia.

Subimos para a sala principal. Ela está vazia. Dou a ele meu maço de cigarros e meu isqueiro.

— Pode ficar com eles. Sente-se.

Ele se senta e fuma. Eu diminuo as luzes e inicio a sequência de slides do PowerPoint com as cenas do local do crime. Ele observa Sufia e eu o observo. Ele treme e soluça um pouco. Depois de alguns minutos está chorando copiosamente feito criança. Por fim se controla, balança o corpo para frente e para trás e resmunga:

— Não, não. — Vezes seguidas.

Acho que vai confessar agora. Congelo a imagem do projetor num *close* do rosto desfigurado de Sufia.

— Por favor, acuse-me — diz ele —, e assim eu posso chamar um advogado.

— Ainda não — respondo. — Só depois que o resultado do exame de DNA vier do laboratório.

— Quero voltar para minha cela, agora.

Antes, ele queria sair da cela. Suponho que não gostou de ter provado este pouco de liberdade. Levo-o de volta para baixo.

— Obrigado pelos cigarros — diz ele.

Bato a porta de aço e o barulho ecoa pelo corredor.

— Não há de quê — digo.

12

Volto para a minha sala, escrevo um sumário detalhado dos acontecimentos e o mando por e-mail para o comandante da polícia nacional. Uma fotocópia do caderno de endereços de Sufia está em cima de minha mesa, dentro de um saco plástico. Depois de um café e um cigarro, volto a folheá-lo. Reconheço mais nomes que costumam enfeitar os tabloides de fofocas. Sufia devia gostar de ter pessoas famosas ao seu redor.

Começo a ligar para alguns números. Apresento-me e digo que tenho umas perguntas a fazer a respeito de Sufia Elmi. A mídia levantou as informações sobre o assassinato por meio do banco de dados nacional sobre crimes e a notícia já começou a circular. As pessoas estão chocadas. As entrevistas são todas iguais. Todo mundo conhecia Sufia superficialmente. Os homens dizem que saíam com ela, uma vez ou outra, e que foi sempre bom. As mulheres dizem que passavam algum tempo ao lado dela nas boates, que dançavam e se divertiam.

Valtteri chega.

— Liguei para Heli — diz ele. — Ela não deseja vê-lo e me perguntou se eu poderia levar as chaves.

— Diga a ela que não. O carro de Seppo faz parte da cena do crime e ela o usou. Tenho que conversar com ela.

— Ela não vai vir.

— Então prenda-a e a traga para cá.

— Você está falando sério?

— Estou.

Ele me entrega uma revista.

— Achei que devia ver isso. — E vai embora.

A capa da revista *Alibi* estampa uma manchete em letras garrafais: "ASSASSINATO! DEUSA DO SEXO SOMALI MORTA NUM CAMPO NEVADO!" Ao abrir a revista levo um choque. Duas fotos, lado a lado, ocupam cada uma um quarto da página. Uma delas é uma imagem de seu último filme, uma amostra de sua beleza. A outra é uma foto do cadáver na mesa do necrotério dentro do saco com o zíper aberto. Ela está nua e desfigurada, mais uma vez violentada. Na parte de baixo da página há outras fotos menores, porém não menos terríveis.

Jaakko escreveu um artigo no qual se refere a Sufia Elmi como a Dália Negra da Finlândia. Descreveu o homicídio como sendo tanto de natureza racial quanto sexual e trouxe à tona um célebre assassinato ocorrido há tempos em Hollywood. Faço conjecturas e me pergunto se a morte de Sufia também não irá se tornar célebre, se ela virá a ser sempre lembrada como a Dália Negra da Finlândia. Isso tudo é perturbador. É como se a tragédia de sua morte tivesse sido esquecida antes mesmo de ser reconhecida, e transformada num acontecimento trivial para favorecer o brilho de um tabloide com uma descrição fantasiosa terrível do assassinato de uma celebridade.

Não quero saber dos detalhes revelados. O desgraçado do assistente do necrotério deve ter vendido as imagens para Jaakko. Vou indiciá-lo por obstrução do trabalho da justiça.

Meu celular toca — é o pai de Sufia. Ambos devemos ter visto, ao mesmo tempo, as fotos dela no necrotério. Eu atendo.

— Vaara.

— Inspetor, aqui é Abdi Barre. Minha mulher está aos prantos. O senhor imagina qual o motivo?

Posso imaginar.

— As fotos.

— Uma amiga ligou e contou à minha mulher sobre as fotografias revoltantes de minha filha assassinada que foram publicadas naquela revista imunda. Ela foi a uma banca e comprou um exemplar. Está arrasada e humilhada.

— Vou processar quem vendeu as fotografias para a revista.

— O senhor negligenciou a proteção à minha filha.

Tenho pena dele, mas já estou cansado de segurar a merda que ele me atira.

— O senhor não pode esperar que eu seja responsável pela segurança de uma repartição pública sobre a qual não tenho qualquer poder.

— Eu o considero responsável por tudo o que diz respeito à minha filha.

Mais uma vez ele está me tratando como se eu estivesse sendo julgado pelo assassinato de Sufia. Não sei por que faz isso e nem acho justo.

— Sinto muito pela dor que as fotos causaram ao senhor e à sua esposa. Vou hoje mesmo tomar as providências que estiverem ao meu alcance. Mas não poderei fazer nada além disso.

— Inspetor Vaara, o Alcorão nos diz que "quando o céu se abre em duas partes, quando os túmulos são profanados, cada alma deve saber o que foi feito e o que deixou de ser feito". Tanto para mim quanto para minha esposa, o céu se abriu em duas partes. Não deixe de fazer o que é seu dever.

Ele desliga. Sinto como se ele tivesse me dado um soco na cabeça.

Antes de me recuperar das acusações de Abdi, Valtteri bate em minha porta e entra.

— Antti e Jussi voltaram — ele me entrega as chaves da casa de Seppo —, e Heli está aqui.

Ele sai da sala e ela entra.

Sem contar a manhã de hoje, não nos falamos desde que ela me deixou há muitos anos. Não esperava que isso pudesse acontecer, mas estar com ela ali sozinho na mesma sala faz minha pulsação acelerar. Acendo um cigarro e tento esconder meu embaraço.

— Obrigado por ter vindo — digo. — Sente-se.

Ela tira o casaco de pele de chinchila e o gorro combinando.

— Você não me deu outra escolha.

Coloca as mãos na cintura e olha ao redor, como se procurasse o que criticar. Se essa era a sua intenção, não encontra nada do que falar mal. Tenho uma linda mesa de carvalho envernizada, belos quadros nas paredes e um tapete persa no chão. Comprei-os com meu dinheiro. Uma de minhas teorias sobre a vida é que a felicidade deriva, em parte, de um ambiente agradável.

Ela vem até minha mesa e pega uma fotografia de Kate.

— Bonita — diz.

Parece rancorosa e se senta à minha frente.

— Deseja alguma coisa? — pergunto. — Café, um refrigerante, água?

— Você por acaso é uma aeromoça? Já disse antes, você se meteu num monte de problema só para me ver. Se quisesse me encontrar para tomarmos um café juntos teria sido mais adequado me convidar.

O tempo lhe deu uma aparência de fruta seca. Vejo esse mesmo efeito nas turistas ricas. Quarentona e tentando desesperadamente deter o processo de envelhecimento à custa de excesso de exercícios, dietas de fome, tratamentos, cremes caros e maquiagem. Quase nunca funciona, e não funcionou no caso de Heli. Ela parece mais velha do que a idade que tem, e mais amarga. Não consigo relacionar a mulher que está à minha frente com a jovem pela qual me apaixonei.

— Vamos direto aos fatos — digo. — Seu marido assassinou uma jovem com a qual estava tendo um caso.

Ela cruza as pernas, dobra os braços sobre o jeans de marca e parece se divertir.

— Sim, vamos direto aos fatos. Meu ex-marido, depois de 13 anos de separação, quis fazer uma desforra e armou um caso fajuto para se vingar.

Tento não dar atenção à teoria de vingança dos dois.

— Com o seu ego, deve ser difícil de acreditar, mas há anos que raramente penso em você. — Aponto para a fotografia de Kate.

— Tenho uma vida ótima. Não vale a pena estragar tudo isso por sua causa.

Ela dá um sorriso forçado.

— Você tem razão, mas não acredito que não pense em mim. Quando eu for aos jornais e contar toda a história que existe por trás dessa sua investigação sobre Seppo, duvido que as pessoas continuem a acreditar nessa farsa. Eu fiz uma escolha, e foi para melhor. Você devia reconhecer isso agora.

Estou sendo arrastado para uma discussão que não quero ter, mas parece que não consigo evitar.

— O que você fez foi cruel. Eu não merecia.

— Merecer — diz ela. — Ninguém tem o que merece. Se todo mundo tivesse o que merece, morreria queimado no fogo do inferno. Todo mundo é culpado nessa merda.

— Praticamente uma filósofa.

— Apenas admita que você me odeia pelo que fiz.

Eu me pergunto se isso é verdade.

— Eu não odeio você. E quer saber o que penso? Vou dizer: Não penso mais no que você me fez, mas quando ainda pensava, me lembrava de quando ainda tínhamos 15 anos. Era verão e você estava na casa da minha família e eu fazia alguma coisa do lado de fora. Ouvi você gritar sem parar. Achei que tinha se machucado. Corri para dentro e você estava com um pardal nas mãos. Ele entrara voando dentro de casa e ficou preso num papel pega-moscas que estava na cozinha. Ele se debatia e tentava escapar. Com isso perdeu quase todas as suas penas. Quando cheguei dentro de casa, você o entregou na minha mão. "Ajude, ajude o passarinho", foi o que você disse. E sempre me intrigou o fato de você ter tido tanta pena assim daquele bichinho, e tão pouca de mim.

Ficamos em silêncio e nosso olhar se cruzou. Passaram-se uns bons três minutos. Senti uma velha dor que queria renascer e tentei contê-la. Não tinha ideia do que Heli estava pensando. Ela descruzou as pernas, cruzou-as outra vez, ajeitou uma dobra invisível na calça.

— Eu também já pensei nisso, mas não sei por que agi daquele modo.

Fico esperando.

— Não me lembro. O que você fez com o passarinho? — pergunta ela.

Que memória péssima. Fico surpreso que não se lembre. Ela me seguiu até fora da casa e me viu matá-lo.

— Eu o levei para o jardim da frente e o esmaguei com o pé para acabar com seu sofrimento.

Mais um minuto se passa.

— Vou querer aquela água agora.

Sirvo-a de um jarro que está num aparador e lhe entrego o copo.

— Diga-me o que quer saber — fala ela.

— Você sabia que Seppo estava tendo um caso com Sufia Elmi?

— Não.

— Nem desconfiava?

Ela suspira.

— Seppo tem casos esporádicos. Eu os ignoro. É sempre fogo de palha.

— Isso não a incomoda?

— Não é da sua conta.

Ela tem razão. Devo manter as perguntas concentradas em Seppo. Sei que ele tem dinheiro de herança e que, por causa disso, costuma fazer parte das diretorias de várias instituições, mas parece que deixou de ser alvo do interesse da mídia. Não sei o que anda fazendo atualmente.

— Seppo faz algum tipo de trabalho, tem alguma ocupação?

Ela sacode a cabeça.

— Não mais. Ele é rico, não precisa fazer nada.

— Alguma vez Seppo foi violento com você?

— Seppo é incapaz de qualquer violência. A visão de sangue o faz passar mal. Se corta o rosto fazendo a barba, ele chora.

Esse é o homem por quem ela me trocou. Impressionante.

— Ele bebe muito?

— Sim, bebe.

— Ele mostra algum comportamento psicótico quando está bêbado?

Ela faz uma cara de tédio.

— Ele ri e fica meigo.

— O assassinato ocorreu anteontem, perto das duas horas da tarde. Há indícios de que seu BMW foi usado no sequestro de Sufia Elmi. Ela pode ter sido violentada no banco de trás. Você sabe onde Seppo e o carro estavam naquela hora?

— Não, eu estive na igreja a tarde toda.

— Na igreja?

— É por isso que estou em Kittilä, para redescobrir minhas raízes religiosas.

Tento esconder minha surpresa. A oposição de Heli em relação à religião costumava ser extrema. Isso foi há muito tempo. Tento lembrar a mim mesmo que já não a conheço mais.

— O que o faz pensar que ela foi violentada em nosso carro?

— Sangue e sêmen.

Ela me olha como se eu fosse um idiota.

— Você já parou para pensar que talvez ele tenha transado com ela por que era isso o que ela queria?

— Já, mas obrigado pela informação.

Ela se levanta.

— Estou indo embora. Posso levar as chaves de minha casa?

Eu as jogo para ela.

— E quanto ao carro?

Talvez eu ainda queira voltar para a garagem e ouvir um pouco de Miles Davis.

— No tempo devido.

— Meu conselho para você — diz ela — é que solte Seppo antes que as coisas fiquem piores para o seu lado. Boa sorte em sua caçada e com a mídia. Logo serei entrevistada. Nosso advogado irá procurá-lo. Vou cuidar para que Seppo o processe por forjar um caso contra ele.

— É um direito seu.

— Adeus, Kari.

Ela vai embora e fecha a porta devagar com um suave clique.

13

Não quero vê-la outra vez e sendo assim dou alguns minutos a Heli para que saia do prédio. Só depois volto para a sala principal. Antti e Jussi estão sentados ao lado de Esko, o legista. Espalhados sobre duas mesas, vejo alguns sacos plásticos com os objetos que foram recolhidos da casa de Seppo.

— Preciso conversar com você — diz Esko.

— Já vi a última edição de *Alibi*. Sim, precisamos mesmo conversar.

— Em particular.

— Espere um minuto. — Dou uma olhada nas possíveis evidências. São muitas. — Há alguma coisa interessante aqui? — pergunto.

— Talvez — diz Jussi. — Encontramos dois pares de botas que podem ter sido usadas por ele e um monte de roupas. Achamos que todas devem ser mandadas para o laboratório.

— Certo.

— Pegamos também um martelo, duas *puukko* e algumas facas da cozinha.

Pego o saco com o par de *puukko*, facas finlandesas de caça. São menos curvas que a faca usada para descarnar e matar Sufia, e por isso não dou maior importância a elas, e, além disso, quase toda casa neste país tem pelo menos duas delas em algum lugar. Estatisticamente, são as armas assassinas nacionais mais populares em assassinatos. Por duas vezes investiguei crimes em que um grupo de homens se embebedou tanto que desmaiou. Ao acordarem se deram conta que um deles havia morrido com uma faca enfiada no peito. Todos tinham suas impressões digitais na faca, mas ninguém se lembrava do que tinha acontecido. Nenhum dos casos terminou em condenação.

Antti apontou para o computador de Seppo.

— Seppo gosta de pornografia.

Se ver pornografia fosse crime, a maioria dos homens deste país estaria na cadeia.

— Que tipo de pornografia?

— Não vi tudo o que há no computador — diz Antti —, mas pelo que vi não há nada violento.

— Alguma coisa com jovens tailandesas? — pergunto.

Antti fica vermelho.

— E encontramos isso. — Jussi pega um saco com três garrafas de meio litro de Lapin Kulta. — Estavam na geladeira. Achamos que devíamos verificar se são do mesmo lote da que foi usada, sabe, na vagina dela.

— Não me surpreenderia. — Dou uma olhada ao meu redor. — Onde está Valtteri?

— Ele disse que tinha que ir para casa — diz Antti.

Olho para o relógio. São 18h15.

— Talvez vocês também devessem ir para casa. Essas coisas precisam ser mandadas para o laboratório. Um dos dois pode levá-las ao aeroporto e despachá-las para Helsinque no próximo voo?

— Eu posso — diz Antti.

— A propósito, revistei o carro e recolhi algumas coisas para a perícia. Acho que esse caso vai ser desvendado logo.

— Será que vou poder sair de férias? — pergunta Antti meio envergonhado.

— As chances são boas. Vamos ver o que vai acontecer amanhã.

— Podemos conversar agora? — pergunta Esko.

Conduzo-o para a minha sala.

— Sobre o crime de obstrução de uma investigação, imagino. — Fecho a porta e nos sentamos. Jogo a revista para ele. — Aquele babaca do seu assistente — digo.

— Não sei o que dizer, mas...

— Mas, coisa nenhuma. Essas fotos são irresponsáveis e desrespeitosas. Foram revelados detalhes que podem atrapalhar as investigações. Vou indiciá-lo.

— Não se pode garantir que tenha sido Tuomas. Temos vários empregados, o pessoal do setor da limpeza, pode ter sido qualquer um entre uma dúzia deles.

— Que droga, você sabe muito bem que foi o assistente.

— Dá para esquecer a porra desse assistente, por favor!

Nunca ouvi Esko gritar dessa maneira antes. Ele faz com que me calasse.

— Não estou aqui para falar disso — diz ele. — Recebi o resultado dos exames de DNA do material colhido no local do crime e na autópsia.

Sinto-me como um idiota e acendo um cigarro.

— E o que dizem?

— Posso pegar um cigarro?

Até onde eu sei, Esko não fuma. Entrego o maço para ele que acende um, dá duas tragadas e tenta colocar os pensamentos em ordem.

— Os exames apontam resíduos de sêmen dentro e em volta da boca dela. O teste de DNA indica que são de duas fontes distintas.

Sinto meu estômago embrulhado e percebo isso como uma indicação de que o caso está indo na direção errada.

— Como você interpreta isso?

— Ela deve ter feito sexo oral em dois homens diferentes no dia de seu assassinato.

— Então, está dizendo que Seppo tinha um cúmplice?

— Não posso dizer que Seppo esteja envolvido em tudo isso. Não tenho amostras do DNA dele para comparar.

— Não posso forçá-lo a fornecer material para um exame de DNA enquanto não indiciá-lo. É possível conseguir uma amostra no material encontrado em sua casa. Amanhã a análise dessas coisas voltará do laboratório.

— Mas tem mais.

Aperto os olhos com as pontas dos dedos para controlar a tensão.

— O quê?

— Há um terceiro DNA no material do local do crime. Você se lembra da amostra que me pediu para colher do rosto dela?

Aceno que sim.

— São lágrimas.

— Tem certeza?

— Claro que tenho certeza.

— Não sabia que as lágrimas continham DNA.

— Mas contêm.

— Se eu cuspir a uma temperatura de uns quarenta graus negativos, o cuspe congela antes de cair no chão. Por que então as lágrimas não congelaram antes de cair no rosto dela?

— Foi o que eu pesquisei. Lágrimas na verdade são uma solução salina e congelam a uma temperatura mais baixa que a água. Elas possuem de dez a 12 vezes menos sal que a água do mar, dependendo, curiosamente, da causa pela qual foram derramadas. Nesse caso havia sal suficiente para mantê-las líquidas enquanto caíam até encontrar o rosto de Sufia. Elas respingaram a pele e então, no mesmo instante, congelaram. A menor temperatura possível em que uma solução salina se mantém líquida é 21,1 graus negativos. Naquele dia estava menos quarenta, e por isso o sal da água se cristalizou. Foi por esse motivo que você conseguiu vê-lo. A luz de sua lanterna fez os cristais brilharem.

— Você está de brincadeira? — Não sei o que dizer.

— Mas a notícia importante não é essa. As lágrimas não pertencem a nenhum dos homens em quem ela fez sexo oral.

Seguro minha cabeça com as mãos.

— Não pode ser.

Ele amassa o cigarro.

— É verdade.

Tento me empertigar na cadeira, me recompor, acendo outro cigarro no que acabei de fumar.

— Ela fez sexo oral em dois homens que podem tê-la matado, ou não, juntos ou separados. Então surge uma terceira pessoa que presumo seja um homem, certo?

— Sim, é um homem.

— Um terceiro homem chora sobre o rosto dela durante o assassinato ou talvez depois dele.

— Correto. E há mais uma coisa.

Isto tomou uma complexidade tão estranha que chego a rir.

— Não é possível.

— Um dos homens nos quais ela fez sexo oral foi identificado no banco de dados dos agressores sexuais. Eu reconheci o nome. Trata-se de Peter Eklund. O pai dele é um dos homens mais ricos da Finlândia. É banqueiro.

Sei quem é esse Peter, mas não sabia que estava fichado como agressor sexual. Ele mora em Helsinque, e por isso não há motivo para que eu soubesse disso. Tem 23 anos e já está se matando de tanto beber. Foi preso diversas vezes e colocado na cela dos bêbados. Eu mesmo o multei em algumas ocasiões por excesso de velocidade. Ele tem um BMW.

— O que você vai fazer? — pergunta Esko.

Minha vontade é de dar um berro para me livrar da frustração. Este caso, que eu achava estar terminando, agora parece apenas no começo. Aconteceram muitas coisas hoje. Se eu encontrar Eklund, vou interrogá-lo esta noite. Posso ter feito a escolha errada.

— Vou para casa.

14

Kate está na cama vendo tevê. Deito-me ao seu lado e dou uma batidinha em sua barriga.

— Como vão você e as crianças?

Ela se vira e me beija.

— Estamos ótimos. Aquele menino, Heikki, veio aqui hoje.

— E foi de alguma ajuda?

— Não exatamente. Ele não fala inglês. Não ensinam inglês na escola?

— Ensinam, mas sabe como são os finlandeses. Se não são perfeitos numa coisa, preferem não fazê-la. Ele é só tímido.

Ela fez cara de quem provou e não gostou.

— Não, ele não é tímido, ele é sinistro. O jeito como me olhou me deu arrepios.

Tive que rir:

— É essa religião. Acho que eles são mais ou menos como os pentecostais nos Estados Unidos.

Ela arregalou os olhos.

— Quer dizer que eles falam um dialeto próprio?

— Acho que hoje em dia já não fazem mais isso, pelo menos não com a mesma frequência, mas já foi bem comum. Mas eles também acreditam que trazem o Espírito Santo dentro de si e seguem as mesmas regras rigorosas de vestimenta e comportamento. As mulheres têm uma aparência simples, tendem a ser muito discretas. Não podem usar maquiagem. É provável que o garoto jamais tenha ficado sozinho num mesmo ambiente com uma mulher tão bonita quanto você.

— Eu disse a ele que não precisava de nada hoje, e que preferia que não voltasse mais.

Não sei como vou explicar isso a Valtteri.

— Se ele tentar falar inglês, você lhe dá outra chance?

Ela parece cética.

— Se ele se acostumar com a sua presença, vai parar de encarar você.

— Está bem. Vou tentar. Mas se ele me der calafrios mais uma vez, não vou querer que volte nunca mais.

— Combinado. E você poderia tentar falar finlandês com ele. Se vocês dois praticarem um a língua do outro, talvez ele se sinta melhor.

— Achei que a ideia era ele me fazer me sentir melhor.

— É claro que é, mas você está com tempo sobrando agora. Talvez pudesse estudar finlandês com ele. Conseguir se expressar melhor vai melhorar sua vida aqui em todos os sentidos.

— Kari, eu estou tentando. Mas finlandês é muito difícil. Mesmo as coisas mais simples são difíceis, porque nós não temos a mesma combinação de sons em inglês. Parece que você precisa enrolar a língua em todas as frases. Por exemplo, boa noite é *Hyvää yötä*. Entende o que eu estou dizendo? Pareço uma idiota.

— Você não parece nem um pouco idiota, só um pouco diferente, porque a sua pronúncia é suave demais. Quanto mais praticar, mais natural irá soar.

Estou sendo gentil. Por melhor e mais correto que um estrangeiro fale finlandês, para mim as palavras sempre soam erradas. Ainda assim, aprender finlandês fará com que o dia a dia dela se torne mais prático e mais confortável.

— É como tentar aprender a falar chinês — diz ela. — Só que com caracteres romanos.

— Mas as pessoas também aprendem a falar chinês.

Ela parece se irritar e muda de assunto.

— Como vai o caso?

Nem sei por onde começar, então solto meio sem pensar:

— Você lembra que lhe falei que minha ex-mulher me deixou por outro homem? Pois é, ele é o suspeito.

Ela ergue o corpo e fica quase sentada, ereta, na cama. Olha para mim.

— Você só pode estar de brincadeira.

— Gostaria de estar. Facilitaria muito a minha vida.

— Tem certeza que foi ele?

— Tinha, até uma hora atrás.

Ela volta a se reclinar nos travesseiros que servem para acomodar suas costas. Conto a maior parte da história, falo sobre o BMW e a pista do dinheiro que liga Seppo a Sufia.

— Uau! — exclama ela. — Que carma.

— Valtteri diz que é um desígnio de Deus.

Ela sorri.

— Você nunca irá saber.

— Tenho que lhe dizer mais umas coisas que, com certeza, logo serão publicadas. Mas prefiro que você saiba por mim.

Ela arregala os olhos.

Conto como Seppo a ameaçou durante a viagem até a delegacia, como eu saí da estrada, parei o carro, coloquei uma arma contra a cabeça dele e gritei em seu ouvido para assustá-lo e isso fez com que ele se urinasse todo e desmaiasse.

Ela sacode a cabeça sem acreditar.

— Não consigo imaginar você fazendo isso.

— Você não viu a jovem assassinada. Fiz uma imagem mental de você sendo morta do mesmo modo que ela e perdi a cabeça.

Ela coloca o braço em volta de mim.

— As emoções nos surpreendem. Talvez dessa situação não se possa tirar nada aproveitável.

Conto sobre minha conversa com Heli.

— Ela diz que eles vão me processar. Se nosso passado for levantado no tribunal, pode parecer que a investigação não foi imparcial, e eles podem ganhar a causa.

— Ela tem alguma base legal para processá-lo? Você não tem que interrogar as pessoas e verificar seus álibis antes de prendê-las?

— Não. Quando se trata de um crime tão violento como esse, fica a critério da autoridade policial que efetua a prisão. Além disso, apenas cumpri instruções de um superior.

— Inacreditável. Depois de tanto tempo ela vai tentar magoá-lo de novo.

— É por causa da forma como ela me magoou um dia que eles podem ganhar. Muita gente vai pensar que é um bom motivo de vingança.

Ela passa a mão pelos meus cabelos.

— Quer falar sobre isso?

— Querer, não quero. Mas vou falar assim mesmo. Depois que levei o tiro, fiquei no hospital quase uma semana. Ela não me visitou nem respondeu aos meus telefonemas. Quando voltei para casa, as coisas dela tinham sumido. Um bilhete na mesa da cozinha dizia que não ia mais voltar.

— Você já me contou isso antes.

— Acho que era só o que eu estava pronto para contar na época.

— Nos Estados Unidos, sair com alguém é como ir a um confessionário. Se as pessoas não têm traumas, elas inventam para que o outro não pense que são superficiais. Saí uma vez com um cara que me contou no primeiro encontro que quando era criança sua mãe tinha tanta obsessão por limpeza que lambia o chão. E eu fiquei sentada lá, pensando, se o sujeito estava disposto a contar uma coisa dessas para um estranho, imagine o tipo de coisa que ele devia esconder? É como se as pessoas pensassem que é preciso confiar um segredo a você para que você acredite nelas. Sempre gostei de gente que acredita em sua privacidade, tanto quanto eu acredito na minha. Admiro este jeito de ser.

— Kate, eu tinha acabado de matar um homem. Estava achando que ia ficar aleijado. Não conseguia entrar em contato com a minha mulher e estava ficando louco de preocupação. Aí eu volto para casa e descubro que ela me deixou.

— E o que você fez?

— Ela fez um registro de mudança de endereço para a sua correspondência. Foi assim que descobri que estava vivendo com Seppo. Como ela não queria falar comigo, liguei para ele. Foi na melhor das intenções, ainda estava preocupado com ela. Contei que Heli tinha um monte de problemas, que eu era seu marido e que ele a mandasse de volta para casa.

— Que tipo de problemas?

— Distúrbios alimentares. Problemas de autoconfiança. Depressão. Eu a conhecia desde o jardim de infância, e ela sempre foi emocionalmente instável.

— Você era o marido ou era a pessoa que cuidava dela?

Isso soou rude, mas entendo o seu raciocínio.

— Comecei a namorar Heli quando tínhamos 13 anos. Ficamos juntos durante 14 anos, dos quais sete casados. Eu era as duas coisas.

Descanso a cabeça no peito de Kate enquanto sou enlaçado por um dos seus braços.

— Seppo me disse que ela não estava mais sob minha responsabilidade dali em diante, e que eu me esquecesse de Heli. Respondi que queria me encontrar com ele para conversarmos. Ele falou que não via propósito nisso. Eu estava tão inconsolável e irritado que respondi que iria atrás dele, que o encontraria e que o mataria com uma facada no coração. Ele desligou o telefone e eu nunca mais falei com ele, até dois dias atrás quando fechei as algemas em torno de seus pulsos.

Ela afagou meu rosto.

— Mas você não o machucou. Não fez nada errado.

— Fiquei tão deprimido que senti vontade de me matar. Acordava de repente e pensava: "É hoje que vou matá-lo." No entanto, era como se aquilo fosse minha única razão de viver. Uma vez que o matasse, não me restaria mais nada. O tempo foi passando, eu não fiz nada, até que chegou um dia em que eu simplesmente não tinha mais vontade de fazer aquilo.

Ela me dá um beijo no alto da cabeça.

— Essa é a melhor parte da história. Se você o tivesse matado, estaria agora numa prisão e nós nunca teríamos nos encontrado.

— Eu tive sorte. Quando matamos alguém no cumprimento do dever, temos que fazer terapia. Nela falei mais sobre o divórcio do que sobre o tiroteio. E me ajudou muito.

— Por que você não quis matá-la?

Boa pergunta.

— Porque a amava. Eu precisava colocar a culpa em alguém. — Rri um pouco do ridículo da resposta.

— Por que acha que ela o deixou? — pergunta ela, com medo de ser indiscreta demais, no entanto, entendo sua curiosidade.

— Eu me culpei durante muito tempo enquanto me perguntava o que eu tinha feito ou deixado de fazer. Talvez a falha tenha sido minha, em parte. Ela tinha suas amigas da escola de música e eu tinha meus companheiros da polícia. Nós já não passávamos muito tempo juntos nem tínhamos mais muitas coisas em comum. Tomamos rumos diferentes durante os últimos dois anos em que estivemos juntos. Eu não percebi isso e deixei que acontecesse. Ainda assim, depois de algum tempo percebi que a partida dela pouco tinha a ver comigo. Ela me abandonou porque eu não tinha mais nada para oferecer.

— Como assim?

— Durante a escola secundária fui um bom jogador de hóquei e ela estudava piano. Heli era uma sonhadora. Achava que eu seria uma celebridade no esporte e ela uma pianista famosa. Eu quebrei o joelho e não pude mais jogar, então decidi que queria ser repórter fotográfico. Ao terminar a escola secundária, e aqui na Finlândia isso acontece aos 19 anos, eu tinha que cumprir o serviço militar obrigatório de 11 meses. Pouco antes disso, Heli me contou que estava grávida e nós nos casamos. Voltei para casa de licença e ela disse que perdera o bebê.

— E ela estava realmente grávida?

Há coisas que não contei para Kate. Eu traí Heli, umas poucas vezes, quando éramos adolescentes. Acho que ela sabia, mas nunca falamos sobre isso. Meus irmãos me contaram que havia boatos de que Heli também me traíra. Se estava grávida, não tenho certeza de que o filho fosse meu. Heli e eu também nunca conversamos sobre isso.

— Talvez estivesse. Mas tenho minhas dúvidas. Heli foi aceita na Academia de Música Sibelius, em Helsinque, e assim combinamos que depois que saísse das forças armadas eu iria trabalhar enquanto ela estudava, e depois nós faríamos o inverso. No exército eu servia na polícia militar. Em seguida, fiz o que me pareceu natural e entrei para a polícia civil. Heli foi estudar. Seis anos mais tarde ela terminou o mestrado. Naquela época, Seppo fazia parte da diretoria da Ópera Nacional Finlandesa. Mais tarde, conversando com suas amigas, foi que entendi que o caso tinha começado uma semana ou duas depois da formatura, quando eu estava pronto para começar meu curso superior. Imagino que ela tenha concluído que o relacionamento com Seppo seria melhor para sua carreira do que me sustentar enquanto eu estudava. Heli é do tipo que só recebe e não dá nada em troca. Não faz nada pelos outros.

— E você levou 13 anos para perceber isso?

— Eu era jovem e idiota, e o amor deixa qualquer um cego.

— É difícil acreditar que ela tenha sido tão insensível assim.

— Demorou bastante tempo para que eu próprio acreditasse. Tem vezes que só passamos a conhecer as pessoas de verdade depois que se foram.

Ela acaricia meu cabelo de novo.

— Você sabe que eu jamais faria uma coisa dessas com você.

Acho que foi medo o que me fez demorar tanto tempo até encarar um novo relacionamento sério, mas hoje já não sinto mais isso.

— Eu sei...

É um assunto difícil. Faço uma pausa, procurando as palavras certas.

— Parece engraçado quando olho para trás. A primeira coisa que pensei foi em matar Seppo e me entregar. Nós, policiais finlandeses, somos honestos. Nunca pensei em escapar das consequências que tal ato acarretaria.

Na verdade, três assassinos haviam se entregado a mim. Todos os três disseram que estavam arrependidos e me pediram que os prendesse. Aqui isso é comum.

— Decidi estudar sobre as imposições da lei e aprender como praticar um assassinato. Não é fácil escapar impune. As investigações de assassinato aqui têm uma taxa de sucesso de 95 por cento. É claro que a verdadeira razão pela qual eu não o matei era mais profunda. Em primeiro lugar não era uma coisa que eu desejasse fazer, mas era uma coisa que eu disse a mim mesmo que faria. Eu estava louco de tristeza.

— Durante quanto tempo você fez terapia?

— Mais ou menos um ano, mas desisti da ideia de matar Seppo bem antes disso. Descobri que gostava de estudar. Como policial, não poderia trabalhar na rua com uma perna que me fazia mancar, mas poderia ser detetive. Decidi então fazer um mestrado e seguir uma carreira a partir daí. Trabalhava enquanto estudava.

Depois da medicina, o trabalho de repressão ao crime é a profissão mais apreciada na Finlândia. A nossa força policial nacional é uma das melhores do mundo e nela quase não há corrupção. Eu sou, como inspetor, um dos membros mais respeitados da comunidade. Pode parecer egoísmo, mas aprecio ter conquistado esta posição.

Ela dá um sorriso.

— Então, para não se tornar assassino você acabou se tornando detetive.

— Eu já tinha matado um homem e, por causa disso, a culpa contribuiu muito para a minha depressão. Mas, sim, a ironia é grande.

Ela me abraçou com força.

— Você era apenas um ser humano em meio a um grande sofrimento. Você é um bom homem, Kari, e eu amo você por causa disso.

Engraçado eu ter tido tanto medo de lhe contar a verdade. Não havia razão para isso.

— Obrigado, Kate. Eu também te amo.

— Parece que Heli tem um tipo de transtorno de personalidade narcisista — diz ela.

— Foi o que meu terapeuta falou.

— Você não deve se preocupar com todos esses acontecimentos ruins que possam vir a resultar num processo contra você. Você foi o mocinho. Ela se comportou como uma vagabunda durante todo o tempo.

— Você acha?

— Tenho certeza.

Ela se arrasta aos poucos até sair da cama e, apoiada nas muletas, sai mancando em direção à cozinha e me traz uma garrafa de cerveja. Todo aquele esforço para me trazer uma cerveja me faz sorrir.

— Vou pedir uma pizza — diz ela.

Olho a garrafa. É uma Karjala. Graças a Deus, porque nunca mais vou conseguir beber uma Lapin Kulta.

15

De manhã ligo para o comandante da polícia nacional para colocá-lo a par dos últimos acontecimentos, como ele pedira. Como em todo celular, meu nome e meu número devem aparecer, e antes de atender, ele já sabe quem está ligando. Ele não teria sido tão rude se eu fosse alguém mais importante. Grita comigo:

— O que é?

Coloco-o em dia sobre o desenvolvimento do caso, falo dos três conjuntos de DNA encontrados no cadáver de Sufia.

— Quer dizer então que ela chupou o tal do Eklund antes de morrer — diz ele.

— E ele tem um BMW.

— É uma situação complicada — diz. — O pai dele pode dificultar a nossa vida.

— É verdade.

— Vá interrogá-lo, apreenda o carro e faça uma perícia nele, mas vai com calma, não o prenda a menos que tenha uma evidência incontestável. — E bate com o telefone na minha cara antes que eu possa falar, um hábito extremamente irritante.

*

Kate ainda não se acostumou com a ideia de que no primeiro ano de trabalho em seu novo emprego tem direito a quatro semanas de férias, sem falar em vários feriados remunerados. Aqui, trabalhamos menos do que em muitos outros países do mundo; uma média de duzentos dias por ano. A Natureza é um bem precioso demais para os finlandeses. Muitos de nós gostamos de aproveitar a maior parte dos dias livres no campo, num chalé de verão. Pode ser numa cabana rústica na floresta sem água corrente, ou num palácio; todos eles são classificados como casas de veraneio.

Na teoria, o tempo passado num chalé de verão deveria ser gasto com a colheita de cogumelos e amoras, indo à sauna e nadando nos lagos. Na prática, uma viagem para um chalé de verão acaba sendo um pretexto para ficarmos de porre durante uma semana ou duas.

Alguns de nós, os mais abastados, possuem também mansões de inverno. O pai de Peter Eklund tem uma no topo de uma montanha. É a propriedade mais cara da região e parece um pequeno castelo teutônico, exceto pela parede da frente que é toda de vidro. Nos meses em que temos sol, a luz do dia refletida nela pode ser vista a quilômetros de distância.

Subo a montanha pela estrada cheia de curvas sinuosas que leva à mansão de inverno de Eklund e estaciono meu carro ao lado do BMW de Peter. É um sedã preto Série 3. Encolho-me todo devido ao choque com o frio ártico, saio do carro e verifico os pneus com minha lanterna. São Dunlop Winter Sports montados em aros de 17 polegadas, assim como os do carro de Seppo. A única diferença é que o carro de Seppo tem calotas raiadas em forma de estrela e as rodas do carro de Peter são de raios duplos.

Chamo um reboque para levar o carro e enquanto faço isso, aprecio a vista deslumbrante que se tem do alto da montanha. Está enevoado, e, mesmo escuro a neve reflete sempre um pouco de luz. O mundo parece se fundir em um bloco de carvão. Milhares de luzes de Levi e Kittilä brilham no vale abaixo. São 9h15 da manhã, uma boa hora para interrogar Peter. Se tudo correr como de costume, ele estará com uma ressaca tão grande que não terá condições de pensar com lucidez suficiente e inventar uma boa mentira.

Toco a campainha da porta e espero. Toco outra vez. Ele não responde. Esperar nesse frio todo me deixa para lá de irritado e por causa disso grudo o dedo na campainha e não largo. Se o barulho que ela provoca do lado de fora é irritante, imagine do lado de dentro. Deve estar fazendo a sua cabeça latejar. Por fim, após alguns minutos, a porta se abre.

Peter é alto e louro, com aquela clássica boa aparência nórdica. Está com as roupas amarrotadas, certamente dormiu vestido.

— I-i-in-inspe... — gagueja ele. Quando fica nervoso se torna incompreensível, e quando está bêbado a gagueira desaparece.

— Preciso conversar com você — digo.

— En-en-en... — Ele desiste e faz um gesto com o braço, me convidando a entrar.

Passo por ele. A sala da frente é enorme, o pé-direito tem uma altura de três andares. Os outros pavimentos foram construídos como se fossem sacadas que dão para esse espaço interno. A sala é dominada por uma lareira central com uma abertura em cada um dos quatro lados. Uma cobertura de pedra se junta numa chaminé enorme que se eleva a uns 18 metros até atingir o teto. A decoração de mau gosto é do final do século XX: tudo custou uma fortuna e nada combina com nada. O pai de Peter usa a casa para encontros amorosos, longe de sua mulher em Helsinque. E deixa Peter usá-la quando ele próprio não está por lá.

Três homens estão desmaiados nos sofás, todos com cerca de vinte e poucos anos. Um deles abre os olhos e me avista meio desnorteado. Digo-lhe que volte a dormir. Peter parece enjoado.

— Ressaca braba? — pergunto.

— S-si-sim.

No chão vejo uma caixa de vodca finlandesa Koskenkorva pela metade. Pego uma garrafa.

— Há um lugar onde possamos conversar?

Vamos para a cozinha. Ela está mais bem equipada que muitos restaurantes chiques, embora seja evidente que nunca é usada. Todos os lugares estão cobertos por garrafas vazias e isso me lembra as garrafas espalhadas pelo chalé de Sufia. Abro a Koskenkorva e a entrego a ele.

— Beba isso. Preciso falar com você.

Ele serve meio copo de vodca e o completa com suco de laranja, bebe e faz a mesma mistura de novo. Faço um café enquanto ele bebe o suficiente para que possa se comunicar. Ele acende um Marlboro Light.

Termina o segundo drinque e prepara um terceiro. Sirvo-me de café. Sentamo-nos à mesa de carvalho da cozinha. Há vestígios de um pó branco sobre ela. Duvido que Peter seja algum tipo de cozinheiro. Não devia ser farinha.

— Está se sentindo melhor? — pergunto.

— Sim.

— Fale-me sobre você e Sufia Elmi.

— Eu vi o jornal ontem.

— Então devia ter me ligado.

Ele não fala nada.

— A autópsia mostrou que seu sêmen foi encontrado na boca dela.

Espero chocá-lo e amedrontá-lo com isso. Mas ele dá de ombros com indiferença.

— Ela me chupou naquela manhã.

— Você fala isso com a maior tranquilidade.

— Não foi nada de mais. Conheci Sufia há mais ou menos uma semana, no Hullu Poro. Transei com ela naquela mesma noite.

— Onde?

Ele riu.

— Em todos os lugares. No banheiro feminino do bar, no meu carro, no chalé dela.

— Você não parece triste com a morte dela.

— Bem, na verdade eu não a conhecia. Gosto de beber e transar. Sufia não bebe, mas gosta... gostava de trepar. Depois da segunda trepada, ela me pediu dinheiro emprestado. Aí entendi qual era a dela. Nas vezes seguintes passei a deixar cem ou duzentos com ela. Sempre chamávamos isso de empréstimo. Acho que estive com ela para transar umas cinco vezes e fiquei lá com ela no chalé a noite toda umas duas ou três vezes. É difícil me lembrar.

— Você está afirmando que pagou para transar com ela.

Ele pareceu satisfeito consigo mesmo.

— Inspetor, ela valeu cada centavo. Tinha uma xoxota incrível, e Jesus, adorava chupar.

— Imagino que você estava se referindo à falta dos pequenos lábios.

— Falta de quê?

— Os lábios da vagina. Eles foram removidos.

— Está brincando? — diz rindo. — Nem reparei.

Peter deve ser a pior escória que jamais conheci.

— Onde é que você estava às duas da tarde do dia do assassinato?

Ele apontou para a sala da frente.

— Meus amigos vieram de Helsinque e o avião deles chegou ao meio-dia. Eu os busquei no aeroporto e ficamos juntos desde então. Passamos a tarde toda no Hullu Poro.

— Como chegou ao bar?

— No meu carro.

— Você conhece Seppo Niemi?

— Um pouco. Encontrei-o nas boates de Helsinque e falei com ele no Hullu Poro algumas vezes. Sufia estava com Seppo quando a encontrei. Ele ficou bêbado demais e acabou indo embora. Sufia me falou que andava saindo com ele. Não dei bola. É um babaca.

— O quarto do chalé dela estava repleto de garrafas vazias. Eram todas suas?

Ele deu um risinho infantil como se tivesse cinco anos.

— A maioria delas, com certeza.

— Tenho que levar seu carro.

O álcool o reanimou. Ele se levanta e eleva a voz.

— Ei, deixa disso, eu respondi tudo o que me perguntou!

— Cale-se e fique sentado.

Ele obedece.

— Já que você transou com Sufia no carro, ele se tornou parte da cena do crime. Irei devolvê-lo dentro de um ou dois dias.

Ele me entrega as chaves.

— Isso não é justo, porra.

— Posso estar salvando a droga da sua vida ao impedir que você dirija, seu bêbado de merda. Volte a dormir, pois já terminei com você.

Na sala da frente sacudo seus amigos dormindo. Eles nem se mexem e por isso grito com eles. Eles se sentam e me olham como se eu fosse um louco. Aponto para cada um.

— A que horas o avião de vocês chegou aqui na terça-feira?

— Quem é você, seu babaca?

— Sou um policial de saco cheio que vai prender todo mundo pelos resíduos de cocaína encontrados na mesa da cozinha se não responderem a porra da pergunta que eu fiz.

Um dos rapazes faz uma careta. Peter demonstra medo. Eu prenderia todos eles, mas o comandante ordenou que eu não efetuasse prisões que não tivessem uma relação provável com o assassinato. Acho melhor acatar as ordens dele.

— É, seu merdinha — digo. — Eu vi. Você tem sorte por eu ter outras coisas para fazer agora.

— Chegamos às 11h58 — responde o rapaz.

— E como vieram do aeroporto até aqui?

— Peter foi nos pegar.

— E passaram a tarde toda com ele?

— Passamos.

— Onde?

— No Hullu Poro.

Verifico os documentos de identidade de cada um e anoto seus números de telefone.

As botas de todos eles estão junto da entrada.

— Quais dessas são suas? — pergunto a Peter.

Ele aponta para um dos pares.

Pego as botas. Número quarenta, o mesmo das pegadas do local do crime, e o mesmo das de Seppo. Tanto ele quanto Seppo fumam Marlboro Lights.

— Vou levar essas botas.

Ele começa a falar alguma coisa, mas pensa melhor e se cala.

Abro a porta da frente.

— A propósito, você é um agressor sexual fichado. Quem você estuprou?

— Ninguém. Foi ela quem quis.

— Qual era a idade dela?

Ele nem se intimidou.

— Quinze.

Olho para ele por um momento.

— Já paguei minha pena — diz ele.

16

Peter é um desperdício de humanidade, respira o ar que outros poderiam estar respirando. Ele pode ter matado Sufia. Se o fez é presumível que seus amigos sejam seus cúmplices. Peter e um deles podem tê-la forçado a fazer sexo oral, o que explicaria os dois tipos de sêmen encontrados em sua boca. Um outro, avesso a estupros, pode ter ficado perturbado com a cena e acabou por derramar as lágrimas que resultaram no terceiro conjunto de amostras de DNA. Não posso descartar a hipótese, mas não a considero como prioritária.

Peter já estava tendo de Sufia o que queria, mas ela talvez quisesse de Seppo mais do que ele se dispunha a lhe dar. O medo que ela destruísse sua relação com Heli lhe fornece um motivo razoável. Saber que tinha um caso com Peter lhe dá um segundo motivo. Seppo continua a ser o principal suspeito.

Valtteri me liga. Seppo quer falar comigo. Vou para a delegacia. Caminhonetes de reportagens dos três canais de tevê mais importantes da Finlândia estão estacionadas em frente ao prédio. Sou cercado por repórteres e câmeras que estão ali aglomerados no frio e acendem luzes fortes em minha cara para começar a filmagem. Ao todo devem ser mais de vinte, e além deles há também jornalistas da mídia impressa. Vejo Jaakko da *Alibi* na multidão. Gritam perguntas. Recuso-me a fazer comentários e vou abrindo caminho até a porta.

Valtteri está na entrada.

— Eles queriam esperar aqui dentro — diz. — Mas eu não deixei.

— E não deixe mesmo. Exceto Jaakko Pahkala. Depois que eu falar com Seppo, vá buscá-lo e traga-o à minha sala.

As edições matutinas dos três maiores jornais de Helsinque estão espalhadas pelas mesas da sala principal. Sufia aparece na primeira página de todos eles. Gasto alguns minutos para passar os olhos em todos. Dois são especializados em matérias sensacionalistas. Graças a Jaakko usaram o termo Dália Negra e compararam o assassinato de Sufia com o de Elizabeth Short, a atriz de Hollywood assassinada em 1947, cuja morte pavorosa fascina até hoje os fãs do gênero.

Apenas o *Helsingin Sanomat*, um jornal mais sério, assume uma linha editorial mais ponderada e se concentra no fato de Sufia ser a primeira mulher negra famosa a ser assassinada na Finlândia. Ainda assim o tratamento que lhe dá é confuso. Fico na dúvida se, de uma maneira distorcida, eles consideram seu assassinato um avanço para as mulheres negras em nossa sociedade. Verifico as mensagens que recebi.

Nove jornais finlandeses desejam me entrevistar, além do STT, que é o Serviço de Notícias Finlandês, e a Reuters. Em algum momento terei que falar com a imprensa. A história começa a atingir proporções internacionais. Se eu não falar com a mídia, eles vão acabar inventando qualquer coisa para mantê-la em evidência. Esperava que isso acontecesse quando chegássemos ao ponto em que já fosse possível lhes dizer que o caso estava solucionado.

Desço para a galeria das celas para falar com Seppo. Abro o postigo de observação de sua porta.

— Ouvi dizer que você tem algo a me contar.

Ele pula da cama.

— Pensei numa coisa. Se eu puder provar que não matei Sufia você me liberta?

— É assim que as coisas funcionam.

— Ontem, quando você veio aqui embaixo, disse que Sufia tinha sido morta há 49 horas.

— E daí?

— Quando subimos, vi um relógio. Eram três horas, e, portanto, Sufia foi morta às duas.

— Isso mesmo, Sherlock.

— Eu estava no telefone naquela hora, você pode verificar.

Comecei a fechar o postigo.

— Já verifiquei. Valeu pela tentativa.

— Espere. — Ele enfiou a mão através do postigo para mantê-lo aberto. — Eu não estava ligando de meu celular. A bateria estava quase acabando, por isso usei o telefone fixo do quarto. Eu estava hospedado num dos quartos do hotel de Hullu Poro.

O hotel que fica perto do bar. Ele me dá o nome de uma pessoa.

— Vou verificar. — E fecho o postigo na cara dele.

Confirmo sua história. Seppo registrou-se no hotel. Fez uma ligação de 19 minutos um pouco depois da hora que disse, às 14h41. Consigo o número e ligo para o amigo de Seppo. Ele confirma a conversa.

— Como você descreveria o estado emocional de Seppo durante a conversa que tiveram? — pergunto.

— Era Seppo, como sempre, nada especial.

— Você percebeu alguma agitação em sua voz?

— Ele parecia mais feliz do que costuma estar nos últimos tempos.

— Sobre o que conversaram?

Ele hesitou.

— Foi uma conversa bem pessoal.

— Seppo está trancado numa cela pronto para ser acusado de assassinato. É alguma coisa mais pessoal do que isso?

— É sobre ela, então. Você prendeu Seppo por causa disso?

— Você está se referindo à Sufia Elmi?

— Sim.

Espero algum tempo, mas ele não fala mais nada.

— Sobre o que conversaram?

Ele suspira.

— Está bem. Seppo falou sobre ela.

— O que ele disse?

— Merda. Bem, não vou mentir por ele. A garota tinha acabado de sair. Ele ficou falando sobre como ela o chupou e como eles treparam. Foi sobre isso que ele falou durante a conversa toda. Foi por isso que ligou, para se gabar.

Agora sei de onde Sufia foi sequestrada. O assassino deve tê-la levado do hotel direto para a fazenda de renas de Aslak.

— Ele disse se sentia alguma coisa a mais por ela, além de seu relacionamento sexual?

— Se ele estava apaixonado por ela?

— Se ele sentia qualquer coisa. Amor, ódio, qualquer coisa.

— Não, não consegui perceber nada disso.

— E o que foi que percebeu? Qual era a atitude dele, de que jeito falou sobre Sufia Elmi?

Ele não responde. Quase posso ouvir seus pensamentos.

— Ouça — digo —, uma mulher foi morta. Fazer justiça à sua morte é mais importante do que seu conceito de fidelidade a um companheiro de copo.

— Meu Deus, você não desiste. Ele a chamou de sua negra. Está satisfeito agora? Ele falou: "Eu botei a minha negra de joelhos", e depois falou: "Aquela negra ficou me olhando com aqueles olhos lindos enquanto chupava meu pau. Eu gozei na cara da negra. A puta negra tomou no cu." E ficou falando um monte de coisas do tipo.

Puta negra. As palavras cortadas no ventre de Sufia.

— Tem certeza de que ele usou as palavras "puta negra"?

— Tenho, mas você conhece Seppo. O que ele diz não significa nada. Só fala besteira e pensa que é o tal. Faz isso porque se sente inferior. Ele não é má pessoa, senão não seria meu amigo.

— Sei. Dá para perceber bem a sensibilidade oculta dele. Vamos ficar em contato. — Desligo.

17

Jaakko, o colunista de fofocas e redator policial de bosta, entra em minha sala. É um cara baixinho com uma barba rala e cheio de energia.

— Obrigado pela dica do assassinato — diz ele.

Termino a última frase do relatório para o comandante da polícia nacional e mando por e-mail antes de olhar na cara dele.

— Eu lhe fiz um favor — digo —, tratei-o como um jornalista profissional. Você me pagou com uma matéria sobre Sufia escrita com desdém e desrespeito. Revelou detalhes do crime que eu não queria que fossem publicados, e as fotografias que conseguiu foram apelativas e sensacionalistas. Só chamei você aqui para dizer isso. Agora pode ir.

Ele recua como se tivesse recebido um tapa.

— Se você se refere à comparação com a Dália Negra, não fui desrespeitoso. Os dois assassinatos são semelhantes.

— Dar uma aura hollywoodiana à morte dela só a torna irrelevante. E como você pensa que os pais dela se sentiram ao ver as fotos que você publicou? Eu falei com o pai dela. Eles estão arrasados.

— Posso me sentar? — Ele aparenta arrependimento.

— Não.

— Sinto muito se o ofendi, mas qualquer um poderia ter publicado as fotos. A *Alibi* até interrompeu a impressão para incluir a matéria. As vendas subiram sessenta por cento. E você sabe que histórias de crimes são o meu hobby. Quando soube dos detalhes, a primeira coisa que me veio à cabeça foi a Dália Negra.

— Como você obteve a informação sobre o local do crime?

— Não posso revelar.

— Quanto pagou ao auxiliar da autópsia?

Ele ignorou a pergunta.

— Gostaria de entrevistá-lo sobre o caso.

— Estou ocupado. Vá embora.

— Sua ex-mulher ligou para o *Ilta-sanomat* hoje.

Eu deveria esperar que isso acontecesse.

— E daí?

— Ela disse que trocou você por Seppo Niemi, e que você o prendeu pelo assassinato de Sufia. Ela disse que você está dando o troco. Gostaria de comentar isso?

— Não. — Alguma coisa me ocorre. — Por que o assassinato de Sufia fez você se lembrar da Dália Negra?

— Eu conto se você me responder algumas perguntas.

— Você está por fora. Posso descobrir sozinho sobre a Dália Negra.

— E eu não preciso da sua ajuda para descobrir detalhes da investigação, assim como posso também descobrir o que houve entre você e Seppo.

— Pois vá em frente.

Ele se vira para ir embora e olha para trás, para mim.

— Ainda assim sou grato a você pela matéria e por causa disso vou falar. A Dália Negra, Elizabeth Short, foi jogada num terreno baldio em Los Angeles. Sufia foi assassinada num campo nevado, seu equivalente rural. Short foi cortada ao meio e Sufia teve um corte profundo no abdome. Ambas tiveram um pedaço do seio cortado. Ambas tiveram coisas escritas na pele. Os crimes não são exatamente iguais, mas guardam semelhanças suficientes para que eu fizesse a ligação entre eles. Mas a coisa mais importante, penso eu, é que Sufia tinha cicatrizes nos órgãos genitais e Short tinha uma má formação de nascença nos dela. É muita coincidência, você não acha?

— Não vou dar entrevista, mas vou mandar os relatórios policiais por fax.

Antti entra em minha sala. Acabaram de chegar do laboratório de Helsinque os resultados dos exames das peças recolhidas na casa de Seppo e no carro. Antti puxa uma cadeira para perto de mim e passamos a lê-los juntos. O DNA da escova de dentes de Seppo confere com o sêmen encontrado na vagina e na boca de Sufia. Ele também bebeu das garrafas e fumou dos cigarros cujas pontas foram encontradas no quarto dela.

Os registros de DNA do banco de dados dos agressores sexuais confirmam a história de Peter Eklund. O restante das garrafas e das pontas de cigarros confere com os dados dele. O sangue no banco traseiro do carro de Seppo pertence a Sufia, e o sêmen é de Seppo. As amostras de cabelo colhidas no carro são dos dois. A procedência das lágrimas recolhidas do rosto de Sufia permanece desconhecida.

Vamos para a sala principal. Valtteri e Jussi estão almoçando.

— As garrafas de cerveja da geladeira de Seppo e a que foi usada na agressão a Sufia são do mesmo lote — diz Jussi. — Foram vendidas num quiosque que fica a 800 metros da casa de Seppo.

Então, eu os coloco a par das últimas informações, as lágrimas derramadas sobre o rosto de Sufia, o interrogatório com Peter Eklund e o telefonema de Seppo para seu amigo.

— Vamos observar a cronologia dos fatos — digo. — Aslak informa o assassinato às 14h25. Ele viu um carro sair do local e ligou quando encontrou o corpo de Sufia. Digamos que tenha demorado três minutos para fazer isso. Então o carro chegou à estrada lá pelas 14h22. Quando eu saí do Hullu Poro dirigi no limite da velocidade permitida e cheguei à fazenda de Aslak em 12 minutos. Se o assassino foi Seppo, ele a matou e voltou na mesma hora para o hotel. Chegou ao quarto às 14h34. E ligou para o amigo às 14h41. O que vocês acham?

— Parece meio apertado — diz Jussi —, mas não impossível.

— Esse negócio de ter falado "puta negra" — diz Antti —, não acho que tenha sido coincidência.

— Nem eu — digo —, mas não diria que é uma prova concludente.

— Meu problema — fala Valtteri — é que não acho que Seppo fosse capaz de esfaquear uma garota daquele jeito e depois voltar para o quarto e conversar rindo com seu amigo, apenas para construir um álibi. Se fosse um assassino em série, acostumado a matar, talvez, mas Seppo?

— Entendo seu argumento — digo —, mas é um erro pensar que você o conhece. Eu não conheço ninguém, nem entre os assassinos que já peguei, que fosse capaz de cometer um crime como esse. Você conhece?

— Não — diz Valtteri. — Também não.

— Mas alguém foi capaz de cometê-lo. Pode ter sido Seppo, ou Peter ou o terceiro homem que chorou sobre o rosto dela. Estou inclinado a pensar que foram dois homens. As evidências contra Seppo estão aumentando. Talvez ele tenha tido um cúmplice.

Meu celular toca. É o comandante da polícia nacional.

— Acabei de receber uma ligação de um repórter chamado Jaakko Pahkala — diz ele. — Ele disse que o cara que você mantém encarcerado pelo assassinato teve um caso com sua ex-mulher. Ela afirma que se trata de vingança. O repórter diz que você se recusou a fazer qualquer comentário. Será que você pode me dizer algo sobre isso? Talvez tivesse sido uma boa me avisar antes.

Jaakko resolveu me sacanear porque eu não quis lhe dar entrevista. Mas o comandante tem razão, eu devia ter lhe contado.

— Ele vive com minha ex-mulher. Não lhe falei sobre isso porque me pareceu um caso simples. Pensei que quando chegasse o resultado dos exames de DNA ontem, eu iria poder provar a culpa dele. Mas houve uma reviravolta, e as coisas se mostraram mais complicadas do que se esperava.

— Você não me contou porque achou que eu fosse retirá-lo da investigação.

Em parte isso até que era verdade. Mas não respondo nada.

— É isso?

— É isso o quê?

— Você está se vingando do cara?

— É claro que não. Acho que o assassino é ele.

— Estou tentando ser razoável. Devemos presumir que você não fabricou nenhuma prova, o que acho que não fez mesmo; ele parece culpado, e eu pensei que esse caso não apresentaria problema algum para ser solucionado. Mas agora que o rapaz Eklund também entrou em cena, poderia lhe dizer que já existem evidências suficientes para prendê-lo também como suspeito. E esta coisa sobre um terceiro homem e suas lágrimas, isso é uma história muito esquisita.

— É — digo. — É muito estranha mesmo.

— Então, estamos com um problema de relações públicas. Há provas contra um homem que já está preso. Há provas também contra outro que está solto. O que está preso transou com sua ex-mulher e o que não está é o filho de um magnata. Isso pode ser interpretado como sendo um pouco mais do que parcial, não acha?

O sarcasmo dele me irrita.

— Eu fiz o que o senhor me mandou fazer. Prendi Seppo e deixei Eklund livre por enquanto.

— Sim, mas você não tinha me falado sobre sua ex-mulher e Seppo. Eu classificaria essa omissão como um erro vergonhoso.

— Sim, posso entender.

— Quando os jornais de hoje mostrarem que você prendeu o homem que arruinou seu casamento, isso irá lhe transformar num tremendo babaca.

— Eu sei.

— Sua única opção é dizer que o caso representa um conflito de interesses e retirar-se da investigação.

— Aí vai ficar parecendo que eu tentei mesmo me vingar dele e acabei sendo pego. Vou continuar parecendo um babaca.

— Isso se chama controlar o prejuízo.

— Não quero fazer isso.

— Eu sei. Sei também que você fez um bom trabalho e levantou uma montanha de evidências em muito pouco tempo. O caso está em seu quarto dia. Para falar a verdade, eu o substituiria, mas se eu mandar alguém aí para assumir o seu lugar, essa pessoa vai levar uns dois dias para se inteirar de tudo. Seria uma perda de tempo imensa, e eu quero esse caso solucionado agora.

— Estou perto de solucioná-lo. Quando localizar o terceiro homem, aquele que chorou sobre Sufia Elmi, ele vai estabelecer uma conexão com Seppo Niemi ou com Peter Eklund.

— Escute, vou lhe dizer o que deve fazer. Solte uma declaração para a imprensa. Forneça muitos detalhes para mostrar que a prisão de Niemi foi fundamentada. Fale sobre o caso dele com a vítima e sobre o sangue e o sêmen em seu carro. Pinte um quadro terrível para justificar a sua conduta.

— Isso não é ético.

— O mundo é cruel. Faça o que eu disse.

Não vou fazer.

— Sim, senhor.

— Em seguida diga que ele tem um álibi e solte-o. Você vai sair dessa como a pessoa mais justa e honesta do mundo.

— O senhor perdeu o juízo? Tenho quase certeza de que foi ele quem a matou. E se foi ele quem fez isso, trata-se de um doente mental e eu estarei devolvendo à sociedade um homem perigoso. Isso é pior do que ser irresponsável.

— Se não fizer o que mandei, vou substituí-lo. E ele será solto de qualquer jeito.

Ele me encurralou. Não respondo.

— Ligue para mim amanhã e me passe um relatório — diz ele e desliga.

Valtteri, Antti e Jussi me olham.

— Temos que soltar Seppo — digo, e tento imaginar como poderei explicar essa decisão ao pai de Sufia.

18

Destranco a porta da cela de Seppo e minto para ele.

— Seu álibi mostrou-se correto. Tendo em vista isso, estou considerando a possibilidade de soltá-lo. Você deveria ter me falado mais cedo sobre o telefonema. Se tivesse feito isso antes, eu o teria soltado ontem.

— Considerando? — pergunta ele.

— Seu amigo disse que Sufia tinha acabado de sair quando você ligou para ele. Além do assassino dela, isso faz de você a última pessoa a vê-la viva. Portanto, você é uma testemunha importante nesta investigação. Quero contar com sua cooperação. Ainda posso mantê-lo aqui por mais um dia.

— Continuo afirmando que eu deveria ter direito a um advogado.

— Para quê? Você não é mais suspeito.

— Não quero que certas coisas vazem — diz ele.

— Heli já sabe sobre o seu caso com ela.

— Sabe? Merda.

— Portanto você não tem nada a perder — digo.

Vamos para a minha sala, ofereço café e cigarros a ele. Seppo ri satisfeito.

— Sobre o que aconteceu ontem — diz ele —, entendo que voce estava bastante chateado. Pensou que eu era um assassino que estava ameaçando a vida de sua mulher. Não vou falar sobre isso com ninguém. O que eu e Heli fizemos a você foi terrível. Quem sabe, agora, estejamos quites.

Eu o aterrorizei. Ele destruiu meu casamento. Seppo não pode ser tão idiota a ponto de considerar que as duas coisas se equivalem. É bem provável que não queira que ninguém saiba que se mijou de medo.

— Parece razoável — digo. — Vamos esquecer o que passou e começar de novo. Quem sabe se tivéssemos nos encontrado em circunstâncias diferentes poderíamos até ter nos tornado amigos.

Ele se mostra agradecido, estende a mão e nos cumprimentamos.

— Está tudo bem com você? — pergunto. — Deseja alguma coisa?

— Não, obrigado, está tudo bem.

— Você está pronto para falar sobre o caso?

— Farei qualquer coisa para ajudar. Acho que você sabe que Sufia e eu éramos íntimos.

— Fale-me sobre você e Sufia. — Ligo o gravador.

— Precisamos disso?

— Sim, precisamos. Algum problema?

Ele avalia as consequências de ter o seu relato gravado. Espera um pouco.

— Acho que não.

— Ótimo. Então, conte-me sobre você e Sufia.

A pausa de Seppo me diz que ele está se preparando para se apresentar da maneira mais positiva possível.

— Sufia era diferente.

— Como assim?

— Eu a conheci num coquetel há uns três meses. Ela tinha os olhos mais lindos que eu já vi. Ficamos conversando horas. Ela se interessou por mim, ouviu o que eu tinha a dizer.

— Ela falou sobre si própria?

— Não muito. Ela gostava de falar sobre mim. Parecia que realmente se importava se eu estava feliz, como se eu fosse uma pessoa especial para ela.

— E você vinha se sentindo infeliz?

— Não exatamente.

— Parece que ela lhe ofereceu algo do qual você estava sentindo falta.

Ele pensa sobre isso.

— Você conhece Heli. Ela sabe ser encantadora quando quer. Mas faz um tempo que ela não quer.

Eu não sei mais como ela é, e por isso escolho ficar de boca fechada.

— Isso não quer dizer que não a amo — diz ele.

— Claro que não.

— Apenas que a outra companhia era muito boa.

— Sufia era jovem e bonita. Isso também devia ser muito bom.

Sua voz adquiriu um tom de confidência como se estivesse conversando com um amigo íntimo.

— Você nem tem ideia.

Eu imito o tom:

— Aposto que o sexo era muito bom.

Ele se mostra orgulhoso de si próprio.

— O melhor que já tive. Ela adorava transar comigo. Gozava feito um foguete.

— Vamos falar sobre a terça-feira em que foi assassinada — digo.

— Ela chegou ao hotel por volta de meio-dia e meia. Não nos falamos muito. Você sabe.

— Imagino.

— Ela foi embora mais ou menos às duas horas, disse que tinha coisas para fazer.

Talvez fosse se encontrar com Peter.

— Por que você alugou um quarto no Hullu Poro em vez de ir para o chalé dela? Afinal, era você quem estava pagando por ele.

— Ela disse que estava uma bagunça. Tinha vergonha de pedir que a camareira arrumasse o quarto e queria ela mesma fazer isso, mas vivia adiando. Sufia não tinha muitas inclinações domésticas.

— Imagino que ela compensava isso com outros talentos. — Dei-lhe um sorriso confidente.

— É verdade. — Ele reprimiu o riso. — Além disso, fico no Hullu Poro quando bebo muito lá, no bar, para não ter que dirigir até em casa.

— Esta é a regra certa do bom cidadão. Quando foi a última vez que esteve no chalé de Sufia?

— Acho que, mais ou menos, há uma semana.

— Onde o seu carro ficou enquanto ela estava em seu quarto naquele dia?

— No estacionamento, do lado de fora.

— Sabe se alguém teve acesso a ele? Tinha o hábito de emprestá-lo aos amigos?

— Só a Heli. Ela até tem uma cópia das chaves.

— Você deixou Sufia pegar o carro emprestado alguma vez?

— Não.

— Eu encontrei seu sêmen e o sangue dela no banco de trás de seu carro. Você tinha outros lugares para transar com ela. Por que no carro e por que sangue?

Ele riu.

— Você chegou a ver como Sufia era? Eu transava com ela onde e quando havia uma oportunidade e com a frequência que fosse possível. Tinha muito tesão só em olhar para aqueles olhos lindos. Talvez ela tenha começado a ficar menstruada quando transamos no carro.

— Parece que seus sentimentos por Sofia eram sinceros. Havia alguma chance futura para o relacionamento de vocês dois?

— Ela me disse que me amava e que queria ter algo mais estável comigo. Eu respondi que seria melhor deixarmos as coisas do jeito que estavam. Para sempre.

— O que significa que ela podia continuar sendo sua amante por tempo indefinido. Você acha que Heli sabia?

— Eu tomava cuidado para que ela não descobrisse.

É difícil imaginar Seppo sendo cuidadoso com alguma coisa.

— Mas você comentava com outras pessoas sobre Sufia.

— Somente com os amigos mais chegados.

— Preciso dos nomes e dos telefones.

Ele faz que sim com a cabeça.

— O negócio é o seguinte: você chamou Sufia de "puta negra" durante uma conversa telefônica meia hora depois de alguém ter gravado à faca estas mesmas palavras em seu abdome. Isso me parece mais do que simples coincidência.

— Ele lhe contou o que eu disse?

— Contou.

Ele olha para a mesa e começa a ficar irrequieto.

— Aonde quer chegar?

— Você disse que gostava dela, mas a chamou de "puta negra" pelas costas. Gabou-se de ter gozado na cara dela e de ter feito sexo anal com ela. As pessoas podem interpretar isso como se você a estivesse usando. Se você falou dela para outras pessoas e usou essa mesma expressão, alguém pode ter usado essa informação para incriminá-lo. É aí que quero chegar.

Ele parece aliviado.

— Entendi. Vou fazer uma lista.

— Tem mais uma coisa — digo. — Esse telefonema aconteceu mais tarde do que você disse, e não o livra por completo. Houve tempo suficiente depois do assassinato para que você voltasse ao seu quarto e ligasse para um amigo, criando um álibi.

Ele coça a cabeça e pensa.

— Se fiz isso, por que a chamaria de "puta negra" e estragaria meu próprio álibi?

— Boa pergunta. Uma ainda melhor é: por que você a chamava desse jeito?

— Se alguém quisesse me incriminar — diz ele —, como você acha que pode ter acontecido, não teria sido assim tão difícil. Alguém poderia ter pegado meu carro por um certo tempo e o trazido de volta. Todo mundo sabe que eu não saio da cama antes das quatro depois de ter bebido na noite anterior.

— A que horas você se levanta quando não bebeu na noite anterior?

Ele hesita um pouco.

— Às quatro.

Então, ele fica bêbado todas as noites e dorme durante a ressaca. Mudo de estratégia.

— Você sabia que o clitóris de Sufia tinha sido removido?

— Sabia apenas que havia alguma coisa estranha lá embaixo, mas nunca perguntei o que era. Por que alguém faria isso?

Não me incomodo em responder.

— Ela não apreciava fazer sexo com você tanto quanto você pensa. Talvez nem gozasse.

Ele parece não acreditar.

— Peter Eklund também estava tendo um caso com Sufia — digo. — Foi por causa disso que ela não queria que você fosse ao seu chalé. Havia garrafas de bebida de Peter por toda parte.

Avalio a reação dele. Ele parece magoado, como se a ideia da traição de Sufia fosse ao mesmo tempo uma ofensa e uma coisa difícil de compreender. Imagino o quanto de bom ator existe nessa reação.

— Você está de brincadeira? — pergunta.

— Não. Acho que ela não estava satisfeita em ser sua amante. Acho que ela o usou.

— Aquela puta mal agradecida — diz ele.

— Tem gente que não dá valor ao que possui — digo, e encerro a conversa. — Isso basta por enquanto.

Agradeço a Seppo por sua colaboração e peço desculpas pelos inconvenientes. Dou-lhe as chaves do carro e o acompanho até a garagem.

— Qualquer coisa que você precisar — diz —, qualquer coisa; é só falar.

Abro a porta da garagem e um enxame de repórteres vem ao nosso encontro.

— Vamos nos ver em breve — digo, e aceno enquanto Seppo vai embora.

Não trouxe o meu casaco. Está um frio de matar do lado de fora. Os repórteres começam a me fazer perguntas, mas minhas declarações são breves.

— Era Seppo Niemi quem acaba de sair. Ele forneceu um álibi e eu o soltei. Estamos agora interessados em abrir outras frentes de investigação. — Eles continuam gritando. Fecho a porta da garagem na cara deles e volto para o interior da delegacia.

*

De volta à sala principal, relato minha conversa com Seppo e planejo o que devemos fazer em seguida.

— Fizemos muitos progressos. Sabemos onde Sufia estava quando foi sequestrada. Como ele mesmo admitiu, seu carro estava no estacionamento e pode ter sido usado para cometer o crime. As lágrimas são a chave. Por causa delas, parece que Seppo teve um cúmplice. Quem quer que as derramou está ligado a Seppo. É até possível que Seppo nem estivesse presente quando o crime foi cometido. O caso de Sufia com Peter lhe dá motivo. Seppo pode tê-la matado.

Finjo ter uma confiança que na verdade não estou sentindo. Ontem parecia que o caso seria desvendado em 48 horas. Agora voltamos à estaca zero.

— Temos que seguir a pista de Peter Eklund com a mesma eficácia com que investigamos Seppo. O carro de Peter também estava no estacionamento. Antti, você fará a perícia.

Ele parece decepcionado. Não preciso dizer que não poderá tirar suas tão desejadas férias.

— Jussi, você vai até Hullu Poro. Verifique se Peter estava lá na hora do assassinato. Faça perguntas aos empregados e também a quem frequentou o bar nos últimos dias. Se o carro dele se tornar uma evidência ou se não pudermos confirmar seu álibi, trataremos sua casa como cena do crime. Valtteri, você volte ao pessoal local que já foi investigado. Os racistas, agressores sexuais e homens dados a atos violentos que já são conhecidos. Vou levar comigo fotos de Seppo e Peter e voltarei a fazer novas investigações em Marjakylä. E Valtteri, venha até a minha sala; quero falar com você.

Ao ficarmos sozinhos, Valtteri diz:

— Sobre Marjakylä, seu pai não estava trabalhando no bar quando Sufia foi assassinada. Você me pediu para verificar.

— Então eu mesmo perguntarei onde ele estava. Quero falar com você sobre Heli.

— O que quer saber sobre ela?

— Quando ela foi embora de Kittilä, limpou a poeira dos sapatos e não voltou mais. Até onde sei, não voltou mais aqui desde que nos divorciamos. Ela odiava a família. Enquanto éramos casados, só vinha aqui quando eu vinha visitar minha família. Seppo sempre veio sozinho. Ela me disse, conforme suas próprias palavras, que estava aqui para "redescobrir suas raízes religiosas". Você a tem visto na igreja?

Ele faz que sim e diz:

— É verdade, ela tem frequentado a igreja com regularidade.

— Por que você nunca me falou sobre isso?

— Não achei que devia falar sobre sua ex-mulher; não tenho nada com isso. — Ele faz uma pausa. — Você não está achando que Heli tenha tido alguma coisa a ver com isso, está?

— Faz tempo que ela foi embora. De repente ela reaparece, e a amante de seu marido é assassinada. Ela não só tem a cópia das chaves do carro dele, como também tem seus motivos. É uma possível linha de investigação.

— Talvez você não tenha levado em conta, com seriedade, a possibilidade de Peter e seus amigos terem matado Sufia — diz ele. — Ele e Seppo têm carros quase idênticos e ambos estavam estacionados no mesmo lugar. Ambos fumam cigarros da mesma marca e calçam sapatos do mesmo tamanho.

— Estou levando isso em conta sim. Se Jussi encontrar sangue no carro dele, isto nos fornecerá uma base suficiente para fazer uma busca em sua casa e considerá-la como uma cena do crime secundária.

— A prisão de Seppo já lhe causou um grande problema. Se você acusar Heli, isso pode lhe custar o emprego.

— Não a estou acusando. Trata-se apenas de uma linha de investigação que devemos seguir, porque é o nosso dever. Não vou investigá-la. Estou pedindo que você faça isso.

— Como Heli poderia ter feito tal coisa? Digo do ponto de vista físico. Ela é uma mulher. Não pode cometer um estupro.

— Não temos provas de que Sufia foi estuprada.

— Heli é pequena, como pode ter forçado Sufia a entrar no carro? Você não se lembra de como estava o corpo? Não consigo imaginar Heli como autora de ferimentos como aqueles.

— Apenas procure saber — digo. — Descubra o que Heli tem feito e com quem tem andado. Mas faça isso discretamente. É só o que lhe peço.

— Isto não vai dar em boa coisa — conclui Valtteri e vai embora.

19

Escrevo um comunicado à imprensa, mas não do jeito que o comandante queria. Não menciono meu casamento anterior com Heli, ou que ela me trocou por Seppo, e não escrevo nada que possa manchar sua imagem. O texto é simples e diz que ele forneceu um álibi e por isso foi solto. Passo ele por e-mail para os principais jornais finlandeses, para o STT e para a Reuters.

A fotocópia do caderno de endereços de Sufia está em cima da mesa na minha frente. Começo outra vez a dar telefonemas. Depois de uma hora, consigo acertar um.

— Aquela puta transou com meu namorado. Chupou o pau dele na minha própria casa. Estou contente que tenha morrido.

— E quem é o seu namorado?

— Você quer dizer quem era o meu namorado. Aquela puta estragou tudo.

— Foi o que eu quis dizer.

Ela me dá o nome de um astro finlandês de televisão. Ligo para ele.

— Droga — diz ele. — O que lhe contaram?

Brinco com ele.

— Não se incomode com isso. Apenas me diga a sua versão dos fatos.

— Talvez seja errado falar mal dos mortos, mas aquela puta chantagista disse que ia me ganhar.

— Como assim, ganhar você?

— Ele nunca foi nada para mim. Eu tinha uma namorada e Sufia era uma coisa à parte. Desculpe se pareço grosso, mas Sufia era uma trepada e tanto. Chupava que era uma beleza. E era deslumbrante, meu Deus, eu gozava quase só de olhar para ela. Minha namorada pegou a gente em flagrante. Sufia bem que ficou feliz e até alegou que depois dessa poderíamos nos ver abertamente, mas eu queria mesmo era me livrar dela e voltar para minha namorada. Sufia ficou furiosa. Falou que iria dar queixa de mim como se a tivesse estuprado e me disse que eu tinha que lhe pagar pelo prejuízo, em dinheiro.

— E você pagou?

— Eu mandei ir se foder.

— Você tem estado em Levi ultimamente?

— Há dois anos que não vou. Sou um dos seus suspeitos?

— Por enquanto não. Agradeço sua cooperação. Uma última coisa, qual é a marca de seu carro?

— BMW, por quê?

Ignorei a pergunta e desliguei. Posso entender a atração de Sufia por homens ricos e famosos, mas não entendo essa obsessão por BMWs. Já falei com cerca de trinta pessoas sobre Sufia. Ninguém a conhecia, nem mesmo os homens com os quais tivera um caso. Parece que ninguém se importava muito com ela, mas eu, sim. Decidi ver seus filmes.

Imprimo uma cópia da foto da prisão de Seppo e outra de Peter, do banco de dados dos agressores sexuais, e em seguida entro no site da BMW e imprimo as imagens das calotas de rodas raiadas em forma de estrela e das com raios duplos. Depois vou para Marjakylä. Decido tirar o pior logo da frente e começo pela casa de meus pais. Bato na porta e meu pai grita para que eu entre. Ele está em sua poltrona fumando um North State sem filtro. Na mesinha de canto junto a ele vejo um copo de *piimä*, leite desnatado. Entendo isso como um sinal de que não está bêbado e fico aliviado.

— Oi, filho — diz ele.

A televisão está desligada e as cortinas fechadas. A única luz é a que vem da cozinha. Ele está sentado no escuro e o silêncio é quebrado pelo tique-taque incessante dos relógios.

As dentaduras de minha mãe estão num copo com água ao lado do *piimä* de meu pai. Ela as ganhou de presente quando foi confirmada na igreja luterana aos 15 anos. Antigamente, as dentaduras eram o presente tradicional do dia da confirmação. Naquela época o tratamento dentário era raro e muitas vezes inexistente, e os dentes das pessoas apodreciam antes mesmo de elas chegarem à puberdade.

— Onde está mamãe? — pergunto.

— Lá em cima, tirando um cochilo.

Apesar da bebida, meu pai tem boa saúde. Entre outros pequenos problemas, minha mãe é gorda e tem pressão alta. Cansa-se com facilidade. Sento-me em frente a ele, na cadeira dela.

— Não quero lhe incomodar — digo. — Mas tenho que perguntar onde você estava às duas da tarde de terça-feira, quando Sufia Elmi foi morta.

Ele dá uma tragada em seu cigarro.

— Aquela garota que foi morta do outro lado da estrada — diz ele. — Você acha que fui eu, e que depois voltei para cá e conversei normalmente com você e com sua mãe?

Nunca fui capaz de entender a razão pela qual meu pai é assim, um idiota beligerante e agressivo. Ele tem quatro filhos e todos nós saímos de casa assim que pudemos. Ele nos expulsou de casa com sua fúria embriagada e seus espancamentos. Meus irmãos, no entanto, se deram muito bem na vida sozinhos.

Quando a economia da Finlândia entrou em colapso, em 1989, Juha, meu irmão mais velho, foi para a Noruega procurar trabalho e arranjou um emprego numa fábrica de peixe em conserva. Atualmente está casado, trabalha nos campos petrolíferos noruegueses e ganha muito bem. Depois que Timo cumpriu uma pena pequena por contrabando, se estabeleceu em Pietarsaari, na costa oeste, onde trabalha numa fábrica de papel. Jari foi para a faculdade de medicina e hoje é neurologista em Helsinque.

Meu pai vive criticando Jari, diz que ele pensa que é melhor do que todo mundo. Na verdade meu pai tem inveja dele. Jari é uma das melhores pessoas que conheço. Todos os meus irmãos são ótimas pessoas, mas não somos íntimos. Talvez por termos partilhado tantas experiências ruins, seja mais fácil evitar o contato. Juntos, teremos as lembranças de nossa infância.

Minha mãe vem aguentando meu pai há cinquenta anos. Não sei como consegue. Ela não tinha recursos nem educação. Suponho que depois que se casou e percebeu a furada em que se meteu, já não tinha mais muitas opções. Mesmo assim, acho que podia ter feito um pouco mais de esforço para nos defender dele enquanto éramos pequenos.

— Sei que você não estava no trabalho — digo. — Se eu não souber onde você estava, e se mais tarde alguém me perguntar, vai parecer que eu estou escondendo alguma coisa. Estou tentando protegê-lo.

— Não é da sua conta.

— Não me interessa, se você estava bêbado por aí. — De repente, me ocorre que ele poderia estar tendo um caso com alguém. — Se é alguma coisa que não quer que a mamãe descubra, pode ficar tranquilo que não contarei nada para ela.

— Eu estava pescando — diz ele e termina o *piimä* de um só gole.

Agora eu entendo. Era o aniversário de morte de minha irmã Suvi. Ele passou a tarde toda, sentado no lago congelado, fazendo uma visita ao lugar em que ela morreu. Papai e eu nos entreolhamos. Fico envergonhado por ter me intrometido num assunto tão íntimo, e logo me vem a tristeza que sempre sinto quando penso em Suvi.

Levanto-me e coloco uma mão em seu ombro.

— Obrigado por me dizer.

Dirijo-me para a porta.

— Você vai vir para o Natal? — pergunta ele.

— Sim, eu e Kate.

Só então me dou conta de que ainda não lhe contei que Kate quebrou a perna ou que está grávida.

— Kate levou um tombo feio, esquiando — digo. — Fraturou o fêmur.

— O osso da coxa?

— É.

— Ela vai ficar bem?

— O gesso é incômodo, mas ela está bem. Além disso, ela está grávida. Vamos ter gêmeos.

Ele ri.

— Gêmeos, hein?

— É, gêmeos.

— Você vai ficar com as mãos ocupadas.

Parece que ele não tem mais nada a acrescentar, portanto, vou embora.

20

Mostro as fotografias de Seppo e de Peter pela vizinhança. Ninguém os reconhece. Vou à casa de Eero e Martta. Eero me convida para entrar e eu aceito. Da cozinha vem um cheiro de cardamomo misturado com manteiga derretida e açúcar. A árvore de Natal está acesa. O fogo queima na lareira. Martta sai da cozinha e me cumprimenta. Vem trazendo café e *pulla*, pães doces de café que ela serve quentinhos. Sento-me numa poltrona reclinável enquanto eles se sentam juntos num sofá de dois lugares e dão as mãos. Pergunto a Eero se o carro que viu saindo da entrada da fazenda de renas de Aslak era preto ou grafite.

— Estava muito escuro, muito escuro — diz ele. — Além disso, eu estava distraído conversando no telefone e não prestei atenção.

Coloco sobre a mesa de centro algumas fotografias de carros com calotas raiadas em forma de estrela e com calotas de raios duplos.

— Será que você se lembra de que tipo eram as calotas do carro? — pergunto.

Ele aponta para a fotografia das calotas raiadas em forma de estrela:

— Deste tipo.

— Deve ter sido difícil saber com certeza — digo. — O carro não estava se movendo?

— Ele deu uma parada no início da entrada da fazenda de Aslak antes de pegar a rodovia — diz ele. — Mesmo no escuro, as rodas brilhavam.

Os *pulla* de Martta são deliciosos. Sirvo-me de mais um. Sulo, o Jack Russell terrier deles pula em meu colo. Faço um carinho nele enquanto tecemos comentários sobre os vizinhos.

No caminho de volta para casa, paro na locadora de vídeos e pego os filmes de Sufia. Em seguida, vou ao mercado e compro batatas e dois bifes. Enquanto cozinho, coloco Kate a par dos últimos acontecimentos. Ela está sentada à mesa da cozinha com a perna quebrada apoiada numa cadeira.

— Eero deve ser uma figura — diz ela —, mas se é esquizofrênico e fala com pessoas imaginárias, provavelmente é porque não foi medicado. Ele não é um perigo para si mesmo?

— Martta cuida dele, além disso, é uma comunidade pequena e todos estão acostumados com ele. As pessoas acham que ele é mais excêntrico do que doente.

Ela acha graça.

— Nos Estados Unidos, há comerciais de tevê anunciando Viagra, cirurgias plásticas, antidepressivos. Os anúncios perguntam: "Você se sente cansado pela manhã, está nervoso no trabalho, tem dificuldade para dormir à noite?" Depois que acaba a lista de sintomas, não há ninguém que escape de se identificar com um deles. As pessoas que acreditam estar deprimidas correm para o médico suplicando por remédios. Aqui, vocês têm um cara que fica falando com amigos imaginários num telefone público e as pessoas não só não tratam dele como desligam a linha telefônica e deixam o telefone lá para que ele se sinta feliz. Isso é que é uma comunidade de verdade; e eu acho ótimo.

— O norte da Finlândia tem suas vantagens — digo.

— Sobre o caso — diz ela —, o que você acha desse Peter Eklund?

— Acho que o detesto — digo. — Sua família é rica há séculos, desde que a Finlândia era uma província da Suécia, e por isso ele se acha cheio de direitos. É por causa dessa mesma mentalidade que eu tive que aprender sueco na escola, embora apenas cinco por cento dos finlandeses façam parte da minoria que fala sueco. Não tenho nada contra eles, mas muitos dos ricos de Helsinque acham que a gente só está aqui para satisfazer os caprichos deles. Como eles dizem em sueco, Peter pensa que é um *bättre folk*, o cara, e que por isso pode fazer o que quiser sem respeitar os outros.

— Você tem razão sobre Heli — diz Kate. — Ela tem um motivo, mas você acha mesmo que ela seria capaz de cometer um assassinato assim tão brutal?

— Não consigo imaginar ninguém que pudesse fazer aquilo, mas como disse a Valtteri, alguém fez. Vamos ver o que ele descobre. Além do motivo, Heli precisava de uma oportunidade. E teria sido quase impossível para ela, sem a participação de um cúmplice.

— Valtteri também tem razão — diz ela. — Se a investigação de Seppo lhe criou problemas, investigar Heli pode causar sua demissão.

— Eu sei.

— Você não precisa fazer isso. Pode passar as provas para outro detetive. Como o comandante disse, você pode justificar como conflito de interesse.

Os bifes estão tostando e eu os viro.

— Se a coisa for muito longe, vou pensar nisso.

Coloco no DVD o primeiro filme da trilogia de Sufia, chamado *Unexpected*. Comemos em frente à tevê, enquanto o assistimos.

Sufia faz o papel de uma jovem sexy e inocente que vaga sem rumo pela vida noturna de Helsinque. Ela se envolve com um homem jovem, bonito e bem-sucedido, só que de moral duvidosa e que se aproveita dela. No final, ela acaba com outro homem jovem, bonito e bem-sucedido, mas que a valoriza. Além do amor, ela encontra a si mesma e a felicidade. Sufia é uma boa atriz num filme ruim.

Kate adormece antes do fim. Carrego-a para a cama e coloco *Unexpected II* no DVD. É mais ou menos como o primeiro. Mas este se propõe a entrelaçar várias histórias que expõem os hábitos dos jovens profissionais solteiros de Helsinque. O que é só um pretexto para dissimular um pornô soft-core por trás da história de sete personagens que mantêm um relacionamento sexual turbulento. Alguns acabam felizes, outros não.

Em *Unexpected III*, os desejos românticos e sexuais de Sufia conflitam com seus estudos. Ela pretende se tornar pastora luterana. Vou acelerando o filme, parando apenas nas cenas em que ela aparece. Na maioria delas, sua pele escura e perfeita está coberta por uma peça de lingerie branca e transparente. Seu grande amor do segundo filme acaba na prisão, mas na cena final Sufia se casa com outro pretendente e encontra um amor maior ainda e uma realização mais completa. O casal apaixonado vai embora num BMW 330i.

Não são produções baratas, mas o produtor também não investiu muito nos filmes. A maioria dos cenários e dos adereços foi reaproveitada ao longo da trilogia. Dou mais uma olhada em *Unexpected* e em *Unexpected II*. Nos três filmes a felicidade é materializada por um casal num BMW 330i. Fico me perguntando se o carro é do produtor ou do diretor.

Agora os acontecimentos recentes da vida de Sufia parecem claros. Acho que ela estava tentando transformar em realidade a ficção que vivia nos filmes, até mesmo quando procurava sair com homens que tivessem um BMW. Chego a pensar se ela tinha consciência disso. Pode ser que para ela, o carro — talvez num nível acima de sua percepção — simbolizasse riqueza, sucesso e felicidade. Ninguém a conheceu, talvez nem ela própria tenha chegado a se conhecer. Sufia, o anjo da neve, quem quer que tenha sido, não existe mais.

21

Estou me arrumando para dormir, quando meu celular toca. Olho para o relógio: 23h45. É Valtteri. Atendo e o ouço chorando. Ele tenta falar, mas não consigo entender o que diz. Ele soluça alto.

— Valtteri, não estou entendendo. Tente ficar calmo.

— Eu não posso fazer nada — diz ele. — Ele morreu.

— Quem?

— Ele está frio e eu não posso fazer nada.

Agora estou assustado.

— Valtteri, o que aconteceu?

— Meu filho, Heikki, se enforcou.

Ele geme tão alto que engasga.

Valtteri adora a família mais do que tudo. É um verdadeiro pesadelo.

— Merda. Vou já para aí.

Ele fala com dificuldade:

— O que eu faço? Posso baixá-lo?

— Não. Maria está aí com você?

— Está. Foi ela... foi ela quem o encontrou.

— Fique aí com ela e espere por mim.

— Obrigado — diz ele. — Desculpe. — E desligamos.

Acordo Kate.

— É uma emergência. Heikki, o filho de Valtteri, se suicidou. Gostaria que você viesse comigo e que ficasse com Maria, a mulher dele, enquanto verifico o que aconteceu.

Vestimos uma roupa e saímos para o frio. Ao chegarmos à casa de Valtteri, ele está descalço sentado nos degraus da varanda da frente, vestindo apenas uma camiseta e uma calça de moletom. A temperatura é menos 12 graus. Ajudo Kate a sair do carro com as muletas, que escorregam no gelo, tornando difícil para ela se manter de pé. Vou com ela até a varanda e me sento ao lado de Valtteri.

— Sinto muito — digo.

Ele se vira e me abraça. E então explode em lágrimas. Chora por muito tempo e eu o abraço até que consiga parar.

Nós três entramos na casa. Maria está sentada no sofá, aos soluços. Seu cabelo grisalho e comprido está embaraçado e se gruda ao rosto encharcado de lágrimas. Kate manca até ela e a abraça. Maria soluça em seu ombro. Elas nem se conheciam.

— Onde está Heikki? — pergunto.

Valtteri enxuga o rosto.

— No porão. Maria o encontrou quando foi colocar as roupas na máquina de secar.

— Onde estão seus outros filhos?

— Mandei-os para a casa de vizinhos.

— Você fica aqui. Vou descer e cuidar de Heikki. Tudo bem?

— Não — diz ele. — Não, não e não. Você não pode baixá-lo sozinho. Vai precisar da minha ajuda. Ele é meu filho. — E explode em lágrimas outra vez. Está beirando a histeria, e sua respiração começa a acelerar. Maria não está melhor do que ele.

— Está bem — respondo.

Coloco meu braço em volta dele e descemos juntos ao porão. O local é úmido e iluminado por uma única lâmpada, um misto de lavanderia e depósito. Heikki usou um pedaço de corda de varal e se pendurou numa viga no centro do porão. Seus pés estão balançando sobre uma banqueta virada no chão. Seu rosto está preto e sua língua inchada pende para fora da boca. O porão cheira a fezes. Heikki evacuou ao morrer.

Valtteri olha para ele, senta no chão, balança-se para frente e para trás e chora.

Heikki é um rapaz grande, mas não preciso de ajuda. Recoloco a banqueta de pé, subo nela, suspendo Heikki o suficiente para tirar seu peso da corda e a corto com meu canivete. Deito-o no chão, cruzo seus braços e fecho seus olhos. Em seguida, cubro-o com um lençol limpo que encontro no cesto de roupa lavada. Ao fazer isso, vejo no chão uma folha de papel cortada ao meio e a apanho: *Hän sai minut tekemään sen*. Não existe distinção de gêneros em finlandês, portanto, o bilhete suicida de Heikki pode significar tanto "Ele me fez fazer isto", quanto "Ela me fez fazer isto".

E mais, poderia significar tanto que alguém o levou a cometer suicídio, quanto que ele tenha feito algo tão terrível que só seria possível reparar com a própria morte. Sua religião considera o suicídio um pecado, um ato cuja pena é a eternidade no inferno. O que poderia ter sido assim tão odioso para lhe causar tal culpa? Quando me faço esta pergunta, um alarme dispara dentro de mim. Por puro instinto, começo a me perguntar se ele não estaria envolvido no assassinato de Sufia.

Crio a imagem mental de Heikki derramando lágrimas sobre o corpo de Sufia. Ele esteve em minha casa sozinho com Kate. Reprimo uma explosão irracional de raiva por Valtteri tê-lo mandado até lá.

Sento-me no chão ao lado dele.

— Você viu isso?

Ele concorda com a cabeça.

— Sabe o que pode significar?

Ele faz que não.

— Valtteri, eu sinto muito, mas isso pode ser a admissão de um assassinato.

Ele concorda, também já pensou nisso, o que reforça minha suspeita.

Quando Valtteri me ligou, ele pediu desculpas. Uma possível leitura do bilhete é que um de seus pais o tenha levado a se matar depois que descobriu que o filho era um assassino. Valtteri e Maria amam seus filhos mais do que tudo na vida, mas ainda assim, não posso descartar a possibilidade.

— Vou ter que investigar — digo.

Ele me olha e seu lábio superior está tremendo.

— Isto quer dizer que Maria e eu teremos que ir?

— Não. Com seus filhos entrando e saindo de casa o dia todo, não há razão para considerar este lugar como uma cena de crime. Mas vou ter que dar uma busca no quarto dele e levar algumas coisas.

— Eu sei — diz ele.

Levo Valtteri para cima e chamo uma ambulância. O pessoal da emergência médica leva Heikki para o necrotério. Antes de saírem, dão tranquilizantes a Valtteri e Maria. Kate fica sentada junto deles. Nada que lhes diga poderá amenizar seu sofrimento, mas sua presença os fortalece.

Heikki dividia o quarto com um irmão mais novo. Faço uma busca rápida. Levo algumas roupas e seu computador. Volto ao porão e revisto as caixas de lixo na esperança de encontrar alguma roupa de Sufia ou uma arma do crime. Mas não encontro nada.

São 3h30 da madrugada quando saio. Valtteri e Maria estão sentados no sofá da sala, um nos braços do outro, dormindo. Colocamos nossos casacos e ajudo Kate a andar pelo gelo até o carro. Ligo a chave, mas não consigo sair do lugar. Kate e eu ficamos nos olhando por um bom tempo. Não falamos nada. Não há o que dizer. Acho que Kate acaba de descobrir o significado do silêncio finlandês.

22

O próximo avião para Helsinque decola às 16h46. Se eu estiver certo, e Heikki tiver participado do assassinato de Sufia, as amostras de DNA que estão sendo enviadas ao laboratório irão provar isto. Kate e eu vamos direto da casa de Valtteri para o aeroporto. Conto a ela sobre o bilhete e seu possível significado. Ela me olha perturbada. Não levamos a conversa adiante. Começa a nevar e as batidas monótonas dos limpadores de para-brisa prejudicam o silêncio que preciso para meu luto pela morte do filho de um colega de trabalho de confiança e um amigo querido.

Não consigo parar de imaginar Heikki chorando sobre o corpo de Sufia, suas lágrimas caindo e congelando sobre o rosto mutilado. Situações possíveis cruzam minha cabeça como edições diferentes de um mesmo filme. Talvez o rapaz fosse um sociopata: roubou o carro de Seppo, sequestrou e matou Sufia sozinho. Vejo a figura dele batendo na cabeça dela com um martelo, cortando suas roupas e gravando "puta negra" em sua barriga dentro do carro parado, arrastando-a nua e inconsciente pela neve. E então a brutaliza, enfiando e girando uma garrafa de cerveja dentro de sua vagina. Ela volta a si, cega, se debate e grita. Ele corta sua garganta e chora diante da visão de sua fantasia que se tornou realidade.

Ou talvez Seppo possuísse algum poder sobre Heikki e o tivesse forçado a ser seu cúmplice. Estacionaram o carro na entrada da fazenda de Aslak. Heikki ficou ali enquanto Seppo a sodomizava, talvez tenha estuprado Sufia dentro do carro, em seguida a arrastou para dentro do campo nevado e cometeu as outras atrocidades. Heikki se ajoelhou diante dela e chorou após testemunhar o que ocorrera.

Inverto os papéis e imagino o oposto. Heikki e Seppo estão juntos no carro, mas é Heikki quem carrega o peso do crime. Vejo a mesma cena várias vezes, com Peter Eklund no lugar de Seppo. Não me parece plausível. Um laestadiano como Heikki e um narcisista desprezível como Peter teriam aversão um pelo outro e detestariam tudo o que o outro representa.

Então, imagino Heli como quem orquestrou o assassinato. Ela poderia ter encontrado Heikki na igreja. Poderia ter dirigido o carro e confiado no tamanho e na força de Heikki para o sequestro e o assassinato. Poderia tê-lo convencido de alguma maneira, dado a ele as chaves do BMW de Seppo e ter se mantido incógnita enquanto o crime era consumado. Posso imaginar as formas de provocação sexual que usou para estimulá-lo. Mesmo que fosse fiel à sua fé, Heikki era inexperiente e vulnerável.

Todas essas possibilidades me dão calafrios. O que quer que Heli tenha me feito, eu a amei um dia e quero pensar nela de uma maneira positiva. A ideia de que tenha sido capaz de coisas tão vis dói nas profundezas de meu ser e me faz lembrar o que eu sentia por ela quando éramos jovens. Lá no fundo, não consigo achar que isso seja possível, mas então eu me lembro o que disse há pouco: não posso imaginar ninguém capaz de cometer tal assassinato, mas alguém o cometeu. Nunca poderia também imaginar que seria traído do modo que fui, e me pergunto se, num nível inconsciente, não estou distorcendo a investigação para puni-la por aquela traição.

Acho que não. O caso de Seppo com Sufia deu motivo suficiente para Heli se tornar suspeita. Valtteri estava certo. Excesso de exercício combinado com dieta transformou Heli num saco de ossos, pequena e frágil, sem força para cometer o assassinato sem a ajuda de outra pessoa. O acréscimo de Heikki ao quadro lhe proporciona os meios e a oportunidade necessários. Talvez Kate estivesse certa. Talvez eu devesse declarar conflito de interesse e abandonar o caso. Mas não posso, e nem sei bem por quê.

Chegamos em casa às 5h30. Tiro o computador de Heikki da mala do carro e trago-o para dentro, junto com a bateria do carro. Kate se senta no sofá e joga as muletas no chão. Ela não tirou o sapato e a neve derrete no tapete. Fico quieto e me sento ao seu lado. Ela olha fixo para a frente. Passam-se alguns minutos e então ela enterra o rosto entre as mãos e começa a soluçar. Não sei se devo abraçá-la e confortá-la. Acho que ela não quer que eu o faça, portanto, espero.

— Eu não posso fazer isso — diz ela sem olhar para mim.

A noite foi pesada para ela, talvez mais pesada até do que eu possa imaginar. Coloco o braço em torno dela.

— Fazer o quê?

— Você viu aquele menino? — pergunta ela.

Ela o viu numa maca quando o pessoal da emergência médica o levou. Eu cortei a corda em que ele se enforcou.

— Vi.

— Passei a noite confortando uma mulher que jamais vi na vida. Nem falamos a mesma língua. Estou contente por ter estado lá, com ela, mas onde estavam as pessoas da família, os amigos?

Não consigo lhe explicar o conceito finlandês de privacidade. Quando ficamos de luto, não conseguimos sequer falar sobre ele. Maria pode ter se sentido mais confortável na presença de uma estranha.

— Você foi a melhor amiga que ela podia ter tido.

— Aquele menino, Heikki. Eu disse que ele era esquisito e agora está morto. Sinto-me péssima por ter falado aquelas coisas sobre ele.

— Você não tem que se sentir assim.

— O bilhete que deixou sugere que foi ele que matou Sufia, não é?

Quanto mais penso sobre isso, mais me convenço dessa probabilidade Se ele matou Sufia, me pergunto outra vez, será que Valtteri e Maria sabiam? Talvez tenha confessado aos pais. Os textos da Bíblia sobre merecimento de punição e fogo do inferno podem tê-lo levado ao suicídio. Minhas mãos começam a tremer. Ele esteve sozinho na casa com Kate e fui eu quem o trouxe aqui.

— Provavelmente.

— Até eu percebi que ele era estranho. Como os pais não perceberam que havia algo errado com ele?

— Eles têm oito filhos. Numa família desse tamanho, as crianças não recebem muita atenção individual. As coisas passam despercebidas.

Ela começa a chorar muito.

— Quero ir embora daqui. Quero ir embora deste lugar e voltar para minha terra.

Igualo o desejo de "ir embora deste lugar" ao de me deixar. Não tenho muito medo disso, mas fico um pouco assustado.

— O que você quer dizer com isso?

— Não quero mais morar aqui.

— Para onde você quer ir?

— Quero voltar para os Estados Unidos, para Aspen.

Na minha cabeça, penso e visualizo Kate o tempo todo. Seu cabelo cor de canela, os olhos cinza perolados tão claros que parecem não ter cor. Desde que nos conhecemos nosso relacionamento tem sido autossuficiente, tanto um começo quanto um fim, como acho que a morte deva ser. Sempre pensei que nada poderia se colocar entre nós. Sinto a mesma sensação que tive quando Seppo a ameaçou. Meu coração dispara, ouço uma campainha em meus ouvidos e minha visão fica turva.

— Nos Estados Unidos — diz ela —, nunca soube de ninguém que tenha se suicidado e nem conheci nenhuma família que tenha tido um suicida. Neste pequeno país, parece que todo dia alguém faz isso. Os finlandeses são como lemingues que se atiram dos rochedos.

E é verdade. Há muitos anos a Finlândia apresenta o maior índice de suicídios do mundo. No ano passado, foram 27 para cada mil habitantes. Se eu perdesse Kate e os gêmeos, acho que faria parte dessa estatística.

Kate olha para mim e percebe o pânico em meu rosto.

— Ah, meu Deus, Kari, desculpe. Não foi isso o que quis dizer. Quero que você venha comigo. Jamais o deixarei para trás.

Começo a me acalmar. Ela me abraça e me beija.

— Podemos ir embora daqui — diz. — Você fala e escreve um inglês quase perfeito. É um policial formado e condecorado. Qualquer departamento de polícia nos Estados Unidos ficaria honrado de tê-lo em sua divisão.

O conceito que ela faz de mim é superior ao que eu mesmo faço.

— Por que você quer ir embora? — pergunto.

A tristeza em seu rosto me diz que vai falar com toda a sinceridade.

— Assim que cheguei aqui, a ideia que fazia da Finlândia era diferente. A natureza e o meio ambiente eram exuberantes e a vida parecia bem organizada. Pensei que as pessoas fossem felizes.

— Você não estava completamente enganada.

— Estava sim. Este lugar é feio. O silêncio, a tristeza, os meses de escuridão. Tudo é drástico demais; é como viver num deserto com neve em vez de areia.

Às vezes, eu mesmo penso assim.

— Quando falo com as pessoas — diz ela —, elas quase não riem ou mesmo sorriem, a não ser que estejam bêbadas. Os finlandeses são impenetráveis. Não tenho ideia do que pensam ou do que sentem. Às vezes, sinto que as pessoas me odeiam porque sou estrangeira, como as enfermeiras do hospital em que fui atendida quando quebrei a perna. Sinto-me desconfortável. Pior, sinto que estou apavorada por estar grávida. Estou à mercê de pessoas que não entendo e nem quero entender.

Não sei quão profunda se tornou a perda de seus valores culturais. Tento explicar.

— O que você acha que é silêncio, nós consideramos solidão tranquila. Muitos de nós não somos infelizes, mas a nossa atitude em relação à vida é séria, talvez devido ao clima extremo em que vivemos. As pessoas não a odeiam, elas a respeitam porque você é bem-sucedida. Os finlandeses têm medo de cometer erros. Se não conseguimos fazer alguma coisa com perfeição, nem tentamos fazer. As pessoas que trabalham para você são capazes de falar inglês com fluência e têm orgulho disso, mas muitas pessoas são medrosas demais para fazer essa tentativa.

— Não há desculpa para o modo como me trataram no hospital.

— Você estava com muita dor. Às vezes, as pessoas daqui ignoram o sofrimento para que aqueles que sofrem possam manter sua dignidade. Quando você der à luz, o tratamento médico que receber vai ser excelente, e pela mesma atitude comportamental, as enfermeiras não irão falar com você. O pessoal do serviço de saúde espera ter uma atuação excelente em seu trabalho. Nosso sistema educacional é um dos melhores do mundo. Não há um lugar melhor para criarmos nossos filhos.

Falei como se estivesse fazendo propaganda para vender a maneira de viver dos finlandeses. Eu mesmo não a compraria se ouvisse as palavras que saíram de minha boca.

Ela parece frustrada.

— A gente está falando do mesmo país? Acabamos de ver um adolescente, que talvez tenha se tornado um psicopata, ser levado para o necrotério depois de ter se enforcado. Eu gerencio lugares que vendem bebidas. Você acha que eu não vejo como o alcoolismo assume proporções catastróficas por aqui? As pessoas bebem porque estão deprimidas. Ficam mais deprimidas porque estão bêbadas, então se tornam mentalmente doentes e acabam por se matar. E você diz que este lugar é seguro? Você deseja que nossos filhos cresçam num ambiente como esse?

Quase todo mundo na Finlândia conhece um suicida. A maneira mais natural de lidarmos com isso é nos dar permissão de sentir pesar, de especular sobre a razão pela qual isso aconteceu e falar sobre o amor que sentimos pelos que partiram. Depois, sepultamos os mortos e é raro que os mencionemos daí em diante. Não sei se isso é a consequência natural da nossa dor pela perda, ou se o silêncio se deve ao sentimento de culpa que carregamos por achar que não lhes foi dada a ajuda de que precisavam para que continuassem vivos. Os suicidas conseguem ter apenas um pequenino obituário no jornal, uma amostra mínima da perda que sentimos numa forma de negação. Esses anúncios fúnebres mínimos falam em nome da nossa vergonha.

— Há muita verdade no que você diz. Não posso defender a vida aqui no norte contra essas falhas, e as falhas são muitas, mas esta é a minha terra e eu a amo. Se você ficar aqui o bastante para aprender a língua e com isso entender a cultura, poderá vir a amar a Finlândia como eu por algumas das razões que hoje fazem com que você a odeie: o silêncio, a solidão e até mesmo a melancolia.

Ela começa a ficar zangada.

— Essa língua! Eu não falo finlandês, mas sei o suficiente dela para perceber que é um reflexo dessa cultura. Na conversa coloquial, você se refere ao outro como se ele fosse uma coisa. Só isso já me diz o bastante.

— Kate, eu sou um policial capenga no início da meia-idade. Não sei se poderia conseguir um emprego nos Estados Unidos, mas tenho bastante certeza que mesmo que conseguisse não me daria tão bem nele quanto pensa. Falo inglês, mas não compreendo sua cultura. Não posso pegar bandidos se não sei como eles pensam. Durante aqueles poucos meses que passei nos Estados Unidos para trabalhar em minha tese de mestrado, senti-me como um peixe fora d'água, do mesmo jeito que você, agora.

— Meu salário é de seis dígitos. Não me importo se você trabalha ou não.

— Mas eu me importo. Além do mais, depois que os gêmeos nascerem você terá direito à licença-maternidade. Podemos então pensar no que iremos fazer.

— Que diferença faz minha licença-maternidade?

— São 105 dias úteis, ou seja, é bastante tempo.

— O que isso significa? Não vou ficar de licença-maternidade durante meses.

— Por que não? Todo mundo fica.

— E é por isso que eu também tenho que ficar?

Por mais que ame Kate, às vezes as diferenças culturais entre nós me confundem.

— Suponho que não. Nunca soube de ninguém que tenha recusado um benefício desses. O que fazem as mães americanas?

— Nós tiramos algumas semanas, depois colocamos as crianças numa creche e voltamos para os nossos compromissos profissionais, e é isso o que eu vou fazer. Você não está querendo se mudar, não é? Não quer nem pensar sobre isso?

Minha reação automática quando alguém tenta me obrigar a fazer uma coisa é fazer justamente o oposto. Mas tento ser sensato.

— Isso parece um ultimato.

— Kari, não é um ultimato. Eu jamais o deixaria, quero apenas saber se você vai considerar essa opção, ou não.

Não quero dizer isso, mas a felicidade de Kate é mais importante para mim do que a minha própria.

— Vou considerar.

Encerramos o assunto e nos preparamos para deitar. Kate sempre dorme com a cabeça em meu ombro, e nossos braços entrelaçados. É o que fazemos agora, mas ainda sinto que existe uma tensão entre nós, como ímãs que se afastam em vez de se atraírem. Nunca antes me senti dessa maneira com Kate, e isso me preocupa.

23

Meu telefone toca às nove horas da manhã.

— Onde você e Valtteri estão? — pergunta Jussi.

Conto a ele sobre o suicídio de Heikki, o bilhete e minhas suspeitas.

— Droga — diz ele.

— Ele e Maria estão em frangalhos.

— Você acha que o bilhete é uma confissão? — pergunta.

— Talvez. É provável.

— Por que ele faria isso?

— Não vale a pena especular. Vamos esperar para ver se o DNA o coloca na cena do crime. O que foi que você e Antti descobriram?

— Antti revistou o carro de Eklund e encontrou sangue e sêmen. Mandou as amostras para serem examinadas em Helsinque. O álibi de Eklund confere, mas não estou convencido. Se ele tivesse fugido do Hullu Poro durante certo tempo, matado Sufia e voltado, tenho certeza de que ninguém notaria.

O caso está entrando em seu quinto dia e eu ainda não tive uma noite de descanso decente desde que tudo começou.

— Ouça, só dormi duas horas. Estamos todos cansados. Vamos tirar a manhã de folga e nos encontraremos esta tarde depois que chegarem os resultados dos exames de DNA.

— Será que devo ir ver Valtteri e Maria? Não sei o que lhes dizer.

Ele quer dizer que é difícil consolar o chefe pelo suicídio do filho, sobretudo quando o rapaz pode ter se matado por causa de um assassinato brutal.

— Não. Vou passar lá depois e vê-los.

Desligamos. O suicídio de Heikki e minha conversa com Kate estão dando voltas em minha cabeça. É difícil voltar a dormir, mas a próxima vez em que olho para o relógio já são três da tarde. Kate está recostada na cama ao meu lado, lendo um livro.

— Fiz café — diz.

Vou até a cozinha, pego uma xícara e me sento na cama ao lado dela. Ela coloca uma das mãos em meu joelho.

— Desculpe se fiz você ficar chateado — diz.

— Este momento está sendo muito complicado para nós dois. O mundo inteiro parece ter virado de cabeça para baixo.

— É verdade.

Coloco minha xícara no chão e a abraço.

— Só quero que você seja feliz.

— Sou feliz com você — diz ela.

— Deixe apenas que eu termine esse caso e aí pensaremos no que pode ser feito para que você se sinta melhor.

Ela concorda e me beija.

No canto extremo da sala tenho uma pequena mesa com o meu computador. Conecto meu monitor ao computador de Heikki e o ligo.

Quando eu era criança, havia uma história de que os laestadianos não podiam ter máquinas de lavar roupa com portas de vidro porque as roupas íntimas poderiam ficar à mostra enquanto a máquina rodava. A religião proíbe danças, músicas, filmes, televisão, videogames, esportes e a maioria dos programas de diversão que os usuários instalam em seus computadores. Além disso, Heikki não tinha conexão de internet em casa e por isso imagino que o exame em sua máquina não vai demorar muito.

O computador é velho e tem apenas os programas básicos, nada que exija senha. Vasculho todas as pastas e arquivos, que contêm principalmente trabalhos de escola. Abro um diretório chamado INTERPRETAÇÃO DA BÍBLIA. Contêm quatro arquivos. O primeiro se chama CANÇÃO.

Heikki digitou todos os 117 versos da Canção de Salomão. Posso perceber pelos erros de digitação que ele não os copiou e colou de algum lugar. Outro arquivo tem o nome de MINHA CANÇÃO. Ele reordenou alguns versos da Canção de Salomão para compor um poema próprio:

sobre os montes de Beter
o jovem veado se alimenta entre os lírios
o odor de seus perfumes espalha sua fragrância
seus lábios gotejam mel
seus seios são como torres

apaixonado, minha mão está no fecho
que começa com lírios
minha cabeça está coberta de orvalho
eu bebi
do mel e do leite sob sua língua
Não mexa nem acorde o amor enquanto ele o satisfizer

O poema é uma mistura curiosa de fervor religioso e desejo sexual. Heikki deve ter sido uma pessoa bastante sensível — ou muito apaixonada por alguém — para ter escrito algo assim. O próximo arquivo chama-se O MALDITO:

> Temos que saber que você agora também está fazendo toda esta maldade terrível e sendo infiel a Deus por casar-se com uma mulher estrangeira? Neemias 13:26–27.
>
> Pois deixamos de observar as ordens que destes quando dissestes: A terra em que estão entrando para possuir é uma terra poluída pela corrupção desses povos. Suas práticas detestáveis a encheram com suas impurezas. Portanto não deem vossas filhas em matrimônio

> para os filhos deles ou tomem as filhas deles para vossos filhos. Esdras 9:10–12
>
> E Cam, o pai de Canaã, viu a nudez do pai. E Noé acordou do sono de seu vinho e viu o que lhe fizera seu filho mais moço. E disse: Maldito seja Canaã. Gênesis 9:21–25.
>
> Cam=negro
>
> *Jumala vihaa neekereitä*. Deus odeia os negros. Os negros devem morrer.

Meu estômago se revira e eu me pergunto outra vez se Valtteri sabia quão perturbado era Heikki. Ele ficará arrasado quando eu lhe disser o que Heikki pensava e o que ele fez. Ele irá se culpar, talvez até ponha a culpa em Deus. Talvez isso já esteja sendo feito. Uma parte de mim quer apagar este arquivo e deixar o caso sem ser resolvido. Pergunto a mim mesmo se expor a verdade servirá a algum propósito, se isso fará justiça a Sufia. A resposta é sim, e isso faz com que eu me sinta mal. Abro o último arquivo, que se chama BABILÔNIA:

> E sobre a sua testa havia um nome escrito, um Mistério, Babilônia a grande, A Mãe das Meretrizes e das Abominações da Terra. Apocalipse 17:5
>
> Se ela se profana prostituindo-se, ela profana seu pai: deverá ser queimada no fogo. Levítico 21:9
>
> Os homens da cidade dela deverão apedrejá-la até a morte porque ela cometeu um ato de insensatez em Israel por ter se prostituído na casa de seu pai, e assim o mal deve ser expurgado entre vós. Deuteronômio 22:21
>
> *Jumala vihaa huoria*. Deus odeia as putas. As putas devem morrer.

As palavras me chocam. Minha mente é um emaranhado de perguntas. De onde ele tirou essas ideias? Ele expressou amor em seu poema. Para quem estava escrevendo? E expressou ódio. Por que, além da cor de sua pele, esse ódio todo por Sufia? Como poderia saber de sua vida promíscua? Dadas as citações do arquivo BABILÔNIA, parece que ele preferiria o apedrejamento ou a cremação como método para a execução de Sufia. Por que a matou da maneira que o fez? Vou rastreando o computador à procura de respostas.

Encontro uma pasta que foi baixada de um site sobre crimes reais intitulada "A Dália Negra: a verdadeira história do assassinato de Elizabeth Short." Não sei muito sobre o caso além do que Jaakko me contou e por isso resolvo dar uma olhada. É um relato completo que expõe teorias sobre o assassinato e discute o crime de forma bastante detalhada.

Ligo meu computador de novo e entro no site. É bem amplo e traz artigos sobre vários criminosos em série, mas o foco é mesmo o caso da Dália Negra. O assassinato de Sufia parece ser uma tentativa de imitação desajeitada desse crime, acrescida de alguns toques pessoais.

Short foi morta, cortada ao meio e seu corpo foi lavado antes de o criminoso tê-lo abandonado. Sufia foi morta no lugar onde foi encontrada e parece que houve um esforço malsucedido de cortá-la ao meio. Short tinha cortes de 7,5 centímetros de profundidade em ambos os cantos de sua boca dando-lhe um sorriso de morte que lembrava um palhaço demente. Sufia não apresentava nada parecido, mas seus olhos foram arrancados das órbitas. Seppo falou de seus olhos lindos, tanto para mim quanto para o amigo. Isso parece uma coincidência improvável.

Short e Sufia foram deixadas na mesma posição depois de seus assassinatos: braços levantados num ângulo de 45 graus e pernas abertas. De ambas foi removido um pedaço de pele superficial do seio direito. Há um boato não confirmado de que no torso de Short estavam gravadas as iniciais "BK", e de que ela teve grama inserida em sua vagina. Sufia teve o abdome gravado com as palavras "puta negra" e uma garrafa quebrada inserida na vagina.

O que me chama mais atenção, como Jaakko apontou, é que tanto Elizabeth Short quanto Sufia tinham deformidades genitais. Para que Heikki pudesse saber da mutilação na genitália de Sufia, das duas uma: ou ele vira sua vagina ou alguém contou a ele sobre ela. A última hipótese me parece milhares de vezes mais provável.

Talvez Heikki tenha resolvido imitar Albert DeSalvo, Ted Bundy, Jeffrey Dahmer ou algum assassino famoso. O assassinato de Elizabeth Short jamais foi solucionado e a quantidade de detalhes cruéis o torna incômodo e complexo se comparado a um homicídio comum. Não consigo pensar em nenhum outro motivo para copiá-lo que não as anomalias genitais comuns a ambos os casos.

Heikki não tinha internet em casa. Como ele poderia ter baixado esses arquivos? Ou ele usou o computador de outra pessoa ou alguém passou os arquivos para ele. Procuro entre seus disquetes e CDs. Nada sobre crimes reais.

Meu celular toca. A tela diz PAPAI. Ele nunca me liga, a menos que esteja muito bêbado ou que minha mãe esteja doente. Receio que seja a segunda hipótese e atendo:

— Oi, pai.

— Oi, filho. Acho melhor você vir até aqui.

— Algum problema com a mamãe?

— Não. Parece que Pirkko Virtanen não aguentou mais. Ela matou Urpo.

Não consigo imaginar isso e não acredito nele.

— Você está bêbado?

— Gostaria de estar.

Desligo. Vejo no monitor uma fotografia de Elizabeth Short na cena do crime. Lembro de Sufia no campo nevado e penso em Heikki chorando, em suas lágrimas derramadas sobre o rosto dela. Pirkko não fala nada e quase não consegue se levantar da cadeira. Como poderia ter matado Urpo? Deve ser a água. A comunidade inteira enlouqueceu.

24

Guio meu carro entre os bancos altos de neve que margeiam a estradinha estreita que me leva a Marjakylä. As 16 casas que compõem a aldeia ficam em terrenos de tamanho e formato idênticos: mais compridos do que largos, espaçosos o suficiente para uma casa, um ou dois anexos externos e um jardim decente. As casas são todas de madeira no estilo chalé e pintadas de vermelho. Foram construídas numa terra cedida aos veteranos de guerra que perderam suas casas por causa dos alemães.

Perto do final da Segunda Guerra Mundial, os alemães adotaram a política de terra arrasada quando se retiraram através da Lapônia. Queimaram Kittilä quase toda, só a igreja ficou de pé. Nossos avós limparam os escombros do terreno carbonizado, cavaram a terra congelada e o granito, e reconstruíram a aldeia.

As casas se alinham ao longo de uma estradinha de terra, oito de cada lado. Meus pais ocupam a última da direita. A mãe e a filha, a alcoólatra Raila e a anoréxica Tiina, moram na casa defronte à deles. Big Paavo mora na casa ao lado e os Virtanen moram do outro lado da rua.

Big Paavo é o empreendedor da aldeia. É dono de cinco casas em Marjakylä, incluindo a de meus pais. Ele transformou a casa diante da dele em um armazém que sua mulher administra. É dele também o bar da cidade no qual meu pai trabalha.

Havia um grupo de umas vinte pessoas em frente à casa dos Virtanen. Os faróis de meu carro iluminam Eero. Ele está esperto como sempre, com seu cachorro Sulo, e veste um casaco com uma gola de pele. Uma camisola de seda aparece por baixo do casaco e abaixo dela as ceroulas enfiadas nas botas desamarradas.

Estaciono o carro na entrada da casa de meus pais. Big Paavo está em seu galpão com meu pai. Estão apoiados em sua bancada de trabalho, fumando.

— Conte-me como foi — digo.

— Eu estava aqui fora trabalhando — fala Big Paavo e aponta para um quadro de bicicleta e alguns raios e partes de engrenagens que estão encostados na mesa. — Urpo estava berrando tão alto com ela que dava para ouvir daqui. Ele queria que ela se levantasse e preparasse o jantar dele. A algazarra durou um tempão, até que ele deu um grito agudo e ficou tudo quieto. Achei que seria melhor ir até lá ver o que tinha acontecido.

Big Paavo é também senhorio dos Virtanen.

—- Bati na porta, e como ninguém veio abrir, entrei. Ele estava morto, caído no chão. Ela lhe deu uma facada no pescoço. Fui até a casa de seu pai e pedi que o chamasse.

Entre nós dessa região, a ocasião das festas e do Natal não é somente escura pela falta de luz do dia. É também escura devido à violência doméstica. Se eu não tivesse crescido a duas portas da casa de Urpo e Pirkko, ficaria satisfeito de pegar o caso e investigar sua morte. Depois dos últimos acontecimentos tenebrosos, seria só mais um dia normal de trabalho em dezembro.

— Onde está Pirkko? — pergunto.

— Quando saí, ela ficou sentada em sua cadeira, como sempre, só que manteve a faca de cozinha no colo. Não disse uma palavra. Até onde sei, faz muito tempo que não fala nada.

— O que essas pessoas todas estão fazendo do lado de fora?

— Um casal veio por causa dos gritos e eu disse o que tinha visto. Acho que eles espalharam a notícia. Não devia ter dito nada, mas fiquei abalado. Desculpe.

— Tudo bem — respondi. — Vocês dois venham comigo e mantenham essa gente do lado de fora enquanto eu vejo como estão as coisas.

Caminhamos até lá. Eles ficam de guarda do lado de fora e eu abro a porta. Pirkko está sentada em sua poltrona. Nem levanta o olhar. Seu vestido e seu rosto estão manchados de sangue. Urpo está caído no chão ao lado da mesa de centro tombada, a mão ainda aperta o corte no pescoço. Ela errou a traqueia, mas acertou a artéria. Há sangue por todo o chão e também nas paredes.

Ajoelho-me ao lado de Pirkko, tiro a faca de sua mão e a coloco no chão ao meu lado.

— Quer falar comigo? — pergunto.

Ela nem parece que me ouviu.

— Vai ficar tudo bem. Nada de mal vai acontecer com você.

Ela não se move, mas lágrimas descem por sua face.

Abro a porta da frente e dou as chaves do meu carro a meu pai.

— Você poderia fazer o favor de buscar para mim duas maletas que estão na mala do carro?

Quando ele volta, pego a faca e a coloco num saco plástico e tiro algumas fotografias de Pirkko, não muitas, pois não desejo incomodá-la mais do que o necessário. Ligo para a emergência e peço dois carros. Enquanto espero, sento-me ao lado de Pirkko e seguro sua mão para confortá-la.

Já vi muitas situações como essa e lidei com elas pelo menos uma ou duas este ano. Tenho uma noção bem real do que aconteceu. Ela estava em sua cadeira e ele ficou de pé na sua frente, aos gritos, bem na sua cara. Não tenho certeza de como ela conseguiu pegar a faca. Talvez tenha ido até a cozinha, pegou-a e sentou-se de volta, ou talvez já estivesse com ela escondida sob a almofada da cadeira. Tenho certeza de que estava com medo dele. Eu também ficaria. Quem sabe já não estivesse com a faca escondida ali, há anos, por via das dúvidas.

Ele grita tanto que chega a um ponto que ela não aguenta mais; e então pega a faca. Devia estar tão bêbado que nem se dá conta do perigo que corre. Ela é muito fraquinha e não podia fazer mais do que feri-lo, mas a faca estava afiada e entrou pelo pescoço até atingir a carótida esquerda.

Pelo padrão das marcas de sangue, posso perceber que ele girou em círculo, caiu no chão sobre a mesa de centro e sangrou até morrer. E isto não deve ter demorado muito.

A equipe da emergência chega. Digo-lhes que deem um sedativo a ela e a levem para o hospital. Ela é gorda. Com algum esforço eles a levantam e a colocam numa cadeira de rodas. Sua poltrona agora está vazia e o cheiro que ela exala me dá vontade de vomitar. Há muito tempo que Pirkko urinava ali mesmo, no estofamento. Não podia cuidar de si própria, e ninguém dava a mínima.

Depois que ela foi embora fiquei mais um pouco para tirar fotografias do local do crime. A casa toda tem um cheiro de sepultura coletiva. Na bancada da cozinha há muitas garrafas vazias de álcool medicinal russo contrabandeado. Todas da mesma marca. Um contrabandista trouxe milhares de litros dela para o país e teve a coragem de colocar um rótulo próprio nas garrafas. Tiro algumas fotos de Urpo. Ele está subnutrido; viveu de bebida e comeu muito pouco durante o inverno. Seu cadáver me lembra uma galinha morta.

Depois que termino, a equipe da emergência leva o corpo numa maca. Saio com eles. As luzes da casa de Mikko iluminam o suficiente para que possamos ver à nossa volta. A multidão ainda está no jardim e, desassossegada, anda de um lado para o outro sobre a neve enquanto pisa forte e esfrega as mãos para se aquecer.

Inteiramente entregue à psicose alcoólica, Raila vê o corpo e começa a gritar. Aponta para a janela da frente da casa dos Virtanen e grita sem parar.

— Eles não podiam nem passar as cortinas a ferro! Eles não podiam nem passar as cortinas a ferro! — E começa a bater palmas com as mãos enluvadas.

Tiina tem a boca e os olhos inclinados para baixo, seu lábio superior é fino como uma gilete e não há espaço entre os lábios e o nariz, uma característica típica da síndrome de alcoolismo fetal. Ela pega a boneca do carrinho e murmura para Raila.

— Fique quieta mamãe, você vai acordar o bebê — diz.

Mas ela continua aos gritos, apontando as cortinas. E Tiina continua pedindo que se cale. Tiina vai até o galpão de Big Paavo e volta com uma bomba de bicicleta de plástico e bate com ela na cabeça de Raila.

O sangue começa a escorrer pelo rosto de Raila, que começa a chorar. Tiina avança sobre ela, arranca um chumaço do seu cabelo grisalho, fino e ralo, que está ensopado de sangue, e o atira sobre a neve endurecida.

Seguro Tiina. O pessoal da emergência repousa a maca de Urpo e volta para atender Raila. Quando Tiina fica mais calma, digo-lhe que vá para casa. Ela caminha com dificuldade empurrando o carrinho de bebê e entra. Então me dou conta de que as cenas que acabo de presenciar não me causam o menor abalo. As psicoses se tornaram corriqueiras. Talvez o frio e a escuridão tenham enlouquecido a todos nós.

Meu pai e Big Paavo caminham em minha direção. Nós três acendemos nossos cigarros.

— Dia esquisito, esse — diz meu pai.

— Você nem tem ideia. — Olho para Big Paavo. — Sabia que Pirkko e Urpo viviam daquele jeito? — pergunto.

— Urpo vivia bêbado e Pirkko levou uma vida miserável durante trinta anos naquela casa — disse. — O que eu podia fazer se era essa a vida que eles escolheram?

Muitas pessoas bebem álcool medicinal contrabandeado porque é mais barato, mas, como sua pureza é total, quem bebe se torna louco e mau, sobretudo durante o *kaamos,* nossa noite polar. Urpo não precisava de nenhum aditivo para ser o estúpido que era, pois era louco e mau mesmo quando estava sóbrio. Sacudo a cabeça. A mulher teve que matar o marido para conseguir ajuda.

Um carro encosta, e, de dentro dele, sai Jaakko.

— Soube do ocorrido pelo noticiário — diz ele. — O que aconteceu?

Não quero muita conversa com Jaakko agora, mas ele é repórter e este é o local onde acaba de acontecer um crime, portanto, não tenho muita escolha.

— Urpo Virtanen está morto. Sua mulher o matou.

— Como aconteceu isso?

— Vou preparar um relatório policial que estará pronto amanhã de manhã.

— Mas me diga algo, uma declaração oficial.

— Para ser honesto com você, Jaakko, neste momento não estou com disposição para isso.

— Incomoda-se se eu tirar umas fotografias?

— Faça o que quiser aqui do lado de fora, mas não entre na casa.

Ele parece aborrecido.

— Soube que o filho de seu sargento cometeu suicídio, ontem.

— Sim, é verdade. Os últimos dias têm sido muito tristes para esta comunidade.

— Afinal, uma citação que se aproveite — diz ele. — Tem noção da razão disso?

— E alguma vez soubemos de verdade por que as pessoas se matam?

— Certo. Incomoda-se de falar sobre o casamento de sua ex-mulher?

Ele me pega de surpresa e percebo que era exatamente isso o que queria.

— Que casamento?

— Ela e Seppo casaram-se hoje na presença de um juiz. Você o tinha prendido por assassinato, soltou-o ontem e ele se casou com Heli no dia seguinte. Acho isso intrigante.

Eu também. Preciso de tempo para digerir a informação e pensar nos motivos por trás desse casamento.

— Ela ligou para mim esta tarde para dar uma declaração — diz ele. — Contou que Seppo há anos a pedia em casamento e que hoje, por fim, ela aceitou a proposta para demonstrar apoio por sua prisão equivocada.

— Um gesto muito nobre da parte dela.

— Disse também que quando você o levava preso para a delegacia, encostou o carro no meio do caminho e colocou uma arma em sua cabeça. Isso é verdade?

O miserável não conseguiu manter a boca fechada.

— Pergunte isso a Seppo.

— Já perguntei.

— E o que ele respondeu?

Jaakko faz uma pausa estratégica e gasta um minuto de silêncio em busca de um jeito de me pegar, mas não consegue.

— Disse que jamais aconteceu.

— Então por que me fez a pergunta?

Ele me lembra um cachorro que tenta cavar ao máximo para tirar um coelho da toca.

— Porque acho que foi o que aconteceu. Acho que há muita coisa por baixo dos panos por aqui. Acho que a investigação sobre o assassinato de Sufia Elmi está envolvida em sentimentos pessoais e ódios ocultos.

— Agradeço suas opiniões, mas tenha cuidado com o que publica. Muitas coisas serão esclarecidas amanhã ou depois.

— Você está muito sério. O que está escondendo?

Meu celular toca. Viro-me de costas para Jaakko e atendo.

— O resultado do exame de DNA do material colhido na casa de Valtteri acaba de chegar — diz Antti. — Ele coloca Heikki na cena do crime e também dentro da casa de Seppo.

Pela segunda vez, em alguns minutos, sou pego desprevenido.

— Dentro da casa?

— Isso.

— Está bem, obrigado. Ligo para você mais tarde.

— O que você acha...

Corto o que ia começar a dizer.

— Não posso falar mais agora.

O pessoal da emergência coloca o corpo de Urpo na ambulância. Raila fica ali, infeliz. Talvez esteja com medo de voltar para casa.

Viro-me para meu pai e Big Paavo.

— Obrigado.

Jaakko dá outra investida, mas corto a conversa. Levo Raila até sua casa e verifico se Tiina se acalmou. Em seguida, vou para o meu carro. Tenho que ir ver Valtteri e dizer ao meu amigo que seu filho morto é um assassino.

25

Ao chegar ao entroncamento da estrada que sai de Marjakylä, surge a aurora boreal. Em vez de entrar na rodovia, atravesso-a e vou até a entrada da fazenda de renas de Aslak, encosto e saio do carro.

Deve estar uns vinte graus abaixo de zero. Num frio como esse, o sentido do olfato é quase inútil, mas sinto o cheiro da aurora boreal. Já ouvi dizer que isso é quase impossível, mas sempre aconteceu comigo. O aroma parece o de cobre e canela queimada. E já ouvi a sua chegada, muitas vezes. O som é como o ronco constante de um trovão.

Acendo um cigarro e fico parado para observar as luzes diminuírem e clarearem como se fossem serpentes verdes luminosas. A neve recente transformou o campo onde o corpo de Sufia foi encontrado numa mortalha branca e imaculada. Umas vinte renas vieram curiosas até onde eu estava.

De repente me ocorre que não falei mais com o pai de Sufia desde que Seppo foi solto. Ele vai ficar aborrecido e já vi que nossa conversa não será nada agradável. Pego o telefone para ligar para ele, mas o celular começa a vibrar na minha mão.

— Boa noite, inspetor — diz Abdi. — Li nos jornais que houve um desenvolvimento desagradável no caso do assassinato de minha filha.

— O senhor está se referindo ao fato de que Seppo Niemi foi solto.

— Exatamente.

— Desculpe por não ter ligado antes. A investigação caminhou tão depressa que não tive tempo. Seppo foi solto por motivos políticos. Não tem nada a ver com a sua culpa ou inocência.

— O assassino de minha filha ficará livre, como acabou de dizer, por razões políticas?

Não conto sobre a suspeita a respeito de Heli. Mesmo que fique provado que ela obrigou Heikki a cometer assassinato, Abdi ficará satisfeito por ver que a justiça foi feita.

— Posso prendê-lo a qualquer momento. Surgiram novidades no caso que vieram para esclarecê-lo melhor e que indicam que tudo se resolverá logo.

— Quais novidades?

— Um adolescente se suicidou ontem. A perícia o coloca no local do crime e também na casa de Seppo. Parece que o rapaz foi cúmplice dele no crime.

— Continuo descrente. Da última vez que nos falamos, o senhor estava com o assassino de Sufia preso e achava que o caso dela se encaminhava para uma solução rápida. Agora o senhor fala de considerações políticas e de cúmplices adolescentes. Começo a perder a confiança no senhor, inspetor.

— Sr. Barre, prometo ao senhor que...

Ele me interrompe.

— O Alcorão diz "Há guardiões nobres que o protegem, que registram e que sabem de todas as suas ações". Não deixe que o assassino de Sufia escape impune.

A ligação é cortada. As luzes da aurora boreal desapareceram, e meus olhos são invadidos pela noite escura e sem vida do ártico.

Bato na porta de Valtteri, e Maria vem atender. Ela parece ter envelhecido dez anos num só dia. Entro, deixo minhas botas na entrada e lhe dou um abraço. Valtteri vem do interior da casa e entra na sala de visitas. Parece assustado, talvez por um pressentimento do que eu tenha para lhe dizer.

— Maria, por que não nos prepara um café? — pede ele.

— Ele também era meu filho.

— Maria, vá para a cozinha.

Ela não discute e sai. Ele e eu nos sentamos lado a lado no sofá.

— O que tenho para falar é muito difícil — digo.

Ele junta as mãos e descansa os braços sobre os joelhos e espera, com o olhar fixo no chão.

— Heikki estava presente no local do crime. As lágrimas no rosto de Sufia pertenciam a ele.

Valtteri não levanta a cabeça

— Fiz a pesquisa no computador dele hoje. Não havia nenhuma admissão de culpa, mas encontrei coisas estranhas. Ele escreveu "Deus odeia os negros" e "Deus odeia as putas", quase igual ao que vimos no corpo dela.

Valtteri chora em silêncio. Suas lágrimas caem entre seus joelhos e respingam no tapete aos seus pés.

— Por que ele fez isso? — pergunta.

— Não sei.

— Você está me dizendo que Heikki achou que foi Deus quem quis que ele matasse aquela garota. Criei meus filhos dentro da religião. Sempre achei que Deus faria deles pessoas boas e fortes. Agora vem me dizer que o que ensinei a Heikki transformou-o num doente, num criminoso.

— Não foi isso que eu disse. Pelo que li do que foi escrito por Heikki, posso lhe dizer que estava perturbado.

— E eu fui o responsável por ele ficar assim.

— Não, não foi você. Você lhe deu uma educação correta. O que Heikki fez não teve nada a ver com você. Conheço-o há muito tempo, você é um bom homem, um bom pai.

Ele olha para cima, suas mãos são lançadas em minha direção. Não sei o que deseja que eu faça. Sua voz está trêmula.

— Então, por quê? — grita. — Oh, meu Deus, por quê?

Maria volta da cozinha. Vem trazendo uma bandeja com xícaras de café e fatias de bolo e a coloca sobre a mesa à nossa frente. Está chorando.

— Valtteri, eu ouvi o que foi dito. Foi ele quem matou a garota, não foi?

Ele entrelaça os próprios braços em volta do corpo e se balança para frente e para trás.

— Maria, nós criamos um monstro.

Ela continua em lágrimas, se ajoelha no chão, agarra Valtteri e tenta fazer com que ele se acalme.

— Por quê? — pergunta-me ela.

— Heikki estava apaixonado por uma garota. Escreveu um poema sobre ela que encontrei em seu computador. Você sabe quem é ela?

— Não — diz Maria.

— Algumas das coisas que escreveu me dão a sensação de que, de algum modo, essa garota e Sufia Elmi estão interligadas. Há outra coisa também. Encontramos o DNA dele na casa de Seppo Niemi. Ele e Seppo se conheciam?

— De vez em quando Heikki fazia pequenos trabalhos para Seppo e Heli. Tirava a neve da entrada da casa, buscava lenha, esse tipo de coisas. Ele conheceu Heli na igreja. A mim, não me surpreende o fato de ele ter estado na casa deles.

O aconchego de Maria funcionou. Valtteri se acalmou, mas agora sei que vinha sonegando informações. Minha dúvida a respeito de ele ter conhecimento de que Heikki matara Sufia renasceu.

— Por que você não me disse? — perguntei.

— Você não gosta de falar sobre Heli e eu não via motivo para lhe contar que meu filho tirava a neve da entrada da casa dela.

Uma ideia me atingiu com tanta força que cheguei a blasfemar em voz alta, sem querer.

— Maldição.

Os dois me olharam chocados, na certa por achar que estava irritado com eles por não terem me dito que Heikki conhecia Heli e Seppo.

— Desculpe — falei.

Acabei de perceber qual a melhor solução para o assassinato de Sufia. Heikki e Seppo se conhecem. Minha investigação sobre a vida de Seppo sugere que sua moral é tão rasa que está sempre pronto a colocar o pau em qualquer coisa que tenha vida. Não me surpreenderia se ele gostasse de comer tanto do doce quanto do salgado. Quem sabe ele seduziu o rapaz que fazia "servicinhos" para ele.

Heikki era jovem, quieto, quase inexperiente. Talvez estivesse na fase da descoberta da sexualidade. Heikki e Seppo podiam estar envolvidos num caso homossexual. Se os dois eram amantes, isso pode ter dado a Heikki acesso às chaves do carro de Seppo. Heikki pode ter matado Sufia por simples ciúme.

Coloco a mão no ombro de Valtteri para que saiba que não estou zangado e sinto uma súbita vergonha só de pensar que ele e Maria tiveram alguma coisa a ver com o suicídio de Heikki. Eles amavam muito o filho.

— Há mais alguma coisa que não me contaram?

Ele sacode a cabeça para dizer que não.

— Imagino que saibam que não posso evitar que isso saia nos jornais.

Maria engole um grito. Deve ter acabado de perceber que ela e Valtteri estão perto de assumir uma nova identidade como pais de um psicopata. Terão que enfrentar humilhações que nem eles nem a comunidade jamais esquecerão.

Valtteri agarra as mãos dela, mas olha para mim.

— Sinto muito por tudo isso — diz. — Envergonhei você e todo o departamento de polícia. Vou apresentar meu pedido de demissão amanhã, depois do enterro.

Procuro o que dizer, mas só encontro palavras inadequadas. Ele ama o seu trabalho.

— Droga, Valtteri, o que Heikki fez não é culpa sua, e eu não vou aceitar sua demissão.

Ele deixa escapar um soluço.

— Eu o criei, a culpa é minha. Você vai aceitá-la e fará isso com prazer.

— Você está num momento de sofrimento e por isso está dizendo bobagens.

— Não tenho escolha.

— A demissão não é uma opção. Você tem sete filhos e uma mulher para sustentar.

Ele começa a chorar outra vez.

— O que faço então?

— Vai passar o luto pela morte de seu filho e depois vai voltar ao trabalho, enquanto eu descubro o que Heikki fez e por quê.

Ele olha para Maria e ela concorda.

— Vou tentar — diz ele.

Levanto-me para sair.

— Sinto muito ter vindo aqui para lhes dizer isso. Vejo-os amanhã no enterro.

— Não venha — diz ele. — Não queremos ninguém além de nós dois, os irmãos e as irmãs.

— Entendo — digo, mas é mentira. Ninguém pode compreender o tormento pelo qual estão passando. Eles sofreram o horror emocional equivalente ao de Sufia, e coube a mim despejar este fardo sobre eles. Espero que um dia possam me perdoar. Vou embora sem dizer outra palavra.

26

Os rostos de Valtteri e Maria, seu luto e seu horror estão congelados em minha mente. Quero ficar sozinho e por isso pego o carro e sigo bem devagar para a delegacia. Posso ficar em minha sala e escrever relatórios. O comandante da polícia nacional tem sido como um machado sobre meu pescoço. Talvez me deixe em paz se souber que o caso está na reta final. Mas primeiro preciso ler o relatório sobre o exame de DNA de Heikki.

Num sinal vermelho, perto da delegacia, um carro encosta no meu, pelo lado esquerdo. É o BMW de Seppo. Heli ao volante acena para mim. Ela abre o vidro do carona e eu abro o do meu lado para poder ouvi-la. Ela grita, me pedindo para segui-la.

Ela acelera, as rodas patinam no gelo e o BMW me ultrapassa. Quem será que morreu dessa vez? Acelero, tentando acompanhá-la. Ela avança um sinal fechado, e eu também. Depois de alguns quarteirões, dobra uma esquina e estaciona. E eu paro atrás dela.

Ela sai do carro e se encosta junto da minha porta. É baixinha e está tremendo. Aperta o casaco no pescoço para se proteger do frio. Minhas mãos tremem devido à descarga de adrenalina.

— Que droga é essa? — pergunto.

Ela aponta para um anúncio de neon de uma lanchonete que pisca na escuridão.

— Vi você e pensei que pudéssemos tomar aquele café do qual falamos outro dia.

— Eu não falei nada de café, foi você quem falou. Você estava dirigindo feito uma louca e avançou um sinal. Ficou maluca?

— Estava só me divertindo, e também queria te provocar um pouco. Vai me multar? — Ela ri.

Fico irritado, mas não quero que perceba isso.

— Eu preciso mesmo falar com você. Espere lá dentro. Já estou indo.

Aproveito mais um pouco o calor do carro aquecido e ligo para Antti.

— Estou com pressa — digo. — Foi você quem encontrou o DNA de Heikki na casa de Seppo. Era uma amostra de quê e onde foi encontrada?

— Pelos púbicos — diz ele. — Estavam no assento da privada do banheiro do andar de cima e na cama deles. Em cima do colchão, por baixo do lençol.

— Nada no lençol?

— A roupa de cama tinha sido trocada. A secadora estava carregada de lençóis e toalhas. Foram lavados com detergente e água sanitária. Nenhuma possibilidade de recolher amostras para exame de DNA.

Desligo, pego o gravador no porta-luvas e o coloco em meu bolso.

Ela não escolheu qualquer lugar, aquela era a nossa lanchonete. Costumávamos vir juntos quando éramos jovens, no começo do namoro. O lugar não mudou muito nesses trinta anos. Ainda se pode tomar um bom sorvete. Encontro Heli, que está dando uma olhada na estante de revistas. Aos 13 anos nos escondemos atrás dela e trocamos nosso primeiro beijo.

— Certo, vamos tomar aquele café — digo.

O mesmo garçom que nos servia há trinta anos ainda está lá, atrás do balcão. Parece que usa a mesma gravata borboleta. O lugar tem também o mesmo cheiro de gordura de batata frita. Ele deve ter uns sessenta anos e atualmente é o dono. Pelo seu modo de nos olhar não é difícil perceber que está surpreso em nos ver, mas não faz qualquer comentário.

— O que desejam, meus jovens? — pergunta.

— Dois cafés — diz Heli. — O meu com leite e um preto para Kari.

Ela paga e nós nos sentamos.

— Parabéns pelo casamento.

— Obrigada. Já estava atrasado. Agora pareceu o momento certo.

Heli não parece mais a mulher raivosa que me cuspiu ou a rainha do gelo que chegou à minha sala. Suas botas estão bem surradas, veste jeans e um suéter velho. Está sem maquiagem e o cabelo louro comprido está preso por duas tranças, uma de cada lado. Sorri. Reconheço a garota pela qual me apaixonei. Suspeito que esta é a intenção dela.

— Você tem talento para as artes cênicas — digo.

— Depois desse tempo todo, a lanchonete me pareceu apropriada — diz ela.

— Depois de 13 anos, não vejo motivo para reviver velhas lembranças.

— Para mim, parece um bom lugar para criar novas lembranças. Desculpe pela maneira como agi. Fui uma idiota. Não há desculpa para mau comportamento, mas você invadiu nossa casa e eu fiquei chocada, pois achei que estava lá para ferrar com Seppo. Agora posso ver que aquelas coisas não eram verdadeiras.

O sarcasmo transparece em minha voz:

— Pode mesmo, não é?

— Posso, e sinto muito. Também quero agradecer por tê-lo soltado logo que sua inocência se tornou clara.

— Você já me agradeceu o suficiente contando a um repórter que eu ameacei Seppo.

— Ele ficou danado comigo por causa disso. É que eu ainda estava zangada com você.

— Mas agora não está mais.

Ela sorri, mexe o café e bate com a colherinha na parte de dentro da xícara.

— Não.

Coloco o gravador em cima da mesa.

— Então, não vai se incomodar em me ajudar na investigação ao responder, agora, algumas perguntas.

Ela faz uma careta.

— Precisamos de um gravador? Isso me deixa nervosa.

É minha vez de sorrir.

— Minha memória não é mais o que era. Sou eu que preciso dele.

Ela olha pensativa e toma um gole de seu café.

— Como vai indo a investigação sobre o assassinato da garota?

— Está perto do final. Sei que você conhecia Heikki.

Ela faz uma cara triste, e uma lágrima conveniente surge em seus olhos.

— Era um ótimo rapaz. Fiquei chocada quando soube. Como estão os pais?

Ela aproxima a mão da minha, como se quisesse compartilhar aquele momento comigo. Eu me afasto.

— Estão do jeito que se espera. O que você soube?

Ela brinca com o saleiro para disfarçar a intenção de pegar em minha mão.

— Na igreja fala-se que ele se enforcou e que — faz uma pausa e funga — teria tido algum envolvimento com o assassinato da garota. Isso é muito trágico. É verdade?

— Isso é confidencial. Vamos para o que eu quero falar com você. Você conhecia bem o Heikki?

— Não muito bem, mas éramos mais ou menos amigos. Ele precisava de dinheiro. Estava economizando para comprar um carro e pagar a faculdade. Eu lhe dava alguns trabalhos domésticos para fazer.

— Só isso?

Ela pensou durante um minuto.

— Depois que ele limpava a neve ou fazia alguma outra coisa, dávamos a ele um chocolate quente e conversávamos sobre a Bíblia.

— Esqueci que você está aqui para redescobrir suas raízes religiosas. Como vai indo isso?

Ela parece se sentir agredida e leva o assunto para o lado que lhe convém.

— Você não precisa ser cruel. As pessoas mudam, sabe. Estava indo para casa, depois de uma reunião na igreja, quando vi você no seu carro. Levo minha religião a sério. Penso, e não consigo entender, como um rapaz maravilhoso como Heikki pode ter feito tal coisa

— Você me parece bastante interessada nele.

— Talvez seja curiosidade mórbida, mas não é todo dia que se descobre que um rapaz que frequenta a sua casa fez uma coisa dessas. É difícil acreditar.

Heli sempre teve uma inclinação para o macabro. Gostava de filmes de crime e de terror. Lembro-me de quando assistiu aquele pássaro ser esmagado e morto por mim: não pareceu ter ficado chocada, ao contrário, me pareceu fascinada.

— Heikki tinha algumas ideias religiosas incomuns — digo. — Alguma vez, lhe disse algo que parecesse estranho?

Ela sacudiu a cabeça.

— Ele aparentava ser um ótimo jovem.

Começo a me concentrar no que me interessa.

— Vou satisfazer sua curiosidade mórbida. Heikki esteve no local do crime. Encontramos suas lágrimas no rosto dela. Imagine que ele a cortou como se corta um animal e sentiu tanto remorso que chorou sobre seu rosto logo depois de tê-la matado, e acabou cometendo suicídio alguns dias mais tarde.

Ela deixou cair algumas lágrimas.

— Coitada dela. Coitado dele. Ele deve ter ficado muito perturbado.

— É muita generosidade de sua parte condoer-se do sofrimento de uma mulher que tinha um caso com seu marido.

Ela suspira.

— O que quer que tenha feito, não merecia morrer daquela forma.

Faço que sim com a cabeça. E tento avaliar o grau de sua sinceridade.

— Heikki esteve em sua casa quantas vezes?

Ela dá de ombros.

— Não sei, algumas.

— Onde se sentavam quando tinham suas conversas sobre a Bíblia?

— Sentávamo-nos na mesa da sala de jantar ou no sofá da sala de estar. — Ela me encara nos olhos e me sonda. — Aonde quer chegar?

— Encontramos pelos púbicos de Heikki no banheiro do segundo andar de sua casa e em sua cama. Estou imaginando como eles foram parar nesses lugares.

Seus olhos ficam foscos como os de uma cobra e, em seguida, começam a se mover. Ela se recosta na cadeira e ri.

— Kari, você está tentando fazer uma sugestão velada de que eu tinha um caso com um garoto de 16 anos?

Ela fica rindo até escorrerem lágrimas de seus olhos. Espero até que pare.

— Não estou sugerindo nada, por que você acha isso?

— Parece ser essa a sua insinuação.

— Fiz-lhe uma simples pergunta. Como acha que os pelos púbicos dele foram parar em seu quarto e em seu banheiro?

Ela me olha do mesmo modo que me olhou quando a interroguei em minha sala. Aquele olhar que diz que não passo de um estúpido.

— Vamos usar nossa imaginação, que tal? Ele tem que fazer xixi e alguns pelos se soltam. Um deles fica no banheiro e o outro fica preso no meu pé ou no de Seppo e acaba indo parar na cama.

— Há um banheiro no andar de baixo. Por que ele usaria o de cima?

— Não sei, mas qual das histórias soa mais plausível, um fio de cabelo sendo levado para a cama ou eu transando com o rapaz? Pense bem sobre isso.

— Eu não a estou acusando de ter transado com o rapaz em sua cama. Ele usou o carro de vocês para cometer o crime. Agora é sua vez de pensar bem sobre isso. Diga-me a que conclusões você chega.

Ela apoia os cotovelos na mesa e o queixo nas mãos. O tempo passa. A ideia lhe ocorre da mesma forma como ocorreu a mim. Ela se senta ereta.

— Caralho, não é possível — exclama.

— Você tem a boca muito suja para uma garota que frequenta a igreja.

— É difícil se livrar dos velhos hábitos. — Começa a rir outra vez. — Você não pode acreditar de verdade que Seppo tenha tido uma relação homossexual com aquele rapaz.

Eu não falo nada. Apenas olho para ela e espero.

— Isso é impossível — diz ela.

— Por quê?

Ela não tem resposta. Nossos olhos se fixam, um no outro. Deixo que ela ganhe e falo primeiro.

— Você alguma vez soube que Seppo estivesse envolvido em algum relacionamento homossexual?

Ela engole o resto do café. Sua falta de resposta é uma resposta.

— Heli, se você sabe de alguma coisa, deve me contar. Você pode terminar envolvida como cúmplice, o que significa cumprir uma pena na prisão. Não estou ameaçando você, só estou tentando ajudá-la.

Ela se levanta, enrola o cachecol no pescoço e veste o casaco.

— Sei que você está preocupado comigo, mas está atirando no alvo errado. Você é um cara legal, sempre foi. Eu tinha me esquecido.

Juntos, vamos para a escuridão do lado de fora. A porta do restaurante tem uma sineta que faz um barulho agradável. O frio tira meu fôlego por um segundo.

— Obrigado pelo café — digo e me dirijo até o meu carro.

— Kari — chama ela.

Eu me viro. Ela abre a porta do BMW e olha para mim.

— Sinto muito por tê-lo magoado quando o abandonei. Eu o amava.

Não sei bem por que, mas fico feliz por ouvir isso. Aceno para ela, mas não sei o que quero dizer com isso. Talvez seja um agradecimento — talvez seja apenas um reconhecimento.

Heli liga o BMW. Preciso testar uma última coisa. Caminho em sua direção, ela abre a janela do outro lado e eu enfio a cabeça para dentro para dizer o que ficou faltando.

— Há uns dois dias — digo —, ocorreu-me a ideia maluca de que você descobriu a respeito do caso de Seppo e decidiu se livrar de Sufia. Vocês ainda não eram casados. Se Seppo a deixasse por Sufia, pelas leis finlandesas, você não teria direito a nada. Então, você seduziu Heikki e apostou em suas crenças religiosas para convencê-lo de que Sufia era uma puta negra, uma pecadora que merecia morrer, e depois você e ele se juntaram para assassiná-la.

Faço uma pausa. O rosto de Heli não mostra nada de diferente. Continuo:

— Ao usar o carro de Seppo, você e Heikki o incriminaram. E então você convenceu Seppo a se casar e o alimentou com fantasias sobre o quanto a sua solidariedade o faria parecer inocente. E o casamento asseguraria seu bem-estar financeiro. Você levou Heikki ao suicídio ao lhe contar a verdade, ou seja, que você o usou e que pretendia descartá-lo. É claro que posso ver agora que tudo isso não poderia ser verdade. Ao olhar para trás vejo que foi uma ideia estúpida.

A expressão dela não se altera.

— Você tem uma imaginação fértil.

— Sim, tenho. Uma relação homossexual entre Seppo e Heikki é uma solução muito mais razoável. Tem todos os elementos. Motivo. Oportunidade. Ainda assim, pode ver como todas as peças da trama se encaixam também com você e Heikki como parceiros, só que desse jeito é mais complicado.

Heli dá um riso forçado e fecha a janela.

Algo me ocorre.

— Ei, espere um segundo — digo. — Como se soletra *lasi*, vidro, em inglês?

— Por quê?

— Tenho que mandar uma mensagem de texto para minha mulher e não me lembro.

— G-R-A-S-S.

Ela sobe a janela e vai embora. Acendo um cigarro. O frio embaça meus olhos, que começam a doer. As luzes traseiras de seu carro deixam um rastro vermelho e desaparecem. O inglês de Heli sempre foi ruim. Será que a garrafa quebrada enfiada na vagina de Sufia pode ter sido porque Heli leu errado a palavra grama — em inglês, *grass* — no site sobre a morte de Elizabeth Short, e trocou pela palavra vidro — *glass*? Paro debaixo de um poste de luz e fico fumando e pensando por algum tempo.

27

Tiro a neve de meus sapatos, deixo-os junto da porta e entro na sala. Kate está sentada na cama lendo, vestida apenas com uma calcinha preta. As casas finlandesas modernas são tão bem isoladas que independentemente do frio que faça do lado de fora, pode-se sempre andar pela casa somente com a roupa de baixo. Ela levanta o livro que está lendo, *Finlandês para estrangeiros*.

— *Mitä kuuluu?* — pergunta.

Ajoelho-me no chão ao seu lado. Sua pele é branca, tão sem cor quanto a neve. As veias sob a pele formam sombras azuis na superfície. Toco seu seio e percorro o mapa azulado com o indicador.

— *Rakastele kanssani* — digo.

— Tentei perguntar como você está — diz ela.

— E eu respondi vem transar comigo.

Ela ri.

— Como vamos fazer isso com esse gesso pelo meio?

Começo a tirar minhas roupas.

— A gente dá um jeito.

Acabamos dando um jeito. Depois da terceira vez, deito a cabeça em seu braço e roço seu seio.

— Se isso fosse literatura de banca de jornal — diz Kate —, o texto diria que você estava louco de paixão.

Estou com o seio dela todo em minha boca. Tenho que virar a cabeça para responder.

— Tenho passado por coisas tão ruins nos últimos dias que preciso de algo bonito.

Ela beija meus lábios.

— *Minä rakastan sinua* (eu te amo) — diz ela.

Seu sotaque lembra o de uma criança aprendendo a falar. Não consigo conter o riso.

— Estive pensando sobre a nossa conversa — digo. — Que tal se, em vez de irmos para os Estados Unidos, nos mudássemos para Helsinque? Lá tem uma comunidade internacional enorme, um monte de gente fala inglês. Você não vai se sentir isolada.

— Você acha que consegue ser transferido de volta para lá?

— Acho que sim.

— Você seria feliz lá?

— Não sei, e também não sei se você seria feliz lá. Pode ser que sim. Mas os grandes resorts de inverno ficam no norte. Você teria que trabalhar em outra coisa. É só uma ideia.

Ela franze a testa, preocupada.

— Acho que você estava certo — diz. — Vamos pensar nisso depois que concluir esse caso do assassinato de Sufia Elmi.

— O caso deve ser concluído em breve.

Conto a Kate tudo o que aconteceu desde que saí de casa hoje, mais cedo. Sobre como Pirkko assassinou Urpo, sobre o caos da cena do crime. Tiina atacando Raila. Como tive que falar a Valtteri e Maria que seu filho era um assassino e que eu achava que Heikki podia ter tido um caso homossexual com Seppo, e sobre a conversa que tive com Heli.

— Seu dia foi um verdadeiro pesadelo — diz ela.

— Foi. A parte boa é que, se Seppo admitir que teve um caso com Heikki, posso concluir a investigação. É a teoria do Atirador Solitário.

— Por que você acha que Heli queria falar com você?

— Toda a conversa sobre fazer as pazes era bobagem. O que ela queria era extrair informações sobre o caso. Está com medo de alguma coisa.

— Você acha mesmo que ela e Heikki podem ter assassinado Sufia juntos?

— Acredito que ela sabe mais do que diz. Queria ver sua reação ao perceber que poderia ser considerada suspeita. A mulher que eu conhecia tinha problemas emocionais, mas não se enquadrava no perfil de uma psicopata. Mas isso foi há muito tempo. Eu não a conheço mais. Sua confusão ao soletrar *glass* e *grass*, e o vidro e a grama nas vaginas de Sufia e Elizabeth Short, se isso for apenas coincidência é muita loucura. O caso todo é uma grande loucura.

Para mim, uma investigação criminal é como um jogo de baralho. À medida que o jogo progride e surge mais uma informação, minha imaginação arruma as cartas de outra maneira. Conversar sobre o caso com Kate é como embaralhar todas as cartas de novo.

— Acabei de formar essa imagem na minha cabeça — digo. — Seppo, Sufia e Heikki num quarto. Seppo fantasia que é um xeque da Arábia, Sufia é uma dançarina núbia e Heikki seu parceiro sexual. Isso explicaria como Heikki sabia da mutilação genital de Sufia. Ele vê a vagina dela, talvez até faça sexo com ela, enquanto rola um *ménage à trois* entre eles.

— Mas como Heikki faz a ligação entre Sufia e o caso da Dália Negra? — pergunta Kate.

— Ainda não sei. Talvez Seppo possa me dizer. Talvez seja por isso que Heli tenha tentado extrair informações de mim, para descobrir o quanto eu sabia do relacionamento de Heikki com Sufia e Seppo. Talvez tenha chantageado Seppo para se casar com ela sob a ameaça de me contar a verdade. Quem sabe foi ela que leu sobre o caso da Dália Negra e depois falou com Heikki sobre ele.

— Talvez — diz Kate. — Mas, como Peter Eklund e Seppo se conhecem de Helsinque, a relação de Sufia com Peter parece mais do que uma coincidência, mais do que uma ponta solta. Se você estiver certo, e se tiver existido esse círculo de sexo, é possível que vestígios do sêmen dele tenham sido encontrados na boca de Sufia junto com os de Seppo sem que ele tivesse tomado parte nisso tudo?

As cartas se embaralham outra vez.

— Peter admitiu ter encontrado Seppo, algumas vezes, em boates em Helsinque. Talvez tenham descoberto que ambos tinham uma atração por adolescentes. Pode ser que Sufia não estivesse traindo Seppo com Peter. Seppo pode ter apresentado Sufia a Peter, mais ou menos como um oferecimento a ele. Seppo e Peter podiam estar transando com Sufia e Heikki juntos. Talvez não tenha acontecido exatamente dessa maneira, mas sim com alguma variação sobre esse tema.

Kate ouve isso tudo e pergunta:

— Então, quem matou Sufia?

Dessa vez as cartas não se embaralham de novo. Não consigo imaginar a sequência de fatos que resultaram em sua morte.

— Não sei, talvez todos eles a tenham matado.

Meu celular toca. É Antti. É ele quem está de plantão nesta noite. Eu atendo.

— Porra, Kari — diz ele. — Você tem que vir aqui, agora.

— Onde?

— No lago onde você e seu pai gostam de pescar. Alguém morreu queimado no gelo, e parece uma criança. Não posso acreditar.

Nem eu. O relógio marca 00h15. A investigação do assassinato de Sufia entra no sexto dia. Durante esse período foram três assassinatos. Ouço Antti sufocado num soluço. Ele é durão e para ficar desse jeito o que viu deve ter sido pavoroso.

— Ainda está queimando — diz ele.

— Pegue um cobertor na viatura e coloque sobre o corpo. Vou ligar para Esko e vou para aí.

Nua ao meu lado, Kate espera que eu lhe diga o que aconteceu.

— Foi Antti. Ele disse que uma criança foi assassinada e queimada. Vou ficar fora o resto da noite.

Ela se encolhe toda.

— Não — diz.

É exatamente o que estou pensando.

28

Meu pai e eu nunca pescamos juntos, mas pescamos sempre no mesmo lugar, e tenho certeza de que pela mesma razão. Foi nele que minha irmã Suvi morreu. É uma maneira de estar com ela. Algumas vezes até falo com ela quando estou lá; sentado num caixote, sacudindo a linha de pescar através de um buraco no gelo.

A noite estrelada espalha sua luz sobre o lago e faz com que ele pareça ser de ardósia cinzenta. Uma meia-lua aparece por detrás de uma coluna de fumaça que se eleva no céu. Antti está de pé perto de onde a fumaça sai, a menos de 15 metros de onde Suvi caiu no lago através do gelo e se afogou. Sinto um calafrio. Pego minhas maletas na mala do carro, atravesso a margem e caminho sobre o gelo do lago.

Vou em direção ao corpo com minha lanterna acesa, mas quase não consigo entender o que vejo. A figura que ela ilumina, e da qual sai a fumaça, não parece ser uma pessoa; parece-se mais com uma vela enegrecida que queimou até a metade e cujo pavio foi cortado. Antti e eu nos cumprimentamos apenas com um aceno. Olho para a vítima, fecho os olhos com o intuito de me proteger do contato com aquela visão horrorosa, para depois voltar a olhar. Uma parte de mim não crê no que está vendo.

Um pneu foi enfiado em volta do tronco e dos braços da criança e depois foi incendiado. O cheiro de borracha queimada misturado com o de carne carbonizada está por toda a parte e é nauseabundo. Alguém encheu o pneu de gasolina, incendiou-o e depois ficou observando a criança ser queimada. Um cobertor amarrotado está afastado do corpo, no gelo, a alguns metros. Antti extinguiu as chamas, mas a borracha continua ardendo.

A vítima ficou ali, sentada, de pernas cruzadas, enquanto o assassino organizava os detalhes de sua morte. De alguma forma, o corpo tomou uma posição vertical enquanto queimava. Como o pneu envolvia a parte superior, as chamas subiram e queimaram quase toda a pele do peito e da cabeça. Apenas fragmentos de músculos e ligamentos carbonizados e ressecados permanecem presos aos ossos e ao crânio enegrecido.

Da cintura para cima o corpo está todo enrugado devido ao calor. Fuligem e cinzas cobrem a parte de baixo, mas, de certa forma, a porção inferior permanece intacta. Antti achou que a vítima fosse uma criança porque o calor e as chamas fizeram evaporar seus fluidos corporais e desaparecer os cabelos e a pele, fazendo com que ela de fato encolhesse. Mas ele se enganou.

Agacho-me, mantendo o peso na ponta dos pés, e examino a parte inferior do corpo. Sob a sujeira do pneu queimado, vejo jeans e botas usadas. O que percebo me desequilibra e me faz cair para trás, sentado no chão, e largar a lanterna. Tento respirar, mas não consigo. Abro e fecho os punhos. Aperto os olhos e evito enxergar o que descobri sobre o cadáver, para relaxar o suficiente para conseguir falar. Quando abro os olhos, vejo Antti de pé na minha frente.

— Não é uma criança — digo. — É uma mulher baixinha. É Heli, minha ex-mulher.

Antti abre e fecha a boca, abre e fecha a boca outra vez.

— Droga, Kari. Sinto muito.

Com a mão estendida ele me ajuda a me levantar. Ficamos ali, lado a lado, no gelo. Ele pega a lanterna e a aponta para Heli. Com olhos de horror a fitamos por um tempo que parece eterno.

— O que a gente faz? — pergunta Antti.

Penso em sua pergunta, mas ainda não tenho resposta. Sento-me numa das maletas.

— Estive com Heli cedo, esta noite. Talvez eu tenha sido a última pessoa a vê-la viva. Não posso fazer nada, pois ameaço contaminar a investigação. Você tem que periciar o local do crime. Espere Esko chegar, ele vai ajudá-lo.

O que eu disse é verdade, mas também sei que estou incapacitado, psicologicamente, de trabalhar.

Ele se senta na outra maleta.

— Está bem — diz.

Esko chega, e Antti lhe explica o que aconteceu. Esko se agacha a meu lado.

— Sinto muito — diz. — Pode deixar que cuidaremos de tudo.

Antti precisa do material das minhas maletas. Eu me levanto, me afasto um pouco, fumo um cigarro atrás do outro e os observo enquanto examinam o cadáver de Heli, ou o que restou dela. Eu deveria sentir alguma coisa que lembrasse os momentos de minha vida com Heli. A vida dela deveria passar diante dos meus olhos, mas minha mente está vazia, não sinto nada. O frio penetra minha pele. E faz com que pareça que é água gelada que corre em minhas veias. Olho para as sombras impenetráveis da floresta além do lago e para as estrelas no céu.

Depois de algum tempo Esko vem até mim e diz:

— Você não precisa ficar aqui.

Levo alguns segundos para perceber que ele falou comigo e outros tantos para entender o que foi que disse.

— E se Antti precisar de alguma coisa?

— Não vai precisar. Você pode dirigir sozinho para casa?

Faço um sinal afirmativo.

— Então vá — diz ele.

Saio do lago cambaleante, subo a margem com dificuldade e mergulho no banco do carro.

Entro em casa e fecho a porta. Kate está sentada no sofá com sua perna quebrada apoiada num tamborete. Está com a tevê ligada numa daquelas séries de comédias americanas com trilha sonora de gargalhadas. Sento-me ao seu lado.

— Pensei que você fosse ficar fora a noite toda — diz ela.

Olho para a tevê e sacudo a cabeça.

Ela se aproxima e me olha nos olhos.

— O que aconteceu?

— Era Heli — digo.

— O que foi?

Talvez ela tenha pensado que me refiro ao assassinato de Sufia ou ao suicídio de Heikki.

— Heli, minha ex-mulher. Não era uma criança. Alguém enfiou um pneu em volta de seu tronco e braços, encheu-o de gasolina e ateou fogo. Ela está morta.

Kate arregala os olhos. Aproxima-se de mim e pega minhas mãos.

— Kari...

Continuo com os olhos grudados na televisão. Acho graça de uma piada sem graça, dou uma olhada de relance para os meus pés e percebo que esqueci de tirar as botas. Vejo a neve derretendo sobre o tapete.

Quase nunca choro. Às vezes passo anos sem chorar. Quando era menino, se chorasse meu pai me batia. Deve ter secado boa parte do reservatório de lágrimas de tanto que me bateu. Começo a chorar, um pouco comovido, e me surpreendo por isso. De certa forma o que aconteceu me aterroriza.

— Suvi — digo.

Kate continua com minhas mãos entre as dela.

— O quê?

— Suvi. Heli morreu onde Suvi morreu.

Ela desliga a tevê. Fala comigo de uma maneira doce, como se estivesse falando com uma criança.

— Kari, você quer um drinque?

Minha cabeça balança sozinha e diz que sim.

Ela sai apoiada nas muletas, vai até a cozinha e volta com uma garrafa de uísque e um copo d'água. Sirvo uma dose tripla e penso em meu pai sentado em sua cadeira com a vodca camuflada como se estivesse bebendo um copo d'água, para depois ficar bêbado, gritar com mamãe e conosco e bater na gente. Bebo o uísque e sirvo outra dose tripla.

Kate me abraça.

— Suvi morreu onde Heli morreu?

Bebo outro gole.

— Sim.

— Quem é Suvi?

Nos últimos trinta anos nunca falei o nome de Suvi. Estou banhado em lágrimas. Não consigo enxergar. Tento falar, mas meu nariz escorre tanto que me faz engasgar e corta minhas palavras.

— Suvi morreu porque não tomei conta dela direito. Heli morreu porque não solucionei o assassinato. Elas morreram por minha culpa.

Depois de terminar o segundo drinque, Kate tira o copo de mim.

— Kari, você ainda não me disse quem é Suvi.

— Suvi era minha irmã.

Estou aos prantos e sufocado, enquanto ponho para fora a história de como Suvi caiu no buraco no gelo e se afogou, e como meu pai e eu não fizemos nada, e como vasculharam o lago sob o gelo até tirarem o corpo dela. Vou entremeando a fala com goles de uísque que escorregam direto do gargalo. Bebi quase todo o conteúdo da garrafa.

Kate me aperta junto a si. Tento me afastar dela, mas não tenho forças.

— Por que não me falou sobre Suvi antes? — pergunta.

O choro me envergonha. Limpo o nariz na manga e soluço.

— Porque não queria que você me culpasse.

Ela puxa meu rosto para perto do seu e me toma nos braços.

— Kari, você tinha 9 anos.

Começo a chorar mais forte ainda e derramo minhas lágrimas e o muco que escorre de meu nariz, sobre o ombro dela.

— Você me culpa? — pergunto.

— Não, Kari, não culpo você, de nada.

Ela me embala para frente e para trás. Eu desmaio bêbado, e não me lembro de mais nada do que aconteceu depois.

29

Kate me sacode para que eu acorde.

— Antti está ao telefone — diz ela. — Não queria atender seu celular, mas ele continuou ligando. Disse que você precisava dormir, mas ele disse que é muito importante.

Sinto como se um rato tivesse entrado na minha boca, morrido e apodrecido lá enquanto eu dormia. Minha cabeça está latejando. Ter bebido três quartos de uma garrafa de uísque como se fosse água me deixou com uma ressaca insuportável.

Pego o telefone.

— O que é?

— Desculpe incomodá-lo — fala Antti —, mas achei que você deveria saber o que descobrimos na cena do crime de Heli.

— Tudo bem, diga.

— Esko e eu periciamos o local. O pneu em volta do tronco dela era um Dunlop Winter Sport, a identificação ainda estava legível. Achei uma calota de raios em forma de estrela e um galão de gasolina vazio na beirada do lago.

Meu estômago se contorce mais pela culpa do que por causa da ressaca.

— Você está me dizendo que soltei Seppo e que ele matou Heli?

Ele evita fazer qualquer julgamento.

— Fui ao chalé dele e o BMW estava parada em frente. As chaves ainda estavam na ignição. Abri a mala e vi que o estepe sumiu, portanto tenho grande certeza de que ele o usou para matá-la. A bolsa dela ainda estava no carro. Isso foi mais ou menos às quatro da manhã.

— Você encontrou Seppo?

— Ele atendeu a porta quando toquei a campainha, disse que estava dormindo e parecia mesmo que tinha acabado de ser acordado. Parecia um sonâmbulo inconsciente. Ainda estava para lá de bêbado. Aposto que encheu a cara, matou a mulher, voltou para casa e caiu na cama.

— Como foi que ele reagiu à morte de Heli?

— Não falei para ele. Eu o prendi, mas não fiz qualquer acusação. Achei que devia deixar com você a decisão de como conduzir o caso. Ter sido preso de novo deixou-o muito irritado, para dizer o mínimo, mas não podia deixá-lo livre quando seu carro é uma evidência deste segundo assassinato.

— Fez muito bem. Vou ligar para Esko para ver o que me diz, depois irei para a delegacia falar com Seppo.

— Esko já fez a autópsia. Eu estava com ele.

— Por que assim tão depressa?

— Para dizer a verdade, Esko estava com medo de que você insistisse em assistir à autópsia e que isso fosse muito pesado para você, por isso fomos logo para o necrotério às sete da manhã.

Olho para o relógio e vejo que já são 11 horas.

— Quando foi que você dormiu?

— Não dormi. Esko foi para casa dar uma cochilada enquanto fui ao chalé de inverno de Seppo.

— Que merda! — digo. — Tenho que falar com os pais de Heli.

— Já estive na casa deles com o pastor Nuorgam e falei com o pai de Heli.

— E como ele recebeu a notícia?

— Mal. Eu disse a ele que você estava arrasado e que falaria com eles assim que fosse possível.

Perceber que meus companheiros de trabalho estão tentando proteger meus sentimentos me deixa ao mesmo tempo emocionado e envergonhado.

— Obrigado. Fico contente por tudo o que vocês fizeram.

— Sem problema. Você está bem?

Ainda não tenho certeza.

— Sim, está tudo bem. Vá para casa descansar, falo com você depois.

Kate se senta na cama.

— O que você vai fazer?

Sacudo os ombros.

— Vou para o trabalho.

— Lembra o que aconteceu ontem à noite?

As coisas ainda estão um pouco confusas, mas me lembro mais do que desejo. Imagino o papel que fiz ao chorar feito uma criança e sinto o rosto ficando vermelho de vergonha.

— Desculpe, acho que deixei a emoção passar da conta.

— Você não precisa se desculpar. Fico apenas curiosa em saber por que nunca me falou sobre Suvi antes.

Quando eu vivia em Helsinque, morava num apartamento no quarto andar de um prédio de nove andares. Uns seis meses depois que Heli me abandonou, cheguei em casa e encontrei um gato adulto bem grande em minha sacada. A única maneira de ter chegado até ali era pulando de um andar mais alto. Ninguém me perguntou sobre ele, nem eu perguntei se alguém tinha perdido um gato. Dei a ele o nome de Katt — a palavra sueca para gato. Um nome estúpido para um animal estúpido, mas acabei me afeiçoando a ele.

Katt adorava programas de tevê sobre a natureza. Parecia pensar que todas as outras criaturas da terra viviam naquela caixinha que eu tinha na sala de estar. À noite eu me deitava no sofá e ele se deitava sobre meu peito e dividíamos um pote de sorvete e víamos os antílopes acasalando ou os leopardos matarem búfalos e coisas desse tipo. Os de que ele mais gostava eram os documentários sobre outros gatos.

Quando me transferi para Kittilä, trouxe Katt comigo e fiquei com ele durante oito anos. Um dia cheguei em casa e o encontrei morto. Ele tentou comer uma fatia grossa de borracha e morreu sufocado.

Katt tinha merda no cérebro. Fiquei desolado. Enterrei-o no quintal numa cova sem qualquer identificação. Ainda hoje, no dia de Todos os Santos acendo uma vela para ele. Nunca disse a ninguém o quanto gostava dele, nem como fiquei triste por sua morte. Nunca contei a Kate que ele sequer existiu. Dividir uma dor simplesmente não faz parte de meu modo de ser.

Até a noite anterior, eu não tinha percebido o quanto queria falar a Kate sobre Suvi.

— Não sabia como contar — digo.

— Há mais alguma coisa que você ainda não me contou e que quer me contar?

Penso um pouco.

— Não.

— Estou preocupada com você — diz ela. — Não quero que vá para o trabalho.

— O que quer que eu faça?

— Você sabe o que eu quero e sabe que estou certa. As coisas foram além da conta. Você me disse que iria tomar uma providência.

Concordo. O caso saiu do controle e atingiu proporções que eu jamais imaginei, e isso me fez pagar um preço bem alto. Não quero tomar esta decisão porque parece negligência, é uma humilhação, mas eu deveria desistir do caso.

— Vou fazer isso agora — disse.

Ligo para o comandante da polícia nacional. Ele começa a falar antes de mim.

— Você não escreveu a declaração à imprensa do jeito que lhe falei. Agora está tudo fodido.

— Jyri, minha ex-mulher está morta. Foi assassinada ontem à noite. — Coloco-o a par das circunstâncias em que o crime se deu.

Há um silêncio momentâneo.

— Meu Deus. Sinto muito. Como você está?

— Não muito bem. Estou me retirando do caso. Esta história toda acabou por se tornar muito pessoal. Devo ter sido a última pessoa a ver Heli com vida, e dado o meu relacionamento com ela e com seu marido, que volta a ser o principal suspeito, acho inadequado continuar na investigação.

— Você pode falar sobre o caso?

— Sim.

— Conte-me o que sabe e para onde acha que o caso está indo.

— Da última vez que nos falamos, disse que quando descobríssemos o terceiro homem, aquele que verteu lágrimas sobre o rosto de Sufia, ele nos levaria a alguém mais e solucionaríamos o caso. O rapaz, que se chama Heikki, se suicidou, e um exame de DNA provou que as lágrimas derramadas no rosto da vítima eram dele. Ele estava ligado a Heli e a Seppo, o que me deixou com quatro hipóteses de trabalho. Achei que não teria que provar nenhuma delas, mas sim invalidar as que não serviam, pois o processo de eliminação me conduziria à verdade.

— Sim, e quais são?

— De saída, pensei que o mais provável fosse que Heli e Heikki tivessem agido juntos. Ela iria perder muito se Seppo a trocasse por Sufia e, além disso, tinha um motivo para se vingar. Heikki era jovem, maleável e impressionável. Ela poderia ter usado o sexo e a crença religiosa dele para coagi-lo. Mas depois pensei que Heikki e Seppo poderiam também ter agido juntos e que essa era uma solução mais elegante e com menos variáveis. Perguntei a Heli se Seppo era bissexual. Ela não negou. Um relacionamento homossexual teria dado a Heikki o motivo do ciúme.

— Como Heli agora está morta — diz ele —, sobra apenas Seppo.

— Espere. Isso não explica o aspecto de imitação do assassinato de Elizabeth Short e como Heikki sabia sobre a mutilação genital de Sufia. — E então explico as características comuns entre os dois assassinatos. — Se Heikki estivesse envolvido num triângulo sexual com Sufia e Seppo, ele devia saber disso muito bem. Nesse caso, pode ter agido sozinho por ciúme. Ou ele e Seppo podem tê-la matado juntos, porque é bem provável que Sufia tenha tentado chantagear Seppo. Ela era conhecida por ter feito isso antes, em circunstâncias semelhantes. Talvez tenha sido isso o que aconteceu. Heli descobriu tudo e forçou Seppo a se casar com ela, caso contrário, me contaria toda a verdade sobre o assassinato de Sufia. Então, essa ameaça deu a Seppo o motivo para matá-la.

— Mas a maneira pela qual o fez, com o pneu do próprio carro, teria sido uma estupidez completa. Se foi ele mesmo quem matou a mulher, fez de si próprio o principal suspeito.

— A inteligência dele não é lá essas coisas, mas concordo, tamanha estupidez me faz questionar sua culpa.

— Você falou em quatro teorias, mas só apresentou três.

— O relacionamento de Sufia e Peter Eklund é a peça do quebra-cabeça para a qual ainda não tenho uma explicação. Ela fez sexo oral tanto em Seppo quanto em Peter antes de ser assassinada, pois havia vestígios de sêmen dos dois em sua boca. Peter e Seppo se conheceram em Helsinque talvez quando ainda fossem ambos jovens. Se os dois faziam sexo com Sufia, talvez também partilhassem Heikki. É uma coisa feia, mas é uma possibilidade.

O comandante reflete sobre o que ouve.

— E o que você pensa, agora que Heli está morta?

— Ainda não tive tempo para pensar.

— Pois então pense.

— Honestamente, meu pressentimento era que os assassinos poderiam ter sido Heli e Heikki, mas agora já não sei mais.

Ele grita do outro lado da linha e me surpreende.

— Não saia do caso.

— Jyri, isso é ridículo. Eu talvez tenha sido a última pessoa a vê-la viva. Isso faz de mim um possível suspeito.

— Foi você quem a matou?

— É claro que não.

— Então você não foi a última pessoa a vê-la com vida. Você leu os jornais ou assistiu à tevê hoje?

Estava evitando o noticiário.

— Não nos últimos dois dias. Estive sem tempo.

— Você está em todos os noticiários. Nacionais e internacionais. Eles não só mostram fotos de Sufia Elmi como falam que o caso da Dália Negra finlandesa está uma confusão. E dizem que um policial ruivo, imbecil, um caçador de renas da Lapônia, abusou de sua autoridade e usou o assassinato de uma delicada e inocente, porém talentosa, refugiada somali, que lutava por fama e fortuna contra todas as dificuldades, como pretexto para atingir a ex-mulher e o cara que a comeu quando eles ainda eram casados. Se tivesse escrito o comunicado à imprensa do jeito que lhe falei, teria estabelecido de cara seu relacionamento com o acusado, e feito a caveira do babaca; teria aparecido como o mocinho da história. Agora, você pode vir a perder o emprego por causa disso. Ou coisa pior.

Agora vejo por que Jyri é o comandante da polícia nacional. Ele entende de política. Eu sabia que a mídia poderia traçar um péssimo perfil de mim, talvez me chamasse de incompetente, mas não esperava que me crucificasse.

— O que devo fazer agora?

— Termine o caso e resolva-o.

— O filho do meu amigo e a minha ex-mulher estão mortos. Estou muito envolvido emocionalmente e sinto que perdi a capacidade de julgar e analisar os fatos. Fiz o melhor que pude, mas cheguei ao meu limite. Você estava certo, eu jamais devia ter pegado o caso.

— Mas você pegou. E já que entrou nessa, agora vá até o fim.

— Deixe que alguém com mais experiência assuma daqui para frente.

— Se você desistir do caso depois de ter sido demonizado pela imprensa por prevaricação, pode acabar sendo processado pelo assassinato de sua ex-mulher. Minha determinação em deixar que prossiga com a investigação vai lhe dar um crédito oficial. Se você salvar o caso salvará a si mesmo.

— Não fui eu quem a matou e eles não podem provar isso. Podem escrever o que quiserem.

— Você não pode ser tão ingênuo assim.

— Acho que sou.

Ele grita no telefone e fere meu ouvido.

— Ora, vá se foder. Você tem ideia da barra que estou segurando por causa desse maldito assassinato? Estou tentando ajudá-lo, mas parece que você não quer. Quando pegou o caso, contra a minha vontade, eu lhe disse que você ficaria responsável por ele. Agora quero que levante a cabeça, junte seus cacos e faça o seu maldito trabalho.

Não sei o que fazer. Tento pensar.

Ele abaixa seu tom de voz.

— Faltam três dias para o Natal. Vai ser muito difícil deslocar uma equipe do pessoal de homicídios daqui para aí, e, mesmo que conseguisse, demoraria alguns dias até que você os colocasse a par de todos os acontecimentos e mais um tempo para que estivessem prontos para assumir. Você conhece as estatísticas. Cada minuto que passa diminui nossas chances de resolver esse assassinato. O caso vai esfriar e pode até mesmo escapulir pelos nossos dedos e não ser resolvido. É isso o que quer que aconteça?

Ele me provoca e tenta me manipular, mas o que disse é verdade, e não quero que isso aconteça.

— Não.

— Entendo que esteja sendo difícil para você, mas quando me disse que queria o caso, falou em sua carreira. Resolva os assassinatos, tanto o de Sufia Elmi quanto o de sua ex-mulher, e vou expressar-lhe minha gratidão. Você poderá escolher o cargo que quiser.

Penso na infelicidade de Kate em Kittilä.

— Como eu deveria continuar.

— Ora, isso é óbvio. Neste caso, todo mundo está morto. Seppo Niemi está sob custódia. Prenda Eklund também. Acuse ambos de associação para cometer assassinato. Nenhum dos dois tem coragem suficiente para encarar uma acusação de duplo homicídio. Um dos dois vai acabar abrindo o bico.

— E o pai de Eklund?

— Ele e eu jogamos golfe juntos. Eu me entendo com ele. Vou arrumar o mandado de prisão para você e acalmar as coisas por aqui.

Ele está certo a respeito de tudo.

— Jyri, obrigado por sua confiança em mim e pelo apoio que tem me dado.

— Agradeça com a solução do caso. — Desliga.

Kate ouviu o fim da conversa e entendeu tudo. Sacode a cabeça como se eu fosse uma criança teimosa.

— Já é quase Natal — diz. — Fique aqui comigo onde é quente e seguro.

Balanço a cabeça.

— Você está cometendo um erro.

— Vou fazer o que é preciso.

— Eu não lhe disse nada porque você já estava chateado. Vi o noticiário da BBC World sobre o assassinato. Eles estão pintando você como um policial corrupto que abusa de autoridade. Foi levantada a questão se você é realmente um herói condecorado por bravura ou apenas um policial que se livrou uma vez de uma acusação de assassinato. Você está arriscando tudo.

— Ele me ofereceu qualquer cargo caso eu solucione o caso. Você quer ir embora de Kittilä e eu vou continuar no caso por você.

— Não faça isso por minha causa, não quero que você faça.

— Tenho que fazer.

Kate se vira de costas para mim. Sua voz irradia raiva e desapontamento.

— Isso vai terminar mal — diz.

30

No centro de Kittilä, as lojas já estão enfeitadas para o Natal. Na praça principal, uma árvore grande toda decorada com luzes brilhantes está coberta pela neve espessa. Os cartazes nas vitrines das lojas desejam *Hyvää Joulua*, Feliz Natal, ou algo parecido, e anunciam ofertas especiais para as festas. Detesto o uso abusivo que o comércio faz do Natal. Talvez porque quando eu era criança meus pais fossem pobres e não pudessem comprar presentes caros ou talvez porque isso tudo me incomode mesmo.

No ano passado, Kate e eu passamos o Natal juntos. Preparei um jantar tradicional finlandês: *rosolli,* que é uma salada de picles, beterrabas, cebolas e arenque, um presunto de quase 7 quilos e três pratos diferentes feitos com batatas, nabos e cenouras. Ela disse que nunca acabaríamos de comer aquele exagero, mas devoramos tudo em quatro dias. Lembro que Heikki deveria ajudar Kate hoje, mas agora ele está morto, e eu nem sei se ela preparou alguma coisa em casa para comermos. Este caso me transformou num marido negligente.

Sinto-me horrível devido à ressaca, tudo o que faço ou deixo de fazer dá errado. Sequer levei em consideração como Kate iria se sentir em relação à minha insistência em ir atrás do assassino de minha ex-mulher. A julgar por sua reação, já estraguei as férias dela. Não quero ir adiante e estragar mais ainda por não ter o que comer no Natal, acabar pedindo uma pizza. Por sorte, já comprei os presentes dela há semanas, e no caminho para o trabalho passarei na mercearia e comprarei tudo o que for preciso para termos uma mesa farta. Receio que se não o fizer agora, mais tarde irei me esquecer.

Saio do mercado e olho à minha volta. Quase toda pequena cidade finlandesa tem as mesmas cadeias de oito ou dez lojas, e Kittilä não é diferente, e fica com a mesma cara das outras nessa época do ano. Ao olhar ali, no frio, para a cidade onde nasci enfeitada com aquelas bobagens de Natal, penso no tempo que estou perdendo e por que já não fui para casa encontrar minha mulher. Os finlandeses são obedientes e fazem aquilo que nos disseram para fazer. Talvez eu seja apenas mais um deles.

É tarde demais. Já fiz minha escolha. Como o comandante disse, agora que comecei, vou até o fim.

Não há nenhum abutre da mídia na porta da delegacia. Suponho que, como eu disse que não queria falar nada, desistiram e foram passar o Natal em casa. Estaciono na garagem da delegacia e deixo minhas compras na mala do carro. Lá ficarão suficientemente frias, sem congelar.

Dentro do prédio encontro Valtteri jogado sobre sua mesa, com a cabeça entre as mãos.

— Que diabos você está fazendo aqui? — pergunto.

Ele está arrasado. Sua aparência é tão ruim que acho que sequer comeu ou dormiu, a única coisa que fez foi chorar desde que encontrou o filho morto no porão há dois dias. Ele me devolve a pergunta:

— Que diabos *você* está fazendo aqui?

Trabalhamos juntos há sete anos, e nunca ouvi Valtteri usar uma expressão como essa, nem mesmo qualquer outra parecida ainda que mais branda.

— Você soube de Heli? — pergunto.

— Soube. Antti me contou.

— Não me leve a mal. Só acho que é um exagero desnecessário enterrar o filho ontem e estar no trabalho hoje. Você deveria estar em casa.

— Para fazer o quê? Ficar sentado ao lado de minha mulher no sofá, aos prantos?

É exatamente o que penso.

— Você devia fazer companhia à Maria por alguns dias. Ela precisa de você.

— Eu não posso ajudá-la e ela não pode me ajudar. Você me disse para voltar ao trabalho, portanto aqui estou.

Puxo uma cadeira e me sento perto dele. Coloco a mão em seu ombro.

— Estou tentando ser seu amigo. Você já se olhou no espelho hoje?

Ele retira minha mão.

— Você é quem deveria se olhar no espelho. Parece um balde cheio de merda. Você viu Heli, uma mulher com quem passou anos, queimada viva ontem à noite, e está aqui no trabalho. Se eu não devo estar aqui, você também não deve. Ou ficamos aqui os dois ou vamos os dois para casa.

O comportamento dele é estranho, mas seu argumento é lógico. Talvez o trabalho seja a terapia de que precisa.

— Antti foi para casa dormir? — pergunto.

— Foi, e Jussi foi atender um chamado, um acidente de carro. Só restamos nós dois aqui.

— Já falou com Seppo?

— Não.

— Vou ver se ele quer confessar. Se não quiser, iremos prender Peter Eklund.

Valtteri concorda e volta a olhar para o tampo da mesa.

Desço e abro o postigo da cela de Seppo. Ele olha para mim através dele.

— Você deve estar achando isso muito engraçado — diz ele —, me arrancar de dentro de casa no meio da noite e me prender outra vez.

— Coloque as mãos para fora para que eu possa algemá-las.

Ele já tem um pouco de experiência em como um preso deve se comportar e me deixa algemá-lo. Depois se afasta para que eu abra e entre. Ainda está com as próprias roupas e parece menos bufão do que da última vez que o encontrei nesta cela.

— Por que fez isto comigo? — pergunta. — Achei que tínhamos acertado nossos ponteiros.

— Eu também, mas isto foi antes de você matar a sua mulher.

Ele inclina a cabeça para o lado e parece não compreender o que foi dito:

— Do que você está falando?

Ainda não tive tempo para analisar se Seppo é um bom ator, mais esperto do que aparenta ser, ou se é o idiota completo que sempre achei que fosse. Tento atraí-lo para uma confissão.

— Foi uma estupidez matar sua mulher cinco dias depois ter assassinado a namorada. Mais estúpido ainda ter usado o mesmo carro. Devia pendurar uma placa no pescoço dizendo: "Mandem-me para a prisão e joguem a chave fora. Sou culpado de duplo homicídio."

Ele sacode a cabeça como um cachorro molhado.

— Não estou entendendo.

— Heli está morta. O estepe de seu BMW foi encharcado com gasolina, enfiado em volta do peito e dos braços dela e incendiado. Ela ficou igual a uma bonequinha negra, com o cabelo e a cara torrados, sentada no gelo numa poça de imundície.

Ele fecha e abre rapidamente os olhos, dá uma olhada ao redor, e repete o mesmo gesto, dá outra olhada ao redor e, em seguida, um barulho tremido sai de dentro de sua garganta e ele se lança contra mim. Fico surpreso ao vê-lo me agarrar pelo pescoço com as mãos algemadas e me derrubar no chão. Sorte que sou maior e mais forte do que ele, do contrário, agora seria um homem morto. Consigo inverter nossa posição e imobilizar seus ombros contra o chão de concreto com meus joelhos. Ele resiste e se contorce todo na tentativa de me tirar de cima si. Não consegue e desiste. Fica jogado ali, enquanto chora e grita:

— Vai se foder, vai se foder — diz ele várias vezes.

Espero alguns minutos.

— Acha que agora está mais calmo?

Ele não fala nada. Eu o deixo ficar de pé.

— Como pode odiá-la tanto a ponto de matá-la? — Ele enxuga o muco do seu nariz na manga da camisa.

Demoro um segundo para entender.

— Por que acha que fui eu que a matei?

— Faz 13 anos. Eu sei que o feri, mas por que esperou esse tempo todo? Primeiro Sufia e agora Heli. Você quer me mandar para a prisão perpétua por algo que eu não fiz. Isso não é justo.

Ele acredita ou quer me fazer acreditar que fui eu quem cometeu os dois homicídios para repassar a culpa para ele. Estou abismado.

— Você não pode estar falando sério.

Ele se senta na beirada da cama de metal, enterra o rosto entre as mãos e volta a explodir em lágrimas.

— Não faça isso comigo, porra, não é justo.

Será que alguém pode ser tão bom ator como ele? Eu me sento ao seu lado e lhe dou um cigarro.

— Eu não o odeio, não fiz nada a Heli, e se você também não fez irei provar que é inocente.

Ele funga e olha para mim.

— Promete?

Parece que estou lidando com uma criança de 3 anos.

— Sim, prometo.

— Diga-me o que aconteceu com ela — diz ele.

Não sei se ele está representando ou não, mas observar suas reações a um relato detalhado do crime vai me dar a oportunidade de avaliar o efeito que minhas palavras causam sobre ele. Conto-lhe tudo. Ele chora durante todo o tempo.

— Não sei por que você pensa que eu seria capaz de matar Heli — diz ele. — Ou Sufia. Não sou uma pessoa violenta. Até agora, ao pular em você, nunca briguei com alguém, mesmo quando era garoto. Na saberia como machucar uma pessoa, mesmo que quisesse, como você acabou de ver.

Penso em interrogá-lo sob acusação de fazer parte de uma trama sexual, de ter relações homossexuais, de assassinar Heli para se livrar de uma chantagem e encobrir o assassinato de Sufia. Se o ameaçar desse jeito, ele voltará a chorar feito um bezerro. Decido aprofundar mais a investigação antes de pressioná-lo pra valer.

— Por que decidiu se casar com Heli depois desse tempo todo? — pergunto.

— Já fazia muito tempo que ela queria se casar comigo. Ela disse que se nos casássemos isso iria ajudar na minha absolvição, caso tivesse que ir a julgamento pelo assassinato de Sufia. Disse que eu devia este casamento a ela por ter tido um caso e a humilhado. No entanto, mais do que tudo, foi para fazê-la feliz. Eu a amava. Não tinha noção da dimensão do meu amor por ela até acontecer esta aventura boba com Sufia, e vê-la ficar do meu lado. A maioria das mulheres teria ido embora.

Passa pela minha cabeça que, se ele planejava matar Heli, por que não simplificou as coisas e fez isso antes de se casar, em vez de queimar a noiva viva dois dias depois do casamento?

— Você tem alguma ideia de quem poderia ter matado Heli? — pergunto.

Ele sacode a cabeça e nega.

— Acho que ela nunca teve inimigos. Podia ser bastante irritante, às vezes, mas não era o tipo de pessoa que pudesse despertar ódio nos outros. Exceto em você. Você jura que não a matou?

— Sim, juro.

Ele fica em silêncio, pensativo.

— Tenho que permanecer aqui?

— Por enquanto, sim.

— Como vou cuidar dela?

— O que você quer dizer com isso?

— Sou seu marido, tenho que cuidar do enterro.

— Vou trazer seu celular.

Ele começa a chorar outra vez, soluços profundos, e coloca a cabeça em meu ombro. Em meus anos de policial, acho que esse é o momento mais ridículo pelo qual já passei.

— Você a amava, não é, Kari?

Não gosto que ele me chame pelo nome.

— Isso foi há muito tempo.

— Você faz isso por mim? Não tenho força suficiente. Se não por mim, então por ela, pelo amor que teve por ela.

Mais uma vez não sei o que quer dizer.

— Fazer o quê?

— Providenciar o enterro.

— Você está falando sério?

— Por favor. Eu suplico. Dê a ela o melhor, não importa quanto custe.

Minha sensação de ridículo se multiplica. Ele tirou minha mulher de mim viva e quer me devolvê-la morta.

— Claro, sem problema.

Ele levanta a cabeça de meu ombro, me dá um olhar comovente como se fôssemos irmãos que estivessem partilhando a perda de um membro da família.

— Obrigado — diz.

Deixo-o sozinho com sua perda.

Vou para minha sala e ligo para o legista Esko.

— Diga-me como foi a autópsia.

Ele hesita como se quisesse escolher palavras que me poupassem. Está ficando cansativo ver que as pessoas tentam me preservar.

— Até onde você quer saber?

— Quero saber tudo de que preciso.

— Até onde vai o trabalho de perícia, não descobri nada que possa lhe ajudar.

— Ela está assim tão desfigurada que não possa fornecer nenhuma evidência?

— Não. Dadas as proporções da aparência externa, o corpo estava em boas condições. Seus órgãos internos, em termos relativos, não foram afetados.

— Ela me pareceu ter queimado até virar cinza. Como pode então ser isso?

Ele pigarreia.

— O calor intenso da gasolina derreteu a camada de gordura subcutânea. A gordura se dissolveu e encharcou as roupas, agindo como um pavio. Foi por esse motivo que o fogo continuou a arder mesmo depois de Antti o ter extinguido. Além disso, o fogo em pneus é difícil de ser apagado. De qualquer modo, os órgãos dela foram bem preservados.

— Então você tem certeza de que foi o fogo que a matou e que ele não foi uma máscara para encobrir outro método de assassinato.

— Ela tinha fuligem do pneu queimado dentro da traqueia. Estava viva quando o assassino a incendiou.

Tinha esperanças de que já estivesse morta e que tivesse sofrido menos. Sinto vontade de agradecer a Esko por seu esforço, mas acho melhor não fazê-lo.

— O marido dela me pediu que providenciasse o enterro. Quando você vai liberar o corpo?

— Não há mais nada que se possa descobrir nele, o marido pode reclamar o corpo quando quiser.

Desligo e resolvo em seguida ligar para Jorma, o agente funerário. Não menciono que minha ligação é para lhe pedir que providencie o enterro de minha ex-mulher, dessa forma não precisará me apresentar condolências, o que me deixa aliviado.

— Nesta época do ano, as providências para enterros são mais difíceis — diz ele. — Até mesmo os coveiros querem passar as festas em casa. Se a família dela não se importar com a ausência deles, e se isso ajudar a privacidade de seu luto, posso providenciar o enterro para amanhã. Por outro lado, se não concordarem, sugiro que esperem alguns dias.

— Eu lhe retorno a ligação depois de consultar o que o marido prefere.

— Você sabe que o enterro de Sufia Elmi é amanhã? — pergunta Jorma.

— Vai ser aqui mesmo em Kittilä? Pensei que os pais dela quisessem que fosse em Helsinque. Por que esperaram tanto?

— O pai dela insistiu para que o enterro fosse aqui, de acordo com a tradição islâmica. Tive dificuldade para fazer as preparações como ele queria. Houve uma lavagem cerimonial do corpo feita pela família e eu tive que providenciar certas mortalhas e coisas com as quais nunca lidei antes. O Sr. Barre insistiu para que tudo fosse feito da maneira mais precisa possível, o que me tomou alguns dias.

Agradeço e desligo.

Antti colocou em sacos com etiquetas os pertences da bolsa de Heli. Recolho-os do cofre de evidências e faço uma triagem do conteúdo. Coisas comuns. Maquiagem, carteira, lenços de papel usados, uma escova de cabelos, seu celular. Tiro o telefone do saco plástico e abro o menu. Chamadas recebidas e enviadas, mensagens recebidas e enviadas. Nada digno de nota.

O aparelho é um Nokia N82 que faz quase tudo e custa tanto quanto um mês de aluguel de um apartamento médio. Tem GPS, tocador de MP3, câmera digital e acesso à internet. Verifico os arquivos baixados, a maioria é um monte de bobagens sobre dietas e exercícios, e então acabo encontrando a conexão pela qual esperava: o arquivo baixado do site de crimes reais que estava no computador de Heikki sobre o assassinato de Elizabeth Short, a Dália Negra.

Talvez devesse ficar surpreso, mas não fico. Desde que encontrei o bilhete de suicídio de Heikki, meu instinto me dizia que foi Heli quem fez a cabeça dele para o assassinato. Não que eu queira torná-la uma vilã, mas porque concluo que ela, mais do que qualquer outra pessoa envolvida, possuía os pré-requisitos, ou seja, a sexualidade e o conhecimento das crenças religiosas de Heikki para manipulá-lo — até o transformar num criminoso. Fico triste por isso. Agora, estou convencido de que alguém que um dia amei cometeu tamanha maldade.

A pergunta permanece: Se Heikki e Heli mataram Sufia, quem matou Heli? O campo começa a se estreitar e o comandante estava certo. Se eu prender todo mundo, alguém vai falar. Envio uma mensagem de texto para o comandante e peço que mande fazer uma busca na casa de Heli e Seppo em Helsinque para ver se encontra alguma ligação com crimes famosos. Não digo a ele que faço isso para investigar Heli, e não Seppo, para que não pense que estou buscando uma saída para minha dor. A evidência é estimulante, mas não condenatória. Decido, por enquanto, manter em sigilo as suspeitas que tenho sobre sua culpa para evitar que me acusem de fazer uma caça aos fantasmas.

Minhas anotações sobre o caso estão empilhadas na minha frente. Folheio-as à procura de um detalhe que me tenha passado despercebido e que possa explicar por que Seppo ou Peter, ou ambos, tiveram um motivo para matar Heli. Vejo uma observação para checar Abdi Barre. Mas não cheguei a fazer isso.

O que Barre me disse volta à minha memória. Ele falou que não podia passar pela junta finlandesa de exame médico porque seu domínio da língua era insuficiente. Ainda assim, seu finlandês é excelente, mais correto do que o meu. Ele temia que a morte de Sufia viesse a ficar impune e me perguntou se eu achava que 12 anos na prisão era uma pena adequada para o que foi feito à sua filha e me avisou que eu teria que descobrir quem a matara. Eu meio que lhe disse que Seppo era o culpado, e logo depois Seppo escapou e se casou com Heli. Abdi me ligou irritado e perturbado.

Lembro-me de ter lido que, na Somália e em Ruanda, uma das formas de execução era encher um pneu com gasolina e queimar a vítima viva. O método foi popularizado pelo Congresso Nacional Africano da África do Sul, nos anos 1980. Eles o chamavam de "colar de pneu", e o verbo era "vestir o colar". Foi usado também em Mogadíscio durante os primeiros anos da guerra civil somali. Abdi provavelmente sabe como executar o crime. Não sei nada sobre as atrocidades cometidas durante o conflito que houve em sua terra. Ele pode ter visto isso ser feito ou pode até mesmo ter vestido o colar em outras pessoas naquela época. Abdi tem um motivo: olho por olho. Tirar de Seppo o que ele acreditava que Seppo havia tirado dele.

Na Finlândia temos várias minorias — lapões, ciganos e finlandeses que falam sueco —, mas todas estão aqui há muito tempo. Cerca de cinco a seis mil refugiados somalis entraram no país no início dos anos 1990, o que foi nossa primeira experiência com estrangeiros. A maioria dos finlandeses jamais tinha visto um negro antes da chegada dos somalis.

No início, o sentimento popular foi de benevolência. Muitos dos habitantes daqui ficaram felizes pela oportunidade de ajudar os oprimidos. Em seguida, percebemos que os refugiados tinham que ser sustentados por nosso generoso sistema social. Eles ganharam apartamentos, televisões e salários, tudo isso com recursos públicos. Com frequência usavam roupas mais caras do que as pessoas de nossa classe podiam comprar, porque a maioria dos muçulmanos não gasta dinheiro com bebida como nós e pode usá-lo para outras coisas. Com isso o ressentimento público cresceu e nunca mais diminuiu.

Lembro-me do que li sobre a guerra civil na Somália. Os somalis que fugiram naquela época pertenciam principalmente ao clã Daarood e escapavam da violência daqueles do clã Hawiye. Depois que a Somália se desintegrou, os residentes Daarood de Mogadíscio se tornaram alvo de assassinatos por vingança. Instalou-se o caos, guerra de clãs, genocídio e êxodo em massa. Poucas pessoas tinham passaportes. Era mais fácil roubar uma identidade e se infiltrar no meio dos refugiados. Se, na verdade, Abdi não fosse médico, isso explicaria a impossibilidade de ele exercer a medicina aqui.

O problema era como investigar sua vida. A Somália ficou sem governo durante a maior parte dos últimos vinte anos. O país é governado por chefes guerreiros tribais e não tem infraestrutura. Não há ninguém que se possa chamar para pedir um certificado de antecedentes ou uma ficha criminal. Então, lembro que Abdi disse que estudou na Sorbonne. Eles devem ter um registro ou pelo menos uma foto de seus alunos. Talvez haja até uma associação de ex-alunos que possa me dizer o que aconteceu com ele depois que se formou. Tudo isso baseado na possibilidade de que este homem, que denomina a si próprio de Abdi Barre, tenha cometido o roubo de documentos de identidade. Talvez ele seja mesmo o Dr. Abdi Barre. Ou talvez nunca tenha existido um médico em Mogadíscio com esse nome.

Ligo para a Interpol e tenho sorte. Falo com um policial que me diz estar ciente da surra que a imprensa internacional tem me dado. Sou atendido por ele com simpatia e vejo que se mostra ansioso em participar dessa fascinante investigação de homicídio. Explico-lhe o que preciso e digo que tenho pressa. Ele promete me ajudar. Em seguida ligo para o controle de passaportes da Finlândia e peço que me mandem por e-mail uma foto de Abdi. De repente, considero a possibilidade de que talvez eu mesmo deva perguntar a Abdi sobre seu passado. Ligo para ele e pergunto se ele me concede o privilégio de comparecer ao enterro de sua filha. Digo que quero prestar-lhe minhas últimas homenagens. O que é verdade.

— O senhor é um Homem do Livro, inspetor? — pergunta ele.

— O que o senhor chama de um Homem do Livro?

Seu tom sugere que eu seja um idiota sem educação.

— Segundo o Alcorão, esse termo descreve os não muçulmanos que receberam as escrituras religiosas antes do tempo de Maomé. O Alcorão completa essas escrituras e é a mensagem final e verdadeira de Deus para os fiéis. Entretanto, como o Povo do Livro reconhece o Deus supremo abraâmico, assim como os muçulmanos, a prática que tiveram revelou a fé baseada nas leis Divinas. Sendo assim, a lei islâmica concordou com certo nível de tolerância para com eles. Se o senhor é um Homem do Livro, vou permitir que assista ao enterro de Sufia. Se não, devo considerá-lo impuro e não permitirei que polua a última cerimônia dela.

A princípio considerei que era uma reação decorrente da dor, mas omo em todas as conversas que tive com ele, sua arrogância e sua atitude superior acabaram se tornando cansativas.

— O senhor pode me considerar um Homem do Livro — digo. — Fui batizado na igreja luterana e li a Bíblia.

— Então muito bem, o senhor pode assistir ao enterro. — E me informa o local e a hora e desliga sem dizer sequer obrigado, foda-se ou até logo.

31

Saio da minha sala e vou até a sala principal. Valtteri está sentado à sua mesa, e seu olhar vazio continua em busca do nada.

— Como foi com Seppo? — pergunta.

— Nada bem.

Abdi é uma possibilidade, mas é ainda um tiro no escuro, e por isso não faço menção ao que investigo sobre ele. A probabilidade maior é que o caso venha a terminar com Seppo ou com Peter, ou com ambos, julgados e condenados.

— Os mandados de prisão e busca para Eklund já chegaram? — pergunto.

— Já.

No fundo, o que eu desejava mesmo era que Valtteri voltasse para casa.

— Então vamos pegá-lo — digo.

Usamos uma viatura da polícia e eu tomo o lugar do motorista. A neve agora cai em profusão — e o vento sopra seus flocos contra nós em rajadas intermitentes. Minha cabeça dói por causa do uísque e estou com a boca amarga. A ressaca faz com que tudo fique ampliado: o barulho dos pneus que cortam a neve acumulada na estrada e o barulho dos limpadores do para-brisa. Os faróis que penetram a escuridão iluminam a neve que cai e o brilho que causam queima meus olhos. Até mesmo o silêncio entre mim e Valtteri parece aumentar.

No banco ao meu lado, ele batuca no painel com suas unhas roídas. Trinca os dentes e morde o lábio. Duvido que tenha noção dessas coisas repetitivas que faz. Dou uma olhada no meu rosto pelo reflexo do retrovisor e quase não me reconheço. Não consigo deixar de pensar que, nas condições em que estamos, não prestamos nem para trabalhar na carrocinha, quanto mais como policiais. Mas já averiguei muitos crimes para saber que esta investigação está quase terminada. Em pouco tempo, Valtteri e eu poderemos descansar, talvez em tempo de aproveitar o Natal. Quando Kate tirar o gesso, vou levá-la de férias para algum lugar quente, quem sabe as Ilhas Canárias. Devo isso a ela. Vamos deixar tudo isso para trás.

A imagem recorrente do corpo carbonizado de Heli não sai de minha cabeça e me dá calafrios. O fato de que minha irmã e minha ex-mulher morreram há poucos metros uma da outra parece grande demais para ser ignorado. Pergunto a mim mesmo quem é que se lembraria da morte de Suvi depois de trinta anos, e quem também pode ter odiado Heli tanto assim para não só matá-la como também destruí-la com fogo. Somente alguns dos velhos que ajudaram a resgatar o corpo de Suvi podem se lembrar de onde ela morreu. E meu pai. Ele esteve exatamente há apenas alguns dias no lago. Sei que ele sofre de problemas emocionais e períodos de violência, mas nunca pensei que pudesse se importar tanto por Heli ter me abandonado. Ele nunca se incomodou com a dor dos outros.

Lembrei-me da resistência de Valtteri quando lhe mandei que descobrisse onde meu pai estava quando Sufia foi assassinada. Dói-me pensar nisso, mas ir atrás de Seppo e Peter pode ter sido uma pista errada. Tenho que perguntar:

— Você sabe alguma coisa sobre meu pai que não me contou ainda?

Ele olha para mim sem qualquer emoção e eu não consigo decifrar sua expressão.

— Vivi minha vida toda nesta cidade e sou policial. Sei milhares de coisas sobre as pessoas.

— Há alguma coisa que eu deva saber?

Ele suspira.

— Há coisas que são melhores quando permanecem esquecidas, e as mais dolorosas às vezes é melhor nem saber.

Fico assustado, mas o pressiono.

— Há algo sobre meu pai que não sei e que tenha alguma ligação com esses assassinatos?

— Não. — Ele sacode a cabeça, indulgente, como se estivesse sofrendo.

— No início disso tudo você disse que não devíamos procurar nada na família, como se isso fosse um modo de me proteger.

— Disse que não deveríamos perder tempo investigando membros da família quando tínhamos certeza de sua inocência.

Não rebato com o óbvio, ou seja, que Heikki não era inocente.

— Você me diria se tivesse alguma coisa?

Ele olha fixo para frente.

— Não tenho certeza.

Passa algum tempo.

— Você acredita em Deus? — pergunta ele.

Nunca conversamos antes sobre religião.

— Acredito.

— Minha fé ensina que aquilo que meu filho Heikki fez, cometer um assassinato e um suicídio, o condena ao inferno sem possibilidade de redenção. Você acredita nisso?

Gostaria de ter palavras para consolá-lo, mas não tenho. Respondo a essa pergunta da melhor maneira que posso.

— Penso que nosso Deus é tão misericordioso que sempre haverá uma possibilidade de redenção. Se Heikki pediu perdão em seus últimos pensamentos, acredito que o receberá.

— Gostaria de acreditar nisso também — diz ele. — Heikki sempre gostou de caçar, mais do que tudo. Para mim, ele havia nascido com o gosto de viver ao ar livre em contato com a natureza. Agora, acho que seu gosto se resumia a matar coisas vivas.

Seguimos em silêncio. No pé da montanha, até mesmo através da nevasca, consigo ver as luzes multicoloridas das decorações natalinas por dentro da janela da frente do chalé de inverno de Eklund.

Quando estacionamos na entrada, percebo que Peter deve ter contratado algum profissional para fazer a decoração. Ela é tão elaborada quanto a das lojas de departamentos. Saímos do carro. Olho para a parte de baixo da montanha, mergulhada no escuro. Abaixo de nós, Kittilä fica quase escondida de nossa vista e suas luzes indistintas estão quase apagadas pela poeira da neve que cai.

Vamos até a casa e toco a campainha. Peter não responde. Espero que a porta não esteja trancada. Giro a maçaneta e ela está aberta. Ao lado da enorme lareira está sua árvore de Natal quase tão alta como a da praça principal de Kittilä, e a decoração consegue ser mais espalhafatosa do que a da cidade. A casa está tomada pelo som alto de músicas natalinas. Bing Crosby canta "The First Noël".

Peter sai do quarto no segundo andar num pijama de seda cor-de-rosa. Tranca a porta e coloca a chave no bolso.

— Mas que merda foi que vieram fazer aqui? Vão dando logo o fora! — fala sem gaguejar, o que significa que está bêbado.

— Temos um mandado — digo.

Num passo apressado, mas contido, ele desce a escada para vir ao nosso encontro.

Ouço um choro abafado que vem do quarto do qual acaba de sair.

— De quem é esse choro? — pergunto.

Começamos a subir a escada. Peter bloqueia nossa passagem e tenta impedir que cheguemos ao quarto. Está transtornado e perto de cair em prantos.

— Vocês não podem entrar aí. É o quarto do papai.

— Mas era você quem estava nele.

Outra vez um som de choro abafado.

— Dê-me a chave — digo.

Ele não faz menção de atender ao meu pedido. Eu o agarro e o encosto na parede. Ele tira a chave do bolso do pijama de seda e me entrega. Valtteri coloca suas mãos para trás e as algema. Continuo a subir a escada e destranco a porta.

No quarto, há duas meninas. Uma deve ter uns 17 anos e está nua e presa aos quatro pés da cama com algemas forradas de veludo.

Dentro de sua boca uma pequena bola vermelha está segura em volta da cabeça por cadarços de nylon e funciona como mordaça. A outra ainda nem é adolescente. Está de jeans e meias, porém sem a blusa, sentada na beirada da cama com os braços cruzados apertados numa tentativa de cobrir parcialmente os seios que mal despontam e se balança para trás e para frente, com um olhar vago para um ponto fixo invisível à sua frente.

Olho à minha volta para tomar pé da situação. O pai de Peter arrumou o "quarto do papai" com uma câmera de vídeo digital num tripé conectada a um computador e um grande monitor preso à parede, para que possa ver e gravar a si próprio enquanto transa. Em cima de uma cômoda vejo as chaves das algemas que prendem a garota, ao lado de uma coleção de pênis artificiais, vibradores e lubrificantes. Tiro a mordaça de sua boca e abro as algemas. Ela se senta, chora e começa a tagarelar em russo. Está tão perturbada que nem pensa em cobrir sua nudez.

Digo-lhe que tudo já passou e que fique calma. Ela fala um pouco de finlandês e eu, um pouco de russo. Conseguimos nos fazer entender. Ela veio de Koloyarvi, uma aldeia não muito longe da fronteira, para trabalhar como prostituta e ganhar algum dinheiro dos turistas que vieram para as festas. Já conheço a história. Muitas prostitutas russas vêm para Levi, levantam um dinheiro e voltam para casa. Na Finlândia, chegam a ganhar numa semana de trabalho como prostitutas o que ganhariam num ano de qualquer trabalho honesto na Rússia. Ela diz que cuida da irmã menor e que a trouxe consigo já que não tinha com quem deixá-la.

Peter vai até a rodoviária e pega as duas. Parece um cara legal, tem boa aparência, veste-se bem, tem um bom carro. Ela lhe diz que não arranjou um lugar para deixar a irmã. Sem problema, diz ele, ela pode comer alguma coisa e ver uns filmes enquanto tratamos do nosso negócio. Ele as traz para dentro, mostra a geladeira para a menor e a coloca diante da tevê.

Leva a mais velha para o quarto do papai. Quer prendê-la na cama e fazer um vídeo com ela. Oferece mais dinheiro. Adota um sorriso confiante como se aquilo fosse ser a coisa mais divertida do mundo.

Ela acha que não vai ter problema. Ele a prende na cama e a amordaça. Faz sexo anal com ela, o que não era parte do combinado. Não usa camisinha. Então arrasta a irmã mais nova para o quarto, tira sua blusa e a obriga a chupar seu pau enquanto a mais velha assiste. A mais velha chora e soluça, enfia as unhas no rosto e se corta. Grita que ele nem sequer lavou o pau antes de enfiá-lo na boca da irmã.

Eu estou sentado na beirada da cama junto da mais velha. Valtteri está na porta e ouve a história. Peter está atrás dele.

Saio para o corredor, sacudo a cabeça em desaprovação e nojo e olho para Peter.

— Cara, você está fodido.

Ele está em pânico. Posso ver em seus olhos. Ele se vira e tenta fugir. Não sei aonde pensa que vai desse jeito: algemado e vestido num pijama cor-de-rosa. Acho que está tão bêbado que nem sabe a razão pela qual tentou fugir.

Valtteri dá um passo à frente e o pega pela gola do paletó do pijama. Puxa-o para perto e lhe dá um soco atrás da cabeça. Peter rodopia, bate no parapeito e cambaleia. Está quase caindo no chão, 6 metros abaixo. Valtteri não faz qualquer movimento para ajudá-lo.

Eu me adianto e agarro Peter. Consigo puxá-lo para longe do parapeito. Valtteri lhe desfere um soco devastador no meio da cara. O barulho da cartilagem nasal que se parte é alto e repugnante. O nariz se quebra e fica achatado em seu rosto. Ele solta um grito agudo. Valtteri lhe dá outro soco na cabeça. Peter cai de joelhos.

Nunca poderia imaginar que veria uma cena como essa. Não sei o que dizer.

— Valtteri?

— Não suporto violência contra mulheres inocentes — diz ele.

Há um movimento atrás de mim. A garota menor sai do quarto para o corredor ainda sem a blusa e dá um chute entre as pernas de Peter. Ele berra. Ela prepara a perna para outro chute. Não tento contê-la, não consigo fazê-lo. Ela o chuta na cara para amassar um pouco mais o nariz quebrado. Ele grita em agonia e cai no chão com as mãos para trás, algemadas.

É um alvo perfeito. Ela lhe dá outro chute na virilha com o pé calçado apenas por uma meia. Ele vomita, ergue os joelhos até a barriga, tenta proteger os testículos de uma violência maior e chora como um bebê. A garota volta para o quarto, senta-se na cama ao lado da irmã e volta a olhar fixamente para um ponto invisível.

O nariz de Peter precisa de cuidados médicos, mas ainda não estou inclinado a providenciar qualquer tipo de socorro para ele. Ele era um rapaz bonito, talvez bonito demais, quase afeminado. Valtteri e a irmã menor trataram desse problema e o deixaram disforme, mas sem dúvida o papai vai arranjar um cirurgião plástico para fazer com que ele volte a ser bonito como antes. Deixo-o estirado no chão do corredor. O vômito escorre pelos cantos de sua boca e o sangue sai de seu nariz e cria uma poça no chão ao lado de sua cabeça. Está com o corpo dobrado em posição fetal, aos prantos.

A venda do corpo e o sexo com prostitutas não são crimes na Finlândia. Eles só se complicam e viram uma questão legal quando há exploração e envolvem tráfico humano ou escravidão. A irmã mais velha tem no mínimo 16 anos, portanto é maior pelas leis do nosso país, e resolveu se prostituir por livre e espontânea vontade. Entretanto, a outra é menor de idade. Peter a estuprou e cometeu violência sexual contra ela.

A lei estabelece que as pessoas que entram no país com a finalidade de se prostituir devem ser deportadas. Mas hoje não. Primeiro vou conseguir atendimento médico e psiquiátrico para as garotas e depois tomar seus depoimentos, embora não venham a ser punidas pela lei. O papai vai pagar um bom advogado para Peter que, no final das contas, pode acabar se livrando da acusação de estupro e agressão sexual.

Ligo para o pessoal da emergência médica e aproveito para dar uma busca enquanto os espero. Encontro cocaína e Rohypnol, a droga do momento para casos de violência sexual, e outros comprimidos que acho que são de GHB ou ecstasy. Verifico o computador do pai de Peter. Alguns dos vídeos são protegidos por senhas, mas Peter as descobriu, e não só usou o equipamento como não teve inteligência suficiente para encobrir as provas do que já havia acontecido no quarto.

Há cenas dele fazendo sexo com muitas pessoas, homens, mulheres, adultos e crianças. Numa pasta intitulada ANJOS PARTIDOS encontro pornografia infantil baixada da internet, vídeos japoneses de sexo violento com crianças abusadas e maltratadas. Peter já foi condenado por agressão sexual e a posse de pornografia infantil é um crime sério aqui. Para resumir, Peter está em maus lençóis e o papai não poderá ajudá-lo sem também se incriminar.

Chegam duas ambulâncias. Peter e as irmãs seguem em veículos separados. E na estrada coberta pela neve lá vamos nós, Valtteri e eu, atrás da viatura deles, em silêncio. No hospital encontro uma enfermeira fluente em russo. Ela traduz e tomo o depoimento das duas garotas. Sentamo-nos na sala de espera e aproveito para tirar um pequeno cochilo até que um médico chega e diz que temos que deixar Peter internado porque teve um rompimento nos testículos. Além disso, seu nariz também necessita de uma cirurgia. Ele ficará sem andar pelo menos uma semana. Sugiro que seja feito um exame para detectar se Peter tem Aids porque ele faz sexo anal com prostitutas russas, entre as quais a doença tem se tornado mais disseminada.

Não estou preocupado em colocar vigilância na porta do quarto de Peter. De qualquer modo, ele está temporariamente aleijado, além disso seu passaporte ficou comigo. Ele não tem para onde fugir. Eu e Valtteri pegamos o carro e voltamos para a delegacia.

— Ele resistiu à prisão — digo —, e era nosso dever impedi-lo. Mas você exagerou e ia deixar que ele caísse do parapeito lá embaixo. Quase o matou. Não havia necessidade de bater nele daquela maneira.

Ele fica com o olhar fixo na estrada e repete o que eu lhe disse há alguns dias:

— Se você achar que deve dar parte do que eu fiz, não irei impedi-lo.

Não tenho certeza se está zombando de mim.

— Acho que então estamos quites — digo —, mas você tem certeza de que está pronto para encarar essa?

— Eu não teria deixado que ele caísse.

Não o pressiono mais.

32

De volta à delegacia desço até as celas e abro o postigo da cela de Seppo. Ele está sentado na beirada da cama, chorando, e parece que não fez outra coisa desde que o deixei, algumas horas atrás.

— Você tem duas opções — digo. — Pode marcar o enterro de Heli para amanhã ou esperar até depois do Natal.

Ele me olha com os olhos inchados e quase fechados.

— O que você acha que devo fazer?

Minha paciência com ele, nesse momento, é nenhuma.

— Porra, que merda, cara! Ela era sua mulher. Não sou eu quem deve decidir o que você vai fazer com ela.

Ele choraminga.

— Não consigo nem pensar, faça o que você achar melhor.

Talvez seja melhor tirar isso da frente e fazer logo o enterro dela. Pelo menos assim não terei que discutir outra vez esse assunto com ele.

— Vamos fazê-lo amanhã.

Ele se desmancha em lágrimas e soluços, grita com o rosto molhado:

— Minha mulher está morta e nem posso ir ao seu enterro porque estou preso.

Eu já havia feito minhas considerações a respeito disso.

— Você pode ir sim. Vou levá-lo.

Ele faz uma pausa e abre os olhos.

— Obrigado — diz. Em seguida cai no chão de joelhos, cruza as mãos e suplica: — Sou inocente, por favor, me ajude. Sou inocente, por favor, me ajude. — E repete essa ladainha sem parar, várias vezes.

Eu o ignoro e fecho o postigo de sua cela e subo para a minha sala.

Ligo para Jorma para que providencie o enterro de Heli e verifico meus e-mails. Estou com sorte. A Interpol me mandou a foto de uma carteira de identidade de estudante da Sorbonne. A fotografia foi tirada há 26 anos, mas o homem retratado tem pouca semelhança com o homem na Finlândia que diz ser o Dr. Abdi Barre. A última notícia que a Sorbonne tem dele é que Abdi Barre pertencia ao quadro médico do Hospital Karaan no norte de Mogadíscio. Não era realmente um hospital, mas sim um grupo de casas transformadas num centro cirúrgico de emergência para pacientes de ferimentos graves. A última vez que ouviram falar dele foi em 1990.

Como não há nenhum órgão na Somália ao qual se possa recorrer em busca de informações, penso em quem seria capaz de rastrear os passos do Dr. Barre. Se ele foi morto, talvez sua morte tenha sido registrada em algum lugar. Assassinar um médico que trata de civis feridos pode ser considerado crime de guerra. A Finlândia é membro da União Europeia e tem uma boa relação de cooperação com as polícias do continente. Entretanto, a União Europeia não tem jurisdição sobre criminosos de guerra. Tal responsabilidade recai sobre o Tribunal Internacional de Crimes de Guerra, em Haia.

Ao ligar para lá sou atendido com a costumeira lentidão burocrática. Depois de certo tempo, consigo falar com um funcionário subalterno que vem ao telefone para me explicar que suspenderam há alguns anos os julgamentos de crimes de genocídio na Somália e até agora não decidiram o que fazer. Sequer organizaram uma lista oficial de suspeitos, quanto mais uma de vítimas. Pergunto o motivo e ele não tem resposta alguma para me dar.

Quando os sérvios praticaram um genocídio nos Bálcãs, o Tribunal Internacional levou a sério o processo dos criminosos de guerra e ainda continua a caçá-los. A mensagem é clara: Os europeus acham que suas próprias vidas têm um valor imenso, mas a vida dos africanos tem pouco ou nenhum valor. Pergunto se alguma agência teria uma lista das vítimas. O funcionário responde que a Comissão dos Direitos Humanos monitorou a violência em Mogadíscio durante aquele período e sugere que eu verifique a partir dela.

Ligo para a Comissão de Direitos Humanos e falo com uma mulher atenciosa e prestativa. Forneço o ano e o nome do hospital e ela verifica os registros. Não há uma lista de vítimas, mas a equipe de expatriados dos Médicos sem Fronteiras deu uma assistência de emergência. Ela possui uma lista dos médicos que trabalharam lá, e irá me mandar por e-mail as informações necessárias para contatá-los. Dois minutos depois o documento chega e verifico que uma médica é finlandesa. Ligo para ela.

Sim, ela se lembra de Abdi Barre e da triste morte que teve. Durante as primeiras semanas de combates pesados, era comum que grupos de soldados armados trouxessem seus feridos para o hospital. Eles tomavam as decisões de triagem e forçavam os médicos a operarem os escolhidos com armas apontadas para suas cabeças. Os próprios guarda-costas do presidente, que eram chamados de Boinas Vermelhas e eram famosos pela prática de torturas, fizeram o Dr. Barre trabalhar assim. Quando o paciente que ele operava morreu na mesa de operações, eles o levaram para fora, encheram um pneu com gasolina, o enfiaram em volta de seus braços e do peito e o queimaram até a morte.

Talvez um desses Boinas Vermelhas tenha pegado o passaporte de Barre antes de matá-lo e o usado para sair do país. A fotografia do homem que afirmava ser Abdi Barre havia chegado por meio do controle de passaportes. Encaminho para ela por e-mail enquanto falamos e pergunto se ela pode identificar a pessoa da fotografia. Ela diz que sente muito, mas aquele momento foi tão chocante e havia tamanho caos e confusão, que não conseguiria identificar nenhum dos assassinos se os visse. Agradeço sua ajuda.

As peças do quebra-cabeça estão se encaixando. O problema é que não sei como provar nenhuma delas. Decido que está na hora de desistir, deixar isso para outro dia, e ir para casa.

Entro na sala de estar carregado de sacolas de compras do mercado. Sentada no sofá, Kate trabalha em seu laptop. Inclino-me sobre ela para lhe dar um beijo, mas ela não me beija de volta.

— Liguei a sauna — diz. — Achei que ia lhe fazer bem.

— Obrigado, acho que pode ajudar.

A sauna me relaxa mais do que qualquer coisa no mundo. Como muitos finlandeses, também nasci numa sauna. Minha mãe teve um parto de emergência. Meu pai não estava em casa e naquela época não tinham telefone, e uma vizinha atuou como parteira. Para mim, a sauna é como uma volta ao útero. Se Deus permitir quero também morrer dentro de uma.

— Comprei tudo para a nossa ceia de Natal — digo.

Ela ainda não me olhou no rosto.

— Quem vai cozinhar e quem vai comer?

Quero fazer as pazes com ela e por isso ignoro seu desdém.

— O que está fazendo? — pergunto.

— Atualizando meus e-mails. Se você vai trabalhar no Natal, é melhor que eu também faça o mesmo.

Ela está para lá de chateada e não lhe tiro a razão.

— Não pretendo trabalhar no Natal.

Ela continua digitando.

— Não?

— Estou perto de encerrar o caso. Devo terminar amanhã.

Ela fecha o laptop e com certo esforço tira a perna quebrada do sofá e a apoia no tamborete. Bate com a mão no lugar ao seu lado.

— Sente-se aqui e me conte tudo.

Conto-lhe sobre o meu dia, sobre Seppo e o que acabei de descobrir sobre Abdi, sobre a prisão de Eklund e sobre o que Valtteri disse de meu pai.

— Então, só para resumir — diz ela —, você acha que ainda em Helsinque, antes de virem para Kittilä, Heli ouviu Seppo ao telefone contando vantagens por ter transado com Sufia, sua puta negra de olhos lindos. Ele contou ao amigo de sua vagina estranha. Heli teve certeza de que ele viria a Levi para se encontrar com ela. Fica preocupada que ele esteja apaixonado por Sufia. Se ele abandonar Heli, ela perde tudo. Ela então resolve vir junto para cortar o mal pela raiz. Estou certa até aqui?

— Sim.

— Aí ela começa a pensar em dar uma lição a Seppo. Mascara o real motivo de sua vinda para cá com a história de redescobrir suas raízes religiosas. E é uma aficionada por histórias de crimes famosos. A conversa de Seppo sobre a vagina estranha de Sufia inspira Heli a imitar o assassinato de Elizabeth Short. Ela se encontra com Heikki e a oportunidade se apresenta. Ela usa a crença dele para convencê-lo, diz que negros e putas são pecadores. Chupa o pau dele, diz que aquilo não é uma relação sexual, portanto não é pecado. Ela sabe que Seppo fala demais. Ele deve ter começado a falar para todo mundo que está saindo com aquela puta negra. Ainda continuo mais ou menos no caminho certo?

Não gosto nada do rumo que isso está tomando.

— Sim.

— Ela faz com que Heikki grave as palavras na barriga de Sufia: evidência incriminadora. Se for preciso, ela pode chantagear Seppo e obrigá-lo a se casar com ela para conseguir, com isso, a garantia de alguns de seus bens, caso ele se apaixone por outra jovem bonita. Ela também faz com que o rapaz arranque os olhos de Sufia, como uma maneira de punir Seppo, que os adorava. Em seguida, empurra Heikki para a beira do suicídio ao rejeitá-lo, forçando-o a acreditar que por ter cometido um assassinato sofrerá a danação eterna. E assim todas as evidências contra ela desaparecem. É um crime bem executado. Ela apenas não imaginou que viria a ser assassinada por vingança.

— É mais ou menos isso — digo.

— E o pai da vítima — diz ela —, que finge ser médico, na verdade é um ex-torturador, um demente. Ele rapta Heli e a mata queimada como a mais perfeita retribuição pela perda de sua filha.

— Acho que é isso.

— Mas se não é essa a maneira pela qual as coisas aconteceram, poderia ter sido seu pai o autor da vingança porque seu companheiro de trabalho, distraído, falou coisas enigmáticas sobre ele, e seu pai é o único que se lembra onde sua irmã morreu.

— Não quero pensar nisso, mas tenho que considerar todas as possibilidades.

— Mas também, se não foi seu pai, os assassinatos podem ser resultado de uma trama sexual que envolve muitas pessoas, por motivos desconhecidos.

Não entendo aonde quer chegar com isso.

— Você não está sendo justa. Parece que quer que eu faça papel de bobo.

— E ainda assim você está perto de resolver o caso e estará aqui comigo para a ceia de Natal.

Ela me encurralou e me fez me sentir mal.

— Sei que você está zangada, mas não precisa me insultar.

— Qual é o seu próximo suspeito? Sua mãe? Onde ela estava na hora do crime? Talvez tenha sido ela quem armou este plano diabólico e tenha esperado anos pela oportunidade de se vingar das pessoas que feriram seu filho. Pode ser que tenha sido eu. Com ciúme de sua ex-mulher, seduzi Heikki e matamos Sufia juntos para encobrir nossa intenção final. E o levei ao suicídio para apagar todos os vestígios de meu crime e então destruí Heli com fogo. Talvez tenha sido Pirkko Virtanen que esfaqueou seu marido até a morte como ato final de uma orgia assassina.

Não me sinto apenas insultado, estou furioso, mas não quero transparecer, pois sei que a culpa é toda minha. Deixei que este caso interferisse no nosso relacionamento. Ela tem razão de ficar zangada e eu não tenho nenhuma resposta que valha a pena.

— Você não tem o direito de falar comigo desse modo — digo.

— Vamos ver o que você conseguiu até aqui. Uma teoria sobre a imitação de um assassinato. Por quê? Porque sua ex-mulher não sabe soletrar em inglês e porque duas mulheres mortas, com sessenta anos de intervalo, tinham, ambas, deformidades genitais. Eu li sobre o assassinato de Elizabeth Short na internet. É verdade, existem algumas semelhanças entre os casos, mas as diferenças as suplantam. Há também Abdi Barre, um pai de luto com uma má índole que disse algumas coisas desagradáveis. Nada sugere que ele seja um criminoso que está escondido neste país há vinte anos. O fato de sua irmã e sua ex-mulher terem morrido em locais próximos é mais provável que seja uma coincidência. Coisas mais estranhas do que essas acontecem.

Faço um esforço para não gritar com ela. Nunca gritei antes e não quero começar agora.

— Muito bem, gênio, como você virou a policial aqui, resolva você esses assassinatos e explique para mim

— Antes que você fale em descobrir a solução mais elegante, deixe-me contar o que eu acho que aconteceu. Sufia tinha o sêmen de dois homens na boca. Não houve orgia sexual. Ela teve dois amantes. Era uma piranha e chupou os dois num intervalo de umas poucas horas. O bilhete suicida de Heikki dizia que ele ou ela o levaram a isso. Ele se referia a Seppo. Eles mataram Sufia juntos, por amor, por dinheiro ou qualquer outra coisa, e então, por alguma razão que não sabemos, Seppo matou Heli. Talvez ele seja muito doido. Parece que você não pensou nessa possibilidade.

— Isso deixa muitas coisas sem explicação — digo. — Estou em busca da verdade.

— Então, eu vou lhe dizer qual é a verdade. Você está emocionalmente muito abalado. Você está um caco. Ontem à noite eu vi o homem mais forte que conheci cair aos pedaços porque nunca acertou as contas com a morte da irmã e talvez nunca tenha encarado o fato de que sua ex-mulher o deixou. Em vez de ficar de luto por sua morte, você a demonizou e não admitiu que a amou e que ela o feriu. Você está se destruindo.

Ela toma uma de minhas mãos e a coloca sobre sua barriga.

— A verdade está aqui. Há duas crianças crescendo dentro de mim e você vai ser um pai bom e sábio para elas. — Ela pega minha outra mão e a coloca em seu rosto. — E aqui você tem uma esposa que o ama. Você tem que se curar, passar esses casos para outro investigador e ficar aqui comigo para que eu cuide de você.

Amo muito Kate. Às vezes desejo poder entrar dentro dela, ser parte dela, correr em suas veias, afogar-me em seu sangue. Gostaria de poder dizer isso a ela.

Meu celular toca. É o comandante de polícia nacional, e por isso atendo. Ele me diz que vasculharam a residência de Seppo em Helsinque. Encontraram um computador com vários arquivos baixados da internet sobre crimes que se tornaram famosos. Encontraram também um exemplar do romance *Dália Negra*, de James Ellroy, baseado no assassinato de Elizabeth Short, e também um vídeo do filme baseado no livro. Conto para Kate o que ele me falou.

— Você não vai parar, não é?

Não respondo.

— Não consegue, não é?

Faço que não com a cabeça.

Ela suspira e agarra minha mão. Ficamos ali sentados juntos, em silêncio, por alguns minutos.

— Quando tudo acabar — diz ela —, eu estarei aqui e vou ajudá-lo a se recompor.

Percebo que sei como acabar isto. Sei que é uma irresponsabilidade e que eu não deveria continuar, mas também tenho certeza de que vou continuar, de qualquer maneira. Vou para a sauna para ficar sozinho e me segurar para não dizer a Kate o que tenho a intenção de fazer.

33

Na manhã seguinte, visto um suéter e meias de lã e vou para a varanda dos fundos fumar um cigarro. Durante a noite o tempo piorou e agora o frio dói, como se alguém jogasse um punhado de lâminas em meu rosto. A sensação é tão desagradável que quase me leva de volta para dentro. O termômetro marca menos quarenta, como aquele dia há uma semana quando Sufia foi assassinada, com a diferença de que agora o frio cortante vem acompanhado de um vento que o torna insuportável. Quando acabo de fumar, minhas orelhas não só estão dormentes como queimam feito fogo.

Hoje tenho dois enterros para ir. Visto meu terno preto e um sobretudo grosso de lã por cima. Meu gorro é feito de pelo de raposa. Puxo para baixo as abas protetoras das orelhas e me preparo para um dia horrível de tão gelado.

Na delegacia retiro Seppo de sua cela e o trago para a minha sala. Chamo Valtteri para que se junte a nós. Seppo está péssimo, mas não chora ou suplica, e sua falta de emoção me surpreende. Acho que sofreu tanto que está dormente por dentro. Sirvo café para nós três e nos sentamos em torno da minha mesa. Seppo e eu acendemos nossos cigarros.

— Seppo — digo —, a menos que alguma coisa mude, você será condenado por duplo homicídio.

Ele continua inexpressivo.

— Sei disso.

— Tanto sua namorada quanto sua mulher vão ser enterradas hoje. Sufia às onze da manhã e Heli às quatro da tarde.

Ele faz que entendeu com a cabeça.

— Não sei se você as matou ou não. Quer confessar e tornar as coisas mais fáceis? Se o fizer, diminuirá o tempo de sua pena e ainda terá alguns bons anos de vida após ser libertado.

Ele bebe o café. Sua voz não se altera quando responde, o que faz parecer até que estamos conversando sobre uma banalidade qualquer.

— Eu não as matei.

— Então quem foi?

— Não sei.

— Se o que me diz é a verdade, quero ajudá-lo, não porque me importe com o que lhe aconteça, mas sim porque quero ver a justiça ser feita. Você entende?

— Sim.

— Tenho uma ideia, ela é arriscada, mas se você estiver de acordo nós poderemos tentar.

Ele dá uma tragada no cigarro.

— Que ideia é essa?

Explico o que descobri sobre Abdi Barre.

— O pai de Sufia acha que foi você quem a matou — digo. — Eu acredito que ele matou Heli para se vingar de você. Acho que se tiver oportunidade, também irá tentar matá-lo.

Ele arregala os olhos, seu primeiro sinal de emoção.

— Você quer deixar que ele tente me matar?

— Irei dizer a ele que, embora eu saiba que foi você quem matou Sufia, não tenho provas. E se ele não matar você, o homem que primeiro tornou sua filha impura e depois a assassinou brutalmente, você será solto e jamais será punido pelo que fez. Depois lhe direi que sei que ele não é quem afirma ser e que foi ele quem matou Heli.

Também vou falar que fico feliz por ter feito isso, porque o que os jornais dizem é verdade: eu a odiava e o odeio pelo que vocês fizeram comigo. E desejo que você morra e quero que ele o mate. E vou dar a ele a chance de matá-lo. Direi que vamos fazer com que pareça que você se suicidou.

Viro-me para Valtteri.

— A intenção disso tudo é obter uma confissão, e para isso preciso de sua ajuda. Vou levar Seppo para o lago onde Heli foi morta e dizer a Abdi que nos encontre lá. Quero que fique oculto num local mais para dentro da floresta, usando sua roupa militar camuflada de inverno. Vou usar um microfone escondido na minha roupa. E você vai estar com um gravador e uma câmara de vídeo. E um rifle, caso as coisas deem errado. Consigo a confissão, você a documenta através do gravador e da filmagem e nós dois efetuamos a prisão de Abdi.

Ele parece confuso e inseguro.

— Desculpe — digo —, mas ambos sabemos que Heikki e Heli mataram Sufia. Apenas, não sabemos se foi Seppo quem matou Heli. Se Abdi confessar o segundo assassinato, uma perícia mais profunda das evidências irá inocentar Seppo do primeiro assassinato, como acho que acontecerá, e ele poderá ser libertado. A justiça terá sido feita.

Eu me recosto na cadeira e olho para eles.

— O que vocês acham?

— Você realmente me odeia? — pergunta Seppo.

— Não ligo a mínima para você.

— O que impediria você de me levar até lá e me deixar ser morto por ele?

Dou de ombros.

— Nada poderia ser mais fácil. Eu poderia dizer que você escapou de minha guarda enquanto o escoltava para o enterro de sua mulher, e que eu não sei o que aconteceu depois disso. Você pode arriscar a sua chance no tribunal ou aceitar o que estou propondo. Para mim seria mais fácil que você enfrentasse o tribunal numa acusação de duplo homicídio. De qualquer maneira, hoje eu resolvo isto.

— O que acontece se o pai de Sufia não morder a isca?

— Você vai para a prisão.

Seppo olha fixo para mim durante um bom tempo. Talvez ele ainda pense que fui eu que matei Sufia e Heli e que agora também vou matá-lo.

— Está bem — diz ele.

— Se funcionar — diz Valtteri —, quando vier à tona a maneira pela qual chegamos à elucidação deste crime, seremos censurados por termos agido com tamanha irresponsabilidade. Podemos até perder nossos empregos.

— Tem razão.

— Por outro lado, podemos solucionar o caso hoje — diz ele — e tirar todo esse peso de nossas costas, para sempre.

— Exatamente — digo.

Pela primeira vez, desde a morte do filho, vejo Valtteri sorrir.

— Gostei da ideia — diz ele.

Às 11 horas vou para o cemitério. Lá, num canto afastado, encontro Hudow, a mãe de Sufia, sozinha. Ela está tremendo, no frio e no escuro, perto de uma sepultura aberta com uma lápide modesta na cabeceira. Fui criado aqui, e até mesmo para mim esse inverno está sendo um castigo. Não consigo imaginar o quanto deve estar sendo doloroso para ela. Expresso meus sentimentos pela perda de sua filha.

— Eu contente o senhor veio — diz ela. — Obrigada.

— Onde estão os outros? — pergunto.

Ela reprime um soluço:

— Abdi vem. Ele explica.

O frio está impiedoso tanto para a vida humana como para qualquer outra forma de existência. Exceto pelo som do vento e da neve que é amassada por nossos pés quando caminhamos, o cemitério está em silêncio. Não se ouve o canto dos pássaros ou o som de qualquer outro animal. Meus olhos escorrem e as lágrimas congelam antes que possam rolar pelo meu rosto. Retiro o gelo que se forma com os dedos enluvados. O vento nos corta e nos machuca. Meu rosto dói e começa a ficar dormente. É raro o vento ser tão forte assim nesta parte do país. Parece um mau presságio. Um galho congelado de uma árvore se quebra e cai. O barulho me causa um sobressalto.

O carro fúnebre nos alcança. Abdi surge e faz um sinal para mim. Não me estende a mão, mas se curva ligeiramente.

— Obrigado por ter vindo — diz. — Quem assistir até o fim a um *janazah*, quer dizer, a um enterro muçulmano, irá ganhar duas *qirats*. — Dá um sorriso chateado. — Uma *qirat* é uma recompensa tão grande quanto uma montanha.

— Obrigado por permitir que eu viesse aqui — digo. — Aceite meus pêsames pela perda de sua filha.

— Ninguém morre sem a permissão de Alá — diz Abdi. — Devemos rezar e pedir a misericórdia divina para aqueles que partem, na esperança de que possam encontrar paz e felicidade na vida após a morte. Devemos nos esforçar, ser pacientes e nos lembrar que Alá dá a vida e a toma de volta na hora em que determina. Não devemos questionar a Sua sabedoria.

Jorma sai do carro fúnebre e abre a porta traseira. Sou pego de surpresa, pois não há caixão em seu interior. O corpo de Sufia está embrulhado de forma perfeita e cuidadosa, por um pano tão branco como a neve que cobre o cemitério.

— Houve muita dificuldade na preparação da partida de Sufia — diz Abdi. — Como muçulmana ela não pode partilhar da mesma terra dos infiéis. Por isso comprei uma parte no canto do cemitério circundada por esses campos, para que o local de seu descanso possa permanecer separado e puro. A sepultura deve ser orientada num eixo do nordeste para o sudoeste, virada para Meca. Foi muito difícil explicar a importância dessas coisas para os coveiros.

— Jorma me falou que houve algumas complicações — digo.

Ele suspira.

— Foram maiores do que eu podia imaginar. Foi difícil também encontrar as vestes e os tecidos. O corpo dela não deveria ser embalsamado ou colocado num caixão, mas isso fere a lei finlandesa. Tive que conseguir uma permissão especial para poder abrir mão da urna e em vez disso enterrá-la numa sepultura com uma forração de concreto. As mulheres não devem acompanhar o cortejo daquele que parte até o local onde será enterrado. Assim sendo, minha pobre esposa teve que ficar aqui, e se sujeitar à sua dor nesse cemitério gelado.

Estou surpreso e tocado por sua sensibilidade. Jamais esperaria tal comportamento dele.

— Não há nenhum outro parente ou clérigo? — pergunto.

— Aqui nesta cidade não há uma mesquita ou comunidade muçulmana. Tampouco temos amigos aqui. Como seu pai, me é permitido que eu faça o papel de imã, nosso líder religioso, e lhe ofereça nossas preces. Não será tedioso para o senhor. Elas são semelhantes às cinco preces diárias, mas a maioria é feita em silêncio. Não há necessidade de se curvar ou se prostrar. O senhor me ajudaria a levá-la para o seu repouso?

Ele me pergunta se posso ajudá-lo a carregar o corpo. Com todo o cuidado o retiramos do carro fúnebre.

— Devemos colocá-la no chão apoiada em seu lado direito — diz ele. — Eu deveria retirar o véu de seu rosto, mas devido ao seu estado, decidi mantê-lo coberto. Não creio que isso vá desagradar a Alá.

Carregamos Sufia nos ombros através da neve. Não é fácil e andamos com o maior cuidado. Hudow observa enquanto colocamos Sufia sobre o forro de concreto. Abdi faz as últimas acomodações no corpo de Sufia e olha para Hudow. Ela faz um gesto concordando e sem falar aprova o local do descanso final de Sufia.

A sepultura foi cavada com uma retroescavadeira e a terra foi empilhada, com cuidado, num montículo ao lado. Abdi pega três punhados da terra congelada, que teve de ser quebrada com as mãos, pois estava dura como pedra, e os deixa cair na sepultura. Hudow faz a mesma coisa. Ele me oferece também outros três punhados de terra e eu os lanço sobre o corpo de Sufia envolto em sua mortalha. Ele recita uma prece curta em árabe. Depois a traduz para mim e me pede que a recite.

— Nós a criamos da terra e a devolvemos para ela e dela faremos que retorne uma segunda vez.

Recito a prece e ele lhe oferta outras. Não demora muito.

— Agora devemos rezar para a absolvição dos mortos — diz.

Fazemos isso em silêncio. Estou tão tocado pela cerimônia que me sinto tentado a abandonar meu plano de atraí-lo para uma confissão. Mas lembro a mim mesmo que qualquer que seja o motivo, o assassinato de Heli foi um ato monstruoso que merece punição.

Quando a cerimônia acaba, ele me leva para o lado.

— Não iremos nos demorar aqui por muito tempo — diz. — Hudow está sofrendo muito. O Profeta disse que três coisas continuam a recompensar uma pessoa após sua morte. A caridade feita durante sua vida, o conhecimento transmitido aos outros e um filho justo que chora a partida de seus pais. Agora, depois de nossas próprias mortes, Hudow e eu não teremos a recompensa das preces de um filho justo. O senhor não sabe, mas minha filha era uma pessoa terna e gentil. Ela nos deu muitas alegrias e não merecia o que lhe aconteceu neste lugar perverso. Acredito que Alá a irá receber de braços abertos. Entretanto, as contas têm que ser acertadas ainda neste mundo. Como vai o seu trabalho?

— Eu fracassei — respondo. — Seppo Niemi assassinou sua filha, mas não tenho provas, e ele acabará sendo solto. Sinto muito.

Ele balança nos calcanhares como se eu tivesse lhe dado um tapa.

— Isso não vai ficar assim. Eu não permitirei.

— Há outra opção.

Vejo a raiva tomar conta de sua expressão.

— E que opção é essa?

— Posso criar a oportunidade do senhor se vingar dele.

A raiva é substituída pela curiosidade.

— E por que o senhor faria isso?

— O senhor não leu os jornais? Não soube o que Seppo me fez? Minha ex-mulher me traiu com ele e me fez de corno.

Ele faz que sim com a cabeça.

— O senhor pode se vingar por nós dois e desfazer todo o mal que ele nos fez.

Ele me estuda.

— Entendo.

— Descobri certas coisas — digo. — O senhor não é o Dr. Abdi Barre. Ele morreu com um colar de fogo do lado de fora do Karaan Hospital em 1990. Penso que foi o senhor quem o matou, roubou seu passaporte e o usou para fugir da Somália com sua mulher e sua filha. Acredito ainda que o senhor assassinou minha ex-mulher para punir Seppo. Conforme o senhor mesmo disse, "olho por olho". Não o estou julgando por ter feito essas coisas. Estou satisfeito que ela tenha morrido.

Seu rosto está impassível.

— O senhor deve se achar muito inteligente — diz.

— Vou levar Seppo para assistir ao enterro de Heli esta tarde. Depois disso vou levá-lo até o lago, no mesmo lugar em que o senhor matou Heli. Vou deixá-lo lá com o senhor. Dê-me algum tempo até que eu possa voltar para a cidade e estabelecer um álibi e então o mate. Faça com que pareça suicídio. É o único jeito de podermos corrigir as coisas.

Ele levanta a mão enluvada e aperta os lábios com um dedo longo enquanto me contempla.

— Por que foi que me investigou?

Eu sacudo os ombros.

— É a minha natureza. Encontre-me às seis da tarde.

— O senhor deve achar que sou idiota — diz ele. — Perdoe-me se digo que não confio totalmente no senhor no que diz respeito a este assunto. Tenho que recusar sua oferta.

— Não acho que o senhor tenha muita escolha. Se recusar, vou prendê-lo pelo assassinato de Heli. O senhor ficará na prisão por muito tempo, e quando for solto será deportado para a Somália.

— Entendo.

— Estamos de acordo?

Ele não responde.

— Estarei lá — digo. — Faça como quiser — e começo a me afastar.

Ele me chama.

— Inspetor, é uma pena que o senhor não tenha sido tão diligente em relação ao assassinato de minha filha quanto foi em relação a mim. Muito teria sido poupado. De nós todos.

— Sinto muito por isso. Fiz o melhor que pude.

Viro-me e não olho para trás. Meu joelho ruim endureceu com o frio. Sigo mancando pelo cemitério varrido pelo vento através da neve que estala. Pego meu carro e vou embora.

Chego à casa de Seppo e procuro roupas apropriadas para um enterro. Pego um terno escuro de risca de giz e um sobretudo de lã para que ele não congele durante o ritual de despedida, no cemitério. De volta à delegacia deixo que use nossa sauna e o chuveiro para se preparar, lavar-se e fazer a barba.

Falo com Valtteri. Ele está ao telefone e convoca as pessoas da igreja, para que Heli tenha uma despedida adequada. Já preparou tudo: sua roupa de inverno camuflada branca, uma câmera de vídeo, equipamento de gravação e um AK-47 com luneta. Deixo Seppo sentar-se na sala principal sem as algemas. Parece crueldade deixá-lo em sua cela enquanto espera a hora do enterro de sua mulher. Fico sozinho em minha sala durante algum tempo, enquanto fumo alguns cigarros.

Quando chega a hora, Seppo e eu vamos para a igreja de Kittilä em meu carro. O dia está terrível. Frio, escuro e triste. Ele se senta ao meu lado e mantém a compostura. Tenta conversar, quer lamentar a perda de Heli. Digo, sem deixar dúvida, que não estou para conversa.

Como em muitas cidades finlandesas pequenas, nossa igreja é de madeira e muito simples. O número de presentes é razoável, umas sessenta pessoas. Algumas conheciam Heli desde menina, outras vieram por obrigação devido à morte de um membro da congregação. A família dela também veio. Sua mãe e pai mal falam com Seppo, mas me abraçam como se eu ainda fosse o genro deles. Jorma fez um bom trabalho. O caixão dela é branco com alças de bronze polidas. Não há indícios de que os preparativos foram feitos de última hora.

O pastor laestadiano Nuorgam é quem conduz a cerimônia. Passa pelas partes rituais e inicia o sermão. Começa bem, lamenta a perda de uma das filhas da igreja que durante algum tempo foi uma ovelha desgarrada, mas que graças ao Cristo recobrou sua fé antes de sua passagem. Em seguida, desanda a falar coisas sem sentido num tom comedido e calmo, sobre o pecado original e as torturas do inferno, e termina com expressões de esperança de que Heli não passe por tais tormentos.

Pedem minha ajuda para carregar o caixão, mas eu declino. Vamos pisando pelo cemitério congelado na minha segunda caminhada por ele num mesmo dia. Heli será enterrada a uns 70 metros de Sufia. Ainda bem que o vento diminuiu. O caixão de Heli é baixado à sepultura, mais algumas preces são rezadas e tudo termina. Seppo chora um pouco, mas de um modo geral se comporta bem. Não haverá recepção após o enterro.

Voltamos para o meu carro e saímos para a estrada.

— Vou levá-lo agora para o lago — digo —, para o lugar onde Heli foi morta.

— O pai de Sufia vai vir?

— Não sei.

— O que ele disse?

— Não falou muito.

Ficamos alguns minutos em silêncio.

— Suponho que você não pense isso a meu respeito, por causa das coisas que fiz — diz Seppo —, mas eu amava Heli mais do que pode imaginar. Não sei como irei viver sem ela.

Mantenho a atenção na estrada, mas com o canto do olho vejo que Seppo deixa escapar uma lágrima.

— Tenho certeza de que você encontrará um jeito — digo.

— Você é um homem forte — diz ele —, também deve ter amado Heli pelos muitos anos que viveram juntos, mesmo depois do que houve entre vocês no final, mas ninguém pode imaginar o quanto deve ter-lhe doído participar de seu enterro.

Esta é a segunda vez em dois dias que alguém me diz que eu ainda amava Heli e isso me incomoda.

— Ontem você estava convencido de que eu a odiava o bastante para matá-la e agora acha que eu ainda a amava. Afinal o que você pensa?

O idiota coloca uma mão consoladora em meu ombro.

— As duas coisas.

Afasto sua mão.

— Você está errado. Eu não odiava Heli. Foi preciso tempo e muita disciplina de minha parte, mas fiz algo muito pior para ela. Esqueci dela, excluí Heli de minha mente como se ela jamais tivesse existido. Joguei fora todas as suas fotografias. Se havia algo em meu poder que eu suspeitava que ela tivesse usado ou tocado, jogava fora também. Se a visse na rua, não teria reconhecido sua presença. Teria olhado para além dela, como se ela não estivesse lá. Se ela viesse para mim suplicando, morta de fome, não lhe daria sequer um trocado para que comprasse algo para comer. Se seus pulmões estivessem em chamas eu nem sequer mijaria em sua garganta para apagá-las. Se não fosse por esta investigação, eu jamais teria voltado a falar com ela. Entendeu agora?

Ele faz que sim.

— Eu teria ficado mais satisfeito se você a odiasse — diz ele.

E finalmente fica quieto.

34

Chegamos ao lago, e paro o carro no acostamento. O céu está nublado e a neve reflete apenas uma réstia de luz. Há um pequeno fogo que queima sobre o gelo no lugar onde Heli morreu. Prendo um microfone por dentro de meu chapéu, insiro um pente em minha Glock e a enfio no bolso do casaco. Coloco as algemas em Seppo para que pareça que ele não veio aqui por vontade própria.

— Estou com medo — diz ele.

Não o tranquilizo.

Andamos meio de lado, através da neve, na parte inclinada da margem. O lago parece estar do jeito que estava no dia em que Suvi se afogou. O vento poliu a superfície deixando-a lisa e limpa como uma pedra de ardósia. A pouca luz faz com que sua cor se assemelhe à de uma pérola escura. Olho para a floresta. A escuridão é impenetrável, mas é tranquilizador saber que Valtteri está lá, com o ouvido atento e de olho em tudo.

Caminhamos sobre o lago. Abdi juntou uns gravetos e fez uma pequena fogueira. Está sentado num pneu, esquenta as mãos no fogo, e tem a seu lado um galão com gasolina. A poucos metros de onde está, o gelo ainda exibe as marcas do local em que Heli foi queimada.

Chegamos perto de onde ele está. Empurro Seppo, forçando-o a ficar de joelhos.

Olho para o pneu e para o galão de gasolina.

— Suicídio complicado esse que o senhor resolveu planejar.

Abdi levanta a mão e aponta uma pistola para o meu rosto. Isso não estava no programa.

— Onde o senhor arranjou essa arma? — pergunto.

— Sou um homem de negócios e transporto muito dinheiro. Tenho porte de armas legalizado.

Nós nos entreolhamos. Não sei por que não estou com medo.

— O senhor estava certo ao supor certas coisas e errado em outras — diz ele. — Não, não sou o Dr. Abdi Barre, meu nome é Ibrahim Hassan Daud. Eu não matei o Dr. Barre. Na verdade até gostava dele. Entretanto, fiquei com seu passaporte. Afinal ele não teria mais como usá-lo. Sua busca por informações sobre a minha identidade trouxe junto certas dificuldades.

— Não me interessa quem o senhor seja — digo. — Não tem nada a ver com o que está acontecendo aqui.

— Ah, tem. Embora não tenha matado o Dr. Barre, matei outras pessoas. Não foi uma coisa que tenha me dado prazer, mas era um tempo de guerra, algo que duvido que o senhor possa entender. Cada um faz o que tem que ser feito para sobreviver. Também não sinto prazer no que faço agora, mas, uma vez mais, faço o que tem que ser feito. O senhor colocou a nós dois numa posição bastante desconfortável. Se eu for deportado para a Somália, serei executado no momento em que colocar os pés lá. Hudow já perdeu uma filha, e ficará sozinha, incapaz de se manter. Não posso permitir que isso aconteça.

Tento fazer com que continue a falar até que isso o leve a uma confissão.

— Quem o executaria?

— Eu era oficial do serviço de segurança do presidente da Somália, Siad Barre, hoje falecido. Ele e o médico não tinham nenhum parentesco. Barre é um sobrenome comum na Somália. Como o senhor, também fui policial. Por força de meu trabalho, muitas pessoas ficariam contentes com minha morte.

— O que o senhor fez no passado não me interessa — digo —, e também não tenho qualquer interesse em fazer com que seja deportado.

— Como sugeri mais cedo hoje, desculpe-me, mas não confio muito no senhor para colocar a minha sorte e a de minha mulher em suas mãos. Até agora considero péssima a sua competência. Por favor, me entregue sua arma.

Não me movo.

— Não hesitarei em matá-lo, inspetor, e seu tempo é curto.

Coloco minha Glock sobre o gelo.

Ele olha para Seppo.

— Não me esqueci de você, seu corruptor de inocentes e assassino. Vou tratar de você daqui a pouco.

Seppo começa a choramingar e jurar inocência.

— Cale a boca — diz Ibrahim Hassan Daud, Abdi ou qualquer que seja o seu nome — ou vou tratar de você agora, em vez de mais tarde.

Seppo se cala.

— O senhor deve estar com frio, inspetor. Venha se sentar perto do fogo.

Vou. Agora começo a ficar com medo, mas penso em Valtteri na floresta com o rifle, a menos de 50 metros, pronto para um tiro certeiro.

Abdi mantém a pistola numa das mãos apontada para mim, e com a outra mão levanta o pneu e começa a enchê-lo de gasolina.

Fico com tanto medo que começo a tremer, tentando imaginar por que Valtteri ainda não fez alguma coisa, e se ele realmente está lá escondido. Kate estava certa e eu errado, e como ela disse, isso ainda vai acabar mal.

— Por que está fazendo isso? — pergunto.

— Esta é a única solução para o meu dilema. Vai parecer que Seppo Niemi o matou, como fez com sua mulher, e em seguida se suicidou. Minha mulher e eu estaremos livres e minha filha terá sido vingada.

— Eu também tenho uma mulher, e ela está grávida de gêmeos. Eles precisam de mim, tanto quanto Hudow precisa do senhor.

Ele suspira.

— Sinto muito por sua família. A culpa é sua. Foi o senhor quem colocou a si próprio e a ela nessa situação.

Tento me levantar para, pelo menos, fazer com que ele me mate com um tiro em vez de me queimar vivo, mas meu joelho ruim está travado e não consigo me erguer.

— O senhor também está errado ao acreditar que fui eu quem matou sua ex-mulher — diz ele. — Como lhe disse em nosso primeiro encontro, esperava que o senhor agisse como meu representante para que a justiça fosse feita em nome de Sufia. Agora o senhor terá que sofrer as consequências de sua incompetência.

— Se não foi o senhor quem matou Heli, como sabia que ela foi assassinada aqui? — pergunto.

— O jornal local publicou o nome do lago. O gelo chamuscado me indicou o local exato. Se o vento não tivesse varrido a neve recém-caída, talvez não conseguisse localizá-lo.

Ele não tem motivos para mentir. Entendi tudo errado. Estou assustado e assombrado. Vou morrer sem ao menos saber a verdade. Vou morrer por nada. Por causa de minha estupidez Kate vai ficar sozinha e sem minha ajuda para criar nossos dois filhos. As crianças vão crescer sem pai. Demorei quase quarenta anos para encontrar Kate e a felicidade, e agora minha vida vai ser interrompida, vou perder tudo porque sou um idiota. Fico ali sentado no gelo à espera de minha execução. Ele levanta o pneu para enfiá-lo em volta de meu pescoço.

Ouço o barulho do tiro. Uma bala passa do lado de minha cabeça e acerta Ibrahim no ombro. Ele vira para o lado e cai sobre a fogueira ainda com o pneu na mão. A gasolina se inflama e ele se incendeia. Tenta ficar de pé, mas cambaleia e cai, grita e se agita sobre o gelo, transformado numa bola de fogo. Não demora muito. Fica imóvel enquanto o fogo o consome. Tudo acontece tão depressa que nem tento ajudá-lo.

Valtteri sai da floresta para o lago. Com sua camuflagem de inverno, ele parece um fantasma branco saído da escuridão. Em poucos segundos chega onde estou.

— Kari, por favor, diga que não está ferido.

Ele me ajuda a me levantar sobre minhas pernas trêmulas, me abraça e começa a chorar. Asseguro-lhe que estou bem e digo que se acalme.

Ele se afasta de mim e faz que sim com a cabeça. Há alguns passos dali, Seppo ainda está de joelhos. Valtteri vai até ele, saca sua pistola e encosta o cano em sua testa.

Estou confuso e não sei o que fazer.

— Valtteri — digo —, por favor, pare. Fale comigo.

Seppo não se move, abre e fecha a boca como se procurasse palavras, mas não consegue dizer nada.

— Tenho que matá-lo — diz Valtteri. — Como você disse, isso acaba hoje.

Ele mantém a pistola pressionada contra a testa de Seppo, abaixa-se apoiado num dos joelhos e olha em seus olhos.

— Por sua causa — diz Valtteri —, duas mulheres foram mortas. Por sua causa, meu filho cometeu um assassinato, suicidou-se e queima no inferno. Você é tão culpado pela morte dele como se o tivesse enforcado com as próprias mãos.

Seppo gagueja.

— Eu não matei ninguém. Mal conhecia seu filho. Por favor, não me mate, não tenho culpa de nada.

Tento acalmar Valtteri.

— Não é assim que se faz, e você sabe disso. Dê-me sua arma antes que faça alguma coisa da qual não possa voltar atrás.

Ele grita comigo.

— É assim que se faz, sim! Esse canalha estúpido não matou ninguém, mas todos estão mortos por causa de seu comportamento depravado, seu egoísmo e sua estupidez. Foi o caso dele com Sufia Elmi e seus pecados que provocaram isso tudo. Seus pecados resultaram em todas essas mortes e desgraças.

— Valtteri, o que você está dizendo é verdade, mas ter feito essas coisas acontecerem não é o mesmo que ser culpado de assassinato.

Dou um passo em sua direção e estendo a mão.

— Por favor, me entregue sua arma.

Ele parece indeciso, depois alucinado, e vira a pistola na minha direção, acho que para me manter afastado.

Tento falar:

— Dê-me a...

A pistola dispara. Minha cabeça leva um tranco. Um calor intenso toma conta do meu rosto e eu coloco a mão sobre a bochecha direita. Alguma coisa está muito errada. Quando retiro a mão, ela vem suja de sangue. Passo a língua na bochecha por dentro da boca e sinto fragmentos duros. Cuspo pedaços de dentes.

Posso falar, mas o faço com dificuldade.

— Valtteri, o que você fez?

Ele me olha e fica arrasado, grita e chora e pede perdão por ter criado Heikki de maneira errada e agora por me ferir. Diz que tudo é culpa dele. Não para de falar isso e eu quero confortá-lo, mas estou tonto pela dor que começa a se espalhar por minha cabeça. Passo a língua por dentro da bochecha outra vez e percebo que ele disparou a pistola por acidente quando abri a boca para falar. A bala entrou pela minha boca, arrancou os dentes de trás e saiu pela bochecha. Acho que vou vomitar.

Valtteri continua a falar e balbucia algo incompreensível, pede mais desculpas e brande sua arma a esmo. Está tão perturbado que temo que me dê outro tiro sem querer. Seppo está de pé e começa a se desculpar com Valtteri por sua parte nos acontecimentos. Consigo darlhe um soco na cara para fazer com que se cale e o derrubo no gelo.

De repente, Valtteri abaixa a pistola. Perde a firmeza e se acalma.

— Fui eu — diz ele.

O trauma do tiro causou uma descarga de endorfina e os analgésicos naturais de meu organismo estão fazendo uma barreira de proteção, mas logo, logo, vou começar a sentir dor. Tenho que manter Valtteri sob controle antes que isso aconteça.

— Como assim?

— Fui eu que matei Heli.

Isso está além do que posso entender.

— O quê?

— Naquela noite, depois que Heli e Heikki mataram Sufia, meu filho me procurou e contou o que os dois tinham acabado de fazer. Foi exatamente como você pensou. Heli o seduziu e fez com que se apaixonasse por ela. Contou-lhe que a garota era uma pecadora, que nem era um ser humano e que tinha que morrer. Falou que esse era o desígnio de Deus, que era como fazer um trabalho missionário, e o instruiu sobre o que deveria ser feito. Ele disse que ela só falava nisso, e depois de um tempo, ele começou a imaginar que não seria muito diferente de estripar um veado. Heli sentou-se no carro e ficou assistindo Heikki assassinar Sufia. Ele disse que aquilo não parecia real, parecia um sonho. Quando iniciou o corte em sua barriga, ela acordou e começou a gritar. Ele ficou com medo e cortou a garganta dela e foi como se ele estivesse despertando. Quando se deu conta de que acabara de matar outro ser humano sem qualquer motivo, ele começou a chorar. Disse a Heli que o que fizeram foi errado. Ela riu na cara dele e disse que nunca mais queria vê-lo.

Valtteri começa a soluçar.

— Heikki chorava e chorava e me suplicava que o perdoasse. Queria confessar o crime para que eu o prendesse. Mas eu não deixei e disse que iria protegê-lo. Ele era um bom rapaz que tinha apenas cometido um erro. E prometeu nunca mais fazer uma coisa daquelas.

— Pelo amor de Deus, Valtteri.

— A culpa é sua. Você é o detetive. Você deveria ter resolvido tudo e provado a inocência de Seppo. O assassinato poderia ter ficado sem solução mesmo. Ninguém mais precisava ficar machucado, e Heikki poderia fingir que nada daquilo acontecera. Mas não foi isso que você fez. E Heikki se enforcou. Ele morreu por causa daquela cadela da Heli, e ela ia sair dessa livre. Iria continuar com sua vida rica e feliz. Eu não poderia deixar que isso acontecesse. Você deixaria? Meu filho está queimando no inferno e ela também precisava ser queimada. Heikki sofreu os tormentos do inferno antes de morrer, como resultado da culpa que o corroía por dentro. Eu queria que ela provasse das mesmas chamas da terra antes que fosse para a eternidade, e por isso a queimei viva. É a justiça, da maneira como a Bíblia nos ensina: "Se ela se profana ao cometer adultério, deve ser queimada pelo fogo."

As mesmas palavras que Heikki escreveu em seu computador. Agora que sei a maior parte da verdade, quero saber ela toda.

— De onde você tirou a ideia de usar um pneu e incendiá-lo?

— Li sobre isso há muito tempo, numa revista. Os esquadrões da morte de Aristide fizeram isso no Haiti e isso também era costume na África do Sul e em Ruanda. As fotos do artigo me faziam pensar no inferno. Como Sufia era somali, eu me lembrei da história. Foi o que me pareceu mais adequado e justo, como a ira de Deus. Não o fiz com a intenção de incriminar o pai de Sufia. Jamais pensei que você fosse fazer tal ligação.

— E por que o lago? Por que escolheu este lugar?

— Eu sabia sobre sua irmã e fiz isso com a intenção de feri-lo porque você não resolveu as coisas como tinha que ter resolvido. Desculpe.

— Isso não importa mais. Onde estão as roupas de Sufia e a arma do crime?

— Heikki me deu as roupas dela e eu as queimei e queimei também as roupas dele.

Ele tira do bolso uma faca e me entrega. É uma faca de sobrevivência dobrável, com a ponta curva e serrilhada.

— Eu dei a ele esta faca quando completou 12 anos — disse. — E ele a usou para fazer na garota aquelas coisas horríveis que você viu. Achei que meu bolso seria o último lugar onde iria procurar a arma do crime.

Ele tinha razão.

— Guardei-a para ter uma lembrança eterna de meu fracasso como pai e do meu pecado do orgulho. Não poderia aguentar ver meu filho ser preso. A vergonha recairia sobre a família toda. Se eu tivesse deixado Heikki confessar o crime e pagar por seus pecados na prisão, ele ainda estaria vivo. Ele não conseguiu suportar a culpa e se matou por minha causa, porque eu não deixei que ele se entregasse. Eu o matei.

— Isso não é verdade. Foi ele que se matou.

— Nós todos o matamos. — Ele olha para Seppo. — Esse canalha inútil. Eu. Você. Aquela cadela da Heli. Todos nós vamos para o inferno. — Ele aponta para o corpo de Abdi ainda em chamas. — Eu quase deixei que ele o matasse. Para me salvar, porque eu sou fraco. Mas agora vou estar com o meu filho.

Ele aponta a arma para a própria têmpora.

— Sinto muito.

— Por favor, Valtteri, não faça isso.

Ele recita a oração que toda a criança laestadiana reza antes de ir para a cama.

— *Jeesuksen nimessä ja veressä kaikki synnit anteeksi* (pelo nome e pelo sangue de Jesus, perdoe todos os nossos pecados).

Tento agarrar sua mão e fazer com que pare, mas meu joelho está emperrado e estou enjoado e morrendo de dor.

Valtteri puxa o gatilho. Seu sangue e seus miolos se espalham sobre o gelo. O som do tiro ecoa no lago. Ele me olha por instantes com os olhos já sem vida e cai.

Eu caio de quatro ao seu lado, tiro seu gorro de lã e passo os dedos pelos seus cabelos cinzentos manchados de sangue. Ouço o meu próprio gemido e a minha voz:

— Meu Deus, meu Deus, Valtteri. Levante-se, levante-se.

Percebo que estou prestes a entrar em choque traumático devido ao meu ferimento. Olho à minha volta. Abdi ainda está em chamas. Mesmo com o frio afetando meu olfato, o fedor de gasolina e de carne queimada me embrulha o estômago. Eu ameacei este homem e o trouxe aqui para que morresse por nada. Valtteri está morto ao meu lado. Seu sangue mancha o gelo cinzento cor de pérola e parece preto sob a luz melancólica. Seppo está de cócoras e me olha com as mãos ainda presas à frente, pelas algemas.

— Venha cá — digo. Ele se arrasta até onde estou e parece que também vai entrar em choque. Dou-lhe as chaves das algemas e as do carro. — Solte as algemas e abra a mala do meu carro. Dentro dela há um estojo de primeiros socorros com morfina. Eu preciso dela.

Enquanto ele vai buscar o que pedi, ligo para Antti, digo onde estou, que estou ferido e que há dois corpos. Peço que traga ajuda.

Ele começa a fazer perguntas, mas eu desligo e largo o telefone sobre o gelo.

Seppo me traz o estojo e eu me injeto morfina.

— Desculpe — diz ele —, jamais foi minha intenção que isso tudo acontecesse.

— Valtteri estava certo – digo. — Foi o seu caso com Sufia que deu início a isto tudo. Você a usou e trouxe essa desgraça toda para que caísse sobre nós por seu egoísmo e sua infantilidade. Se ele o tivesse matado, não teria feito justiça, mas, também, não teria ficado tão longe dela. Se você não fosse o bosta inútil que é, todas essas pessoas ainda estariam vivas.

Em seguida, não vejo mais Seppo. Vejo Suvi. O gelo tem 90 centímetros de espessura, mas olho através dele como se olhasse por uma janela e a vejo nadando embaixo de onde estou. Ela esteve ali durante estes anos todos, viva sob a superfície, à espera de que eu a encontrasse.

Em seguida sinto Kate atrás de mim, me abraçando. Sinto sua barriga grávida, grande e redonda encostada em minhas costas. Suvi não está mais sob o gelo, está aqui comigo. Seguro sua mão e nós dois patinamos na escuridão do lago. Paramos e meu pai e minha mãe se juntam a nós. Eles são jovens e felizes outra vez. Meu pai não está bêbado e estão vivendo um de seus dias mais felizes.

Abdi se levanta, apaga as chamas com as mãos e para de se queimar. Está de pé orgulhoso vestido com seu uniforme de policial, cheio de medalhas no peito. Tem os braços em volta de sua filha. Sufia, linda como sempre foi, com um vestido longo. Olha para o pai e sorri. Percebo que Heli também está aqui. Está com seus 13 anos, rindo como quando era garota e sinto que também está feliz. Sinto-me aquecido e seguro. Valtteri olha para mim e pisca o olho. Eu me deito no gelo, uso seu corpo como travesseiro e adormeço.

35

— Cumpri minha promessa. Vou passar o Natal em casa.

Kate sacode a cabeça e dá um risinho.

— É, você conseguiu. E eu vou cumprir a minha e ajudá-lo a se recuperar.

Por algum milagre a bala passou por minha boca sem quebrar minha mandíbula. Quebrou o penúltimo e o antepenúltimo dentes do lado direito e atravessou minha bochecha sem causar maiores danos. Perguntei ao médico se a cicatriz iria ficar muito feia.

— Você vai ficar parecendo um cara durão.

— As pessoas já falam isso de mim.

Ele riu.

— Então você agora vai parecer um cara durão que levou um tiro na cara.

— Ótimo — disse —, justamente o que eu precisava.

Kate ligou para o meu pai. Quando explicou a ele o que aconteceu, minha mãe se ofereceu para vir e ajudar a preparar a ceia de Natal. Meu pai falou que viria, se a sauna estivesse funcionando. Natal não é Natal sem uma sauna, disse ele. É ótimo que minha mãe venha cozinhar. Ela faz isso por Kate. Eu não tenho condições de comer alimentos sólidos e terei que viver de sopa durante algumas semanas.

Começo a armar o fogo para a sauna. Não posso desfrutar dela com meu rosto enfaixado. Fico muito desapontado por não poder aproveitar as comidas da ceia. O telefone toca. Mesmo cheio de analgésicos, meu rosto e meus dentes quebrados doem demais. É o comandante da polícia nacional e eu quero saber se fui demitido, por isso atendo imediatamente.

— Como vai seu rosto? — pergunta ele.

— Continua incomodando.

— Muito justo, ele vem incomodando todo mundo há muito tempo. — E ri da própria piada. — Você é um grande idiota.

— Sei disso.

— Não sei se o processo ou se o promovo.

— Nem eu.

— Quando seus policiais periciaram o local encontraram a câmera de vídeo e o gravador. A coisa está toda documentada.

Eu não sabia que Valtteri os tinha deixado funcionando e que seu suicídio foi todo registrado.

— Foi uma tragédia. Gostaria de poder esquecê-la.

— Não vai ser possível. Acabo de liberar o caso para o noticiário da noite. Para lhe salvar.

Não digo nada.

— Sou um homem de palavra, e trato é trato — diz ele. — Você resolveu ambos os assassinatos. Qual é o cargo que quer?

— Você está falando sério?

— O que você acha?

Digo-lhe que espere um segundo e começo a perguntar a Kate o que quer fazer, mas mudo de ideia. Ela esteve sob uma tensão muito forte nos últimos dias. A decisão pode esperar para ser tomada depois do Natal.

— Você pode me dar algum tempo para pensar?

— Dou-lhe uma semana — diz. — Você é um idiota, mas acho que de qualquer modo vou ter que condecorá-lo por bravura outra vez, para que as coisas fiquem direitas. Ora, que diabo, pelo menos vai me dar algum destaque na televisão. — E desliga.

Conto a Kate o que ele disse.

— Você tinha razão sobre o caso — diz ela. — Talvez tenha razão em querer permanecer aqui. Mas Helsinque também parece uma boa pedida. Vamos dar um tempo e decidir com calma.

Eu não tinha razão sobre coisa alguma, e espero ter estado errado sobre o resto.

Minha mãe e meu pai chegam. Minha mãe me abraça e parece que vai chorar.

— Você está bem, filho? — pergunta meu pai.

— Estou.

Ele me entrega dois presentes embrulhados. Um deles é obviamente uma garrafa.

— Abra-os — diz.

A garrafa é de vodca Koskenkorva. O outro embrulho contém dois canudinhos de plástico.

— São simbólicos — diz. — Vamos bebê-la juntos.

— Eu não devia beber tomando remédio — digo.

Minha mãe não fala uma palavra de inglês, mas meu pai consegue se virar. Ele olha para Kate.

— Você se incomoda se seu marido tomar um porre com o pai?

— Um pouco — diz ela e olha para mim. Eu dou de ombros. Ela abraça meu pai. — Mas vá em frente.

Ele parece contente, abre a tampa da garrafa, toma um gole e a passa para mim. Eu também tomo um gole.

A campainha da porta toca. Surpreendo-me de ver Seppo em minha varanda da frente.

— Feliz Natal — diz ele.

É a última pessoa na terra que eu quero ver.

— O que você quer?

Parece envergonhado.

— Se eu tivesse feito o que você falou, ou seja, ido embora daqui para não mais voltar, Heli ainda estaria viva. Agora estou indo de vez, e quero lhe dar isso aqui.

Ele me entrega um envelope pardo.

— O que é isso? — pergunto.

— É a escritura de meu chalé de inverno. Não o quero mais. Imaginei que poderia lhe servir para alguma coisa.

Cinco pessoas morreram e ele pensa que pode comprar minha boa vontade e consertar as coisas com um presente caro. Eu devolvo.

— Não quero isso.

Ele não o pega.

— Vale 800 mil euros.

Agarro sua mão e enfio o envelope nela.

— Ainda assim não o quero. Vá embora.

Ele parece um garotinho triste.

— Desculpe tê-lo incomodado.

Então tenho uma ideia.

— Espere — digo. — Dê-me isto.

Ele me dá o envelope de volta.

— Por que mudou de ideia?

— Valtteri deixou viúva e uma penca de filhos, e a mãe de Sufia também ficou sozinha. Não estou certo se ela tem dinheiro para se manter. A venda de seu chalé pode servir para a sobrevivência deles durante um bom tempo.

— Ótimo — diz ele. — Fico feliz.

Fecho a porta e percebo, pela primeira vez, como foi melhor para todos nós que Heli tenha me deixado por ele. Ela teve o que queria — um marido estúpido que podia ser manipulado. Ele teve uma mulher que o aguentou apesar de ser um bêbado mulherengo, contudo, acho que a amava. Heli não era a pessoa que pensei que fosse quando me casei com ela. Talvez, como Sufia, ninguém a conhecesse de verdade. Eu tive a possibilidade de continuar com a minha vida e encontrar alguém a quem faço feliz e que me faz feliz.

Meu pai me pergunta quem tocou a campainha. Eu lhe digo que não era ninguém.

Minha mãe leva Kate para a cozinha para ensinar-lhe os segredos e a arte de preparar um *rosolli*. Acho curiosa a maneira como conseguem se comunicar apesar de uma não falar a língua da outra. Usam as mãos e fazem gestos expressivos que me divertem. As pessoas sempre arranjam um jeito de se fazerem entender.

Meu pai e eu nos sentamos defronte à televisão e passamos a garrafa de um para o outro. A mistura dos remédios e do álcool confunde minha cabeça e eu lhe faço a pergunta que não consigo segurar por mais tempo.

— Pai, você ainda pensa em Suvi?

Ele se inclina para o meu lado com os braços sobre os joelhos e olha para o chão. Demora bastante tempo para responder, mas quando o faz, me olha dentro dos olhos.

— Todos os dias da minha vida.

— Será que a gente devia conversar sobre isso?

— Certas coisas não podem mais ser feitas da forma correta. Não há nada para ser dito.

Passam-se alguns minutos.

— A sauna já está pronta? — pergunta ele.

— Quase.

— O presunto que você comprou parece ótimo — diz.

— É verdade — digo. — É um presunto e tanto.

Kate vem da cozinha.

— Como vão vocês dois?

Meu pai está com a garrafa de vodca na mão.

— Não podíamos estar melhor. Sabe, Kate, o sol vai surgir amanhã só por alguns minutos, mas o *kaamos* está quase no final.

Kate chega por trás de mim, se senta no sofá e me abraça.

— *Hyvää Joulua* — diz ela. Feliz Natal.

Feliz para quem? Sufia Elmi, uma refugiada que desafiou as dificuldades e teve sucesso como atriz num país xenófobo, e sentiu tanto desespero interior que se deixou abusar por homens que não davam a mínima para ela? Meu primeiro instinto estava certo. Seu charme e sua beleza inspiraram ódio, e por causa desse ódio ela foi retalhada como um animal. Não imagino qual seria a culpa de seu pai, mas ele passou por cima de seu passado, veio para o nosso país e construiu uma vida nova. Eu desenterrei esse passado e ele morreu, por minha causa, por nada.

Minha ex-esposa, a mulher que amei um dia e com quem acreditei que fosse passar o resto da vida, se mostrou uma psicopata.

Manipulou um garoto que vivia uma vida que de tão protegida o tornou quase indefeso. Ela fez dele um assassino, num ato de destruição que executou, acredito, sem pensar, como se estivesse apenas matando um inseto. E também foi ela que o conduziu ao suicídio. Talvez Heli, queimada viva no gelo, tenha recebido o que merecia. Não sei.

Valtteri era um bom homem que acreditava que sua fé seria capaz de proteger a ele e a sua família. O que Deus não conseguiu fazer, ele tentava fazer por si próprio, e encobriu um assassinato para proteger seu filho. Foram a sua fé destroçada e seu próprio fracasso que o levaram a assassinar Heli, uma atrocidade que, uma semana depois, teria escapado de sua própria compreensão. A viúva e os sete filhos que deixou estão passando este Natal de luto por sua morte e pela morte de Heikki. Sem dúvida perplexos e mergulhados na dor, no choque e na descrença. Hudow, a viúva de Abdi deve estar sentindo algo parecido.

Fui negligente com minha mulher, arrisquei meu casamento, quase deixei meus filhos órfãos pelo que acreditava ser a busca da justiça. Em vez da justiça, obtive a verdade, que não foi uma substituta à altura. Agora não sei o que andei procurando durante toda essa investigação. Acho que fracassei por completo. Não salvei ninguém. E ainda assim vou ser condecorado por bravura, vou ser considerado herói, serei promovido e ganharei um novo cargo. Talvez a justiça seja uma coisa que não existe.

Mas há outras coisas. Olho à minha volta e vejo tudo o que tenho de bom e que agradeço ter conquistado. Estou cercado pela minha família. Minha mulher me ama, está abraçada comigo. Nossos filhos estão crescendo dentro de sua barriga.

Olho para ela. Dói um pouco sorrir, mas eu me esforço.

— Feliz Natal, Kate.

Agradecimentos

Muitas pessoas contribuíram para este livro com seu apoio, comentários e críticas, e por todas elas tenho uma profunda gratidão. Entretanto, quatro pessoas dedicaram centenas de horas de seu tempo, energia e talento e durante alguns anos acompanharam meu desenvolvimento como escritor: a Dra. Nely Keinänen e o Dr. Phillips Brooks, críticos literários da Universidade de Helsinque; o talentoso escritor Joel Kuntonen; e o brilhante leitor Juha Tupasela.

Muito obrigado. Sinto-me pequeno e tocado por tanta generosidade, e a eles dedico este romance.

E como sempre, à minha mulher, Annukka.

Este livro foi composto na tipologia Minion Pro,
em corpo 12/15,1, e impresso em papel off-white
no Sistema Cameron da Divisão Gráfica
da Distribuidora Record.